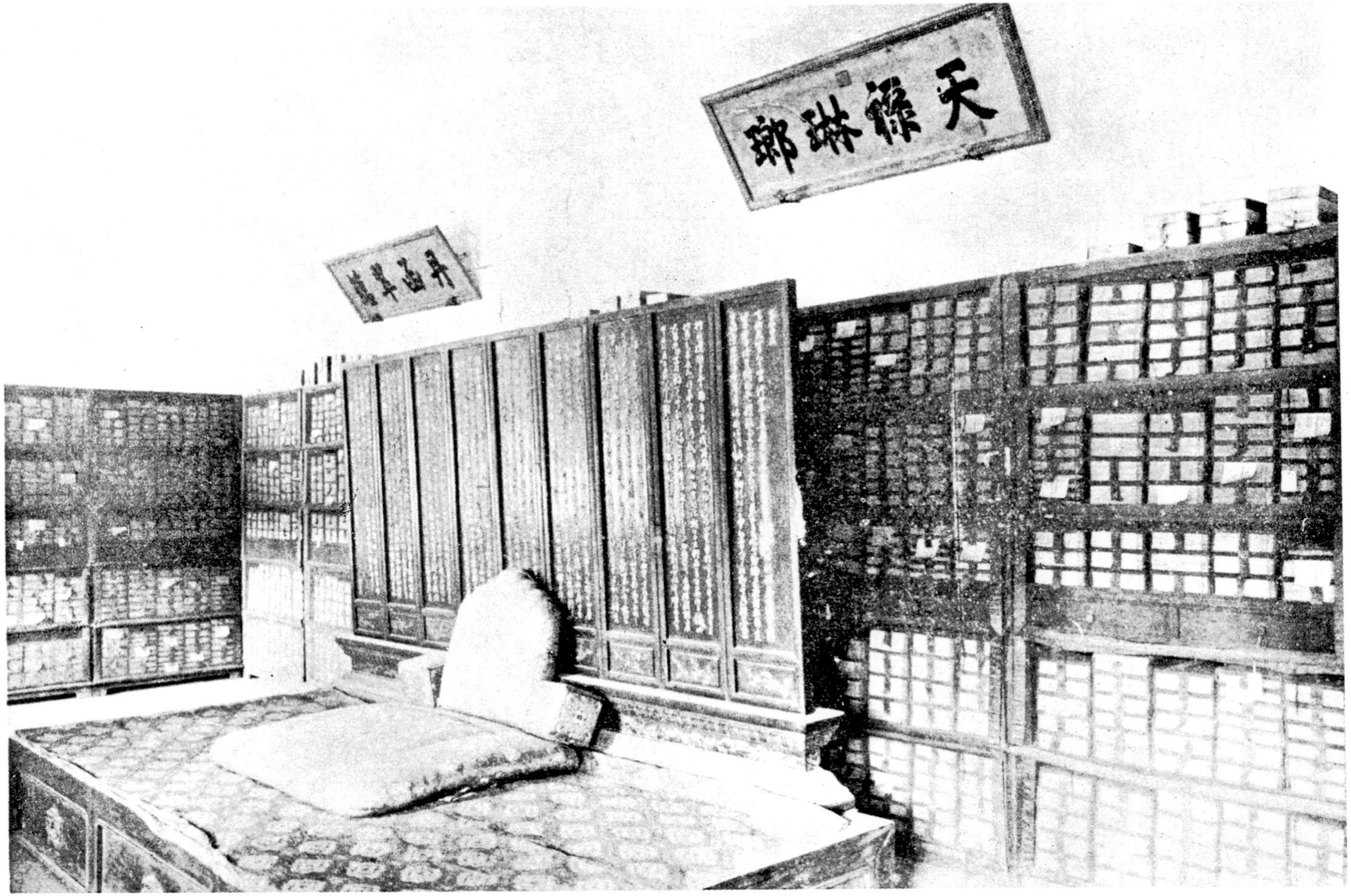

崇禎手刃長平公主處：明朝為昭仁殿，在乾清宮之東。至清朝，乾隆於此處藏珍本書籍，並題「天祿琳瑯」匾額。乾清宮丹陛之下有洞甚大，稱老虎洞，天啟皇帝於月明之夕常與內侍在洞內捉迷藏。

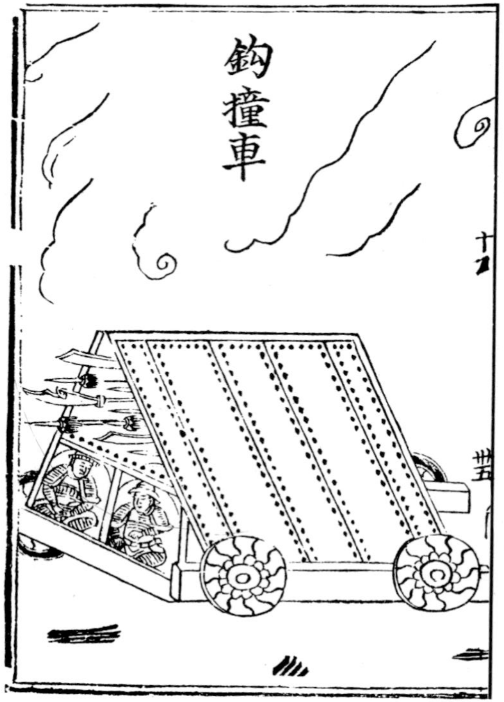

「鈎撞車」：攻城利器。清兵攻寧遠，以類似撞車在城牆上挖出大量洞穴。

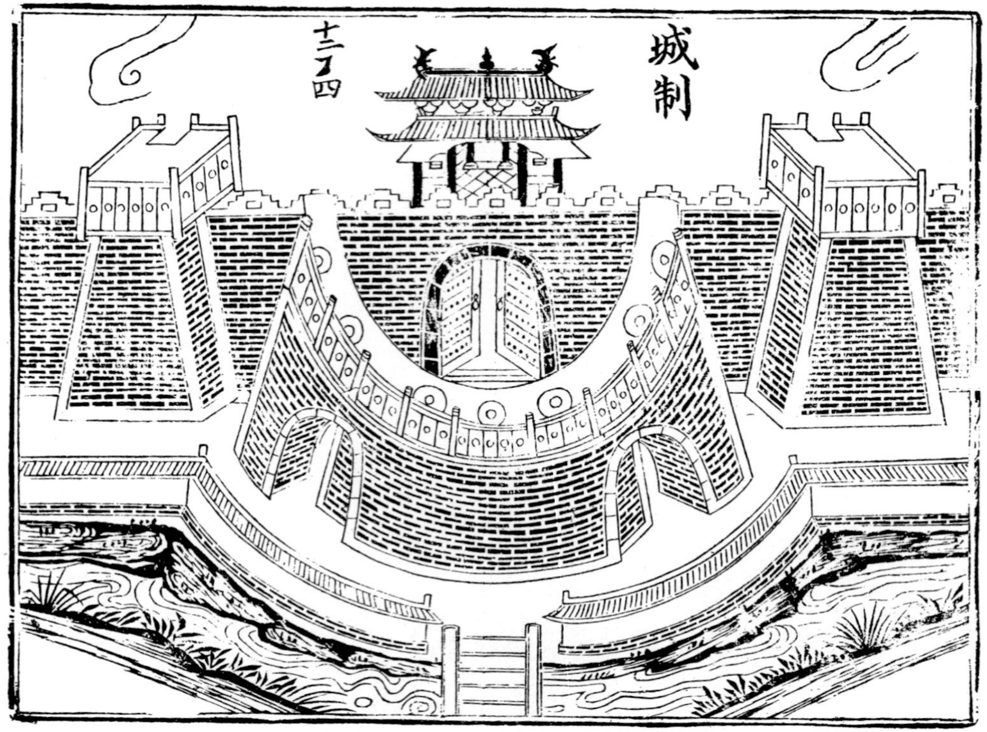

「城制」──錄自明刊「武經總要」。該書是北宋仁宗下旨編纂的一部軍事科學著作，對後世兵學有重大影響，明代弘治、正德年間有重刊本。本圖及「鈎撞車」圖據正德十年刻本複製。明代城制與圖中所繪無重大分別。

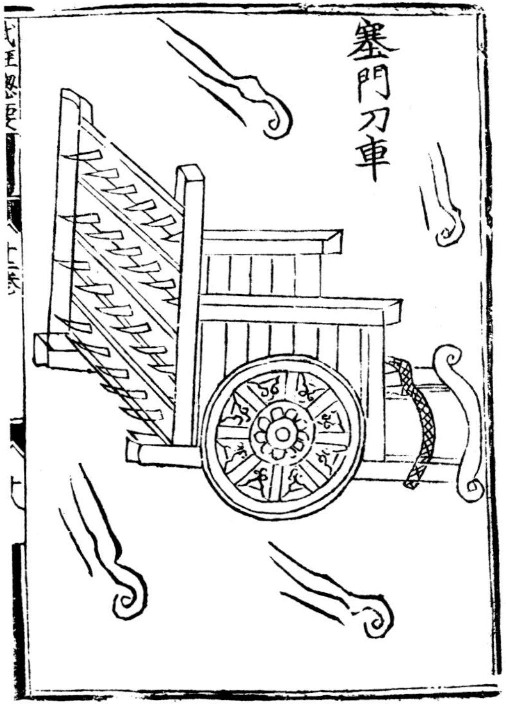

「塞門刀車」：城牆被攻破洞穴時守軍推出塞住破洞，以阻敵軍。錄自明刊「武經總要」。

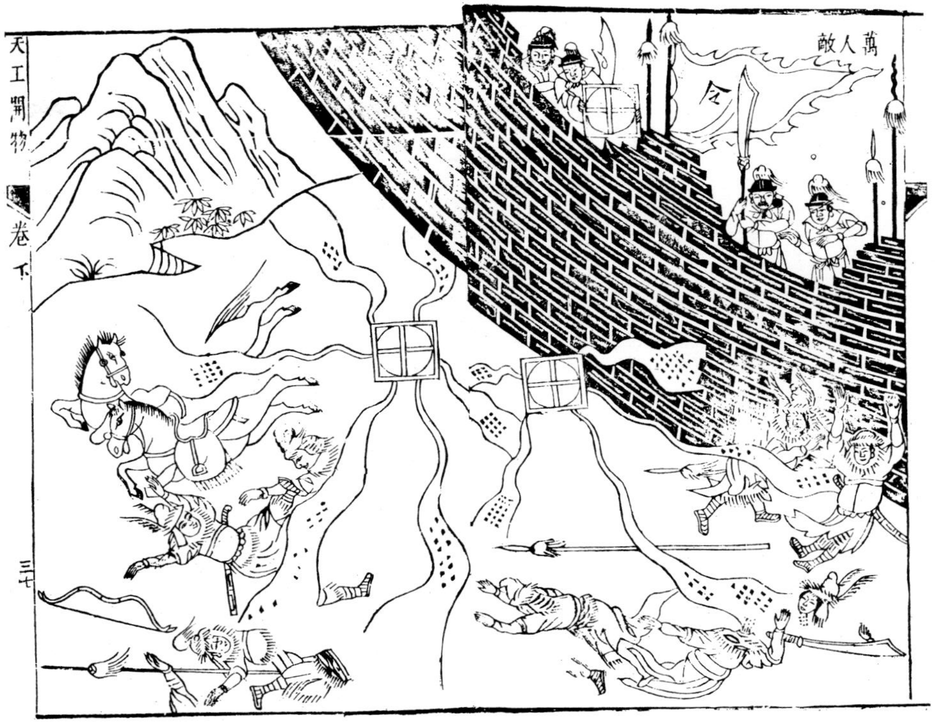

「萬人敵」：錄自「天工開物」。該書為明人宋應星作，崇禎十年刻，本圖據初刻本複製。書中稱「萬人敵」為守城利器，以中空泥團實以火藥，外圍木框，點燃藥線後擲於城下，泥團不住旋轉而噴火，殺傷力極大，其時創製未及十年。即指於第一次寧遠大戰時創製。圖中所繪當為所想像的寧遠之戰情景。

孫承宗作「高節書院圖」(部分)及題字

張居正像

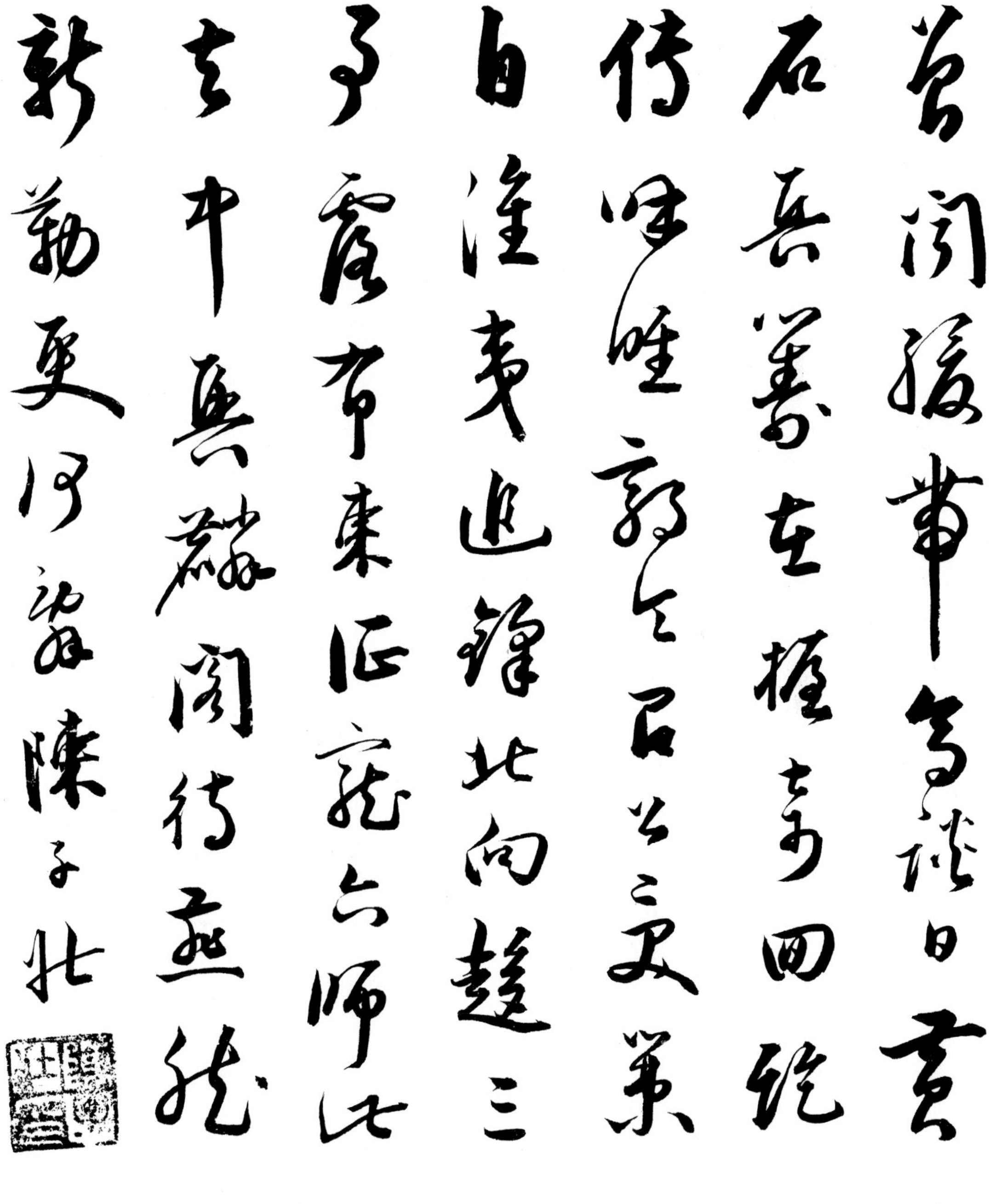

陳子壯於崇禎元年寫給袁崇煥的送行詩

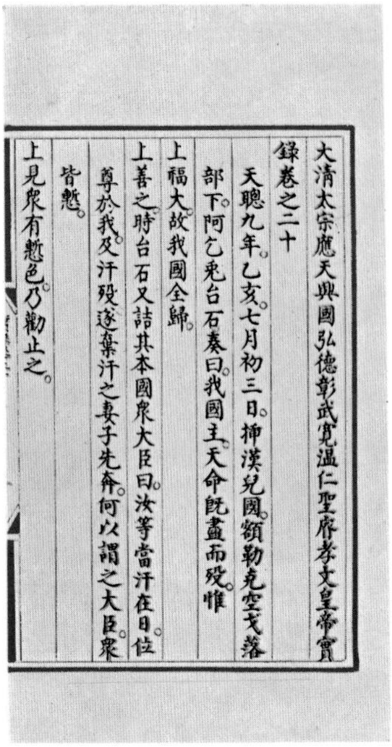

大清太宗應天興國弘德彰武寬溫仁聖睿孝文皇帝實
錄卷之二十
天聰九年。乙亥。七月初三日。揷漢兒國。額勒克空戈落
部下阿乙兎台石奏曰。我國主。天命旣盡而殁。惟
上福大。故我國全歸。
上善之。時台石又詰其本國衆大臣曰。汝等當汗在日位
尊於我。及汗殁。遂棄汗之妻子先奔。何以謂之大臣。衆
皆慙。
上見衆有慙色。乃勸止之。

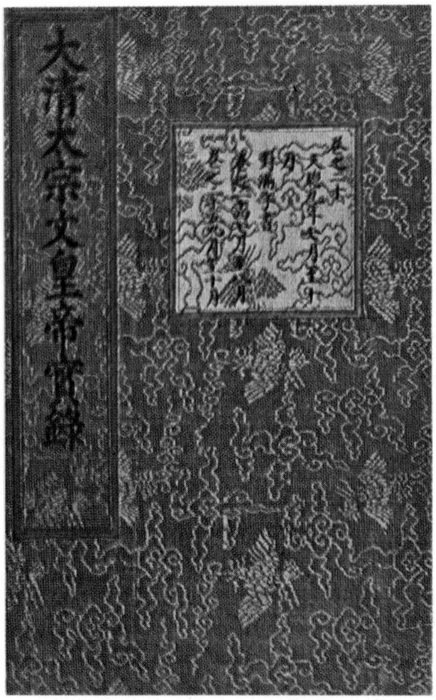

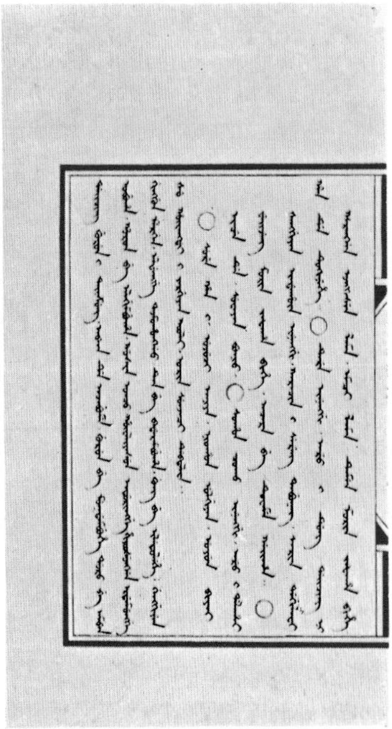

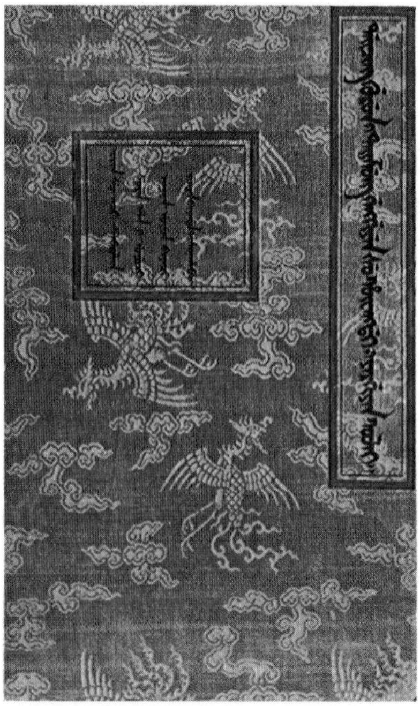

清太宗實錄：天聰九年即崇禎十年，揷漢兒即察哈爾。實錄是皇帝言行的記錄。

清太宗皇太極像

清太祖努爾哈赤像

天啟七年六月初六日錦州報捷疏

欽差巡撫遼東山海等處地方提督軍務加從二品服俸兵部右侍郎兼都察院右僉都御史臣袁崇煥題爲仰仗天威退敵解圍恭紓聖慮事准總兵官趙率教飛報前事切照五月十一日錦州四面被圍大戰三次三捷小戰二十五次無日不戰且克初四日敵復益兵攻城內用西洋巨礮火砲火彈與矢石損傷城外士卒無算隨至是夜五鼓撤兵東行尚在小凌河扎營收留精兵後太府紀與職等發精兵防哨外是役也若非仗皇上天威司禮監廟謨令內鎮紀與職率同前鋒總兵左輔副總兵朱梅等扼守錦州要地方可以出奇制勝今

「袁督師遺集」的一頁

大字版

碧血劍

金庸

③京華風雲

碧血劍. 3,京華風雲 / 金庸作. -- 二版. -- 臺北市：
遠流, 2019.04
面； 公分. --(大字版金庸作品集；7)
大字版
ISBN 978-957-32-8514-4 (平裝)

857.9 108003460

大字版金庸作品集⑦

碧血劍 (3)京華風雲 「公元2003年金庸新修版」

The Blue Blood Sword, Vol. 3

作　　者／金　庸

封面設計／唐壽南　內頁插畫／姜雲行

發 行 人／王 榮 文
出版・發行／遠流出版事業股份有限公司
臺北市中山北路一段11號13樓
電話／2571-0297　**傳真**／2571-0197　**郵撥**／0189456-1

□2003年1月16日　初版一刷
□2022年3月16日　二版三刷

大字版 每冊 *380* 元（本作品全四冊，共1520元）

〔另有典藏版共36冊（不分售），平裝版共36冊，新修版共36冊，新修文庫版共72冊〕

ISBN　978-957-32-8516-8（**套：大字版**）
ISBN　978-957-32-8514-4（**第三冊：大字版**）
Printed in Taiwan

YLib 遠流博識網
http://www.ylib.com　E-mail:ylib@ylib.com

目錄

從屋頂上望下來，只見崇政殿正中坐著一人，方面大耳，唇留微髭，三名官員走上前去，跪倒在地，三跪九叩，行的竟是朝拜皇帝的大禮。

第十三回　揮椎師博浪　毀砲挫哥舒

只聽得安大人賊忒嘻嘻的笑道：「我找得你好苦，捨得燒你嗎？咱們來敘敘舊情吧！」說著發足踢門，只兩腳，門閂喀喇一聲斷了。袁承志聽踢門之聲，知他武功頗爲不凡。黑暗中刀光閃動，安大娘揮刀直劈出來。安大人笑道：「好啊，謀殺親夫！」怕屋內另有別人，不敢竄進，站在門外空手和安大娘廝鬥。袁承志慢慢爬近，睜大眼睛觀戰。

那安大人武功了得，在黑暗中聽著刀風，閃躲進招，口中不斷風言風語的調笑。安大娘十分憤怒，邊打邊罵。鬥了一陣，安大人突然在她身上摸了一把。安大娘更怒，揮刀當頭疾砍，安大人正是要誘她這一招，偏身進步，扭住了她手腕，用力反擰，安大娘單刀落地。安大人揑住她雙手，右腿架在她雙腿膝上，安大娘登時動彈不得。

袁承志心想：「聽這姓安的口氣，一時不致傷害於她，我且多探聽一會，再出手相救。」乘那安大人哈哈狂笑、安大娘破口大罵之際，縮身從門角邊鑽了進去，輕輕摸到牆壁，施展「壁虎遊牆功」直上，蹲在樑上。

只聽安大人叫道：「胡老三，進去點火！」胡老三在門外亮了火摺子，拔刀護身，先把火摺往門裏一探，又俯身撿了塊石子投進屋裏，過了一會見無動靜，才入內在桌上找到燭台，點亮蠟燭。安大人將安大娘抱進屋去，使個眼色，胡老三從身邊拿出繩索，將安大娘手腳都縛住了。安大人笑道：「你說再也不要見我，這可不見了麼？瞧瞧我，白頭髮多了幾根吧？」安大娘閉目不答。

袁承志從樑上望下來，安大人的面貌看得更清楚了，見他雖然已過中年，但面目仍頗英秀，想來年輕時必是個俊美少年，與安大娘倒是對壁人。

安大人伸手摸摸安大娘的臉，笑道：「好啊，十多年不見，臉蛋兒倒還雪白粉嫩的。」側頭對胡老三道：「出去！」胡老三笑著答應，出去時帶上了門。

兩人相對默然。過了一會，安大人嘆氣道：「小慧呢？我這些年來天天想念她。」安大娘仍然不理。安大人道：「你我少年夫妻，大家火氣大，一時反目，分別了這許多年，現今總該和好如初了。」過了一會，又道：「你瞧我十多年來，並沒另娶，何曾有一時一刻忘記你？難道你連一點夫妻之情也沒有麼？」安大娘厲聲道：「我爹爹和哥哥是怎麼死的，你忘記了嗎？」安大人嘆道：「我岳父和大舅子是錦衣衛害死的，那不錯。可是也不能一竹篙打盡一船人，錦衣衛中有好人也有壞人。我爲皇上出力，這也是光宗耀祖的體面事……」話沒說完，安大娘已「呸，呸，呸」的不住往地下唾吐。

隔了一會，安大人換了話題：「我記掛小慧，叫人來接她。幹麼你東躲西逃，始終不讓她跟我見面？」安大娘道：「我跟她說，她的好爸爸早就死啦！她爸爸多有本事，多有志氣，就可惜壽命短些！」語氣中充滿了怨憤。安大人道：「你何苦騙她？又何苦咒我？」安大娘道：「她爸爸從前倒眞是個有志氣的好人，那知道……」說到這裏，聲音哽咽起來，接著又恨恨的道：「你害死了我的好丈夫，我恨不得殺了你。」安大人道：「咦，這倒奇了，我就是你丈夫，怎說我害死你丈夫？」安大娘道：「我丈夫本是個好男子，不知怎的忽然利祿薰心，妻子不要了，女兒也不要了。他只想做大官，發大財……我從前的好丈夫早死了，我再也見不到他啦！」袁承志聽了，心下惻然。

安大娘道：「我丈夫名叫安劍淸，本是個江湖好漢，不是給你這錦衣衛長官安大人害死了麼？我丈夫有位恩師楚大刀楚老拳師，是我爹爹，是安大人害死的。楚老拳師的夫人、兒子，都給這安大人逼死了……」安劍淸怒喝：「不許再說！」安大娘道：「你這狼心狗肺的，自己想想吧。」安劍淸道：「官府要楚大刀去問話，又不一定難爲他。他幹麼拿刀子要殺我？他妻子兒子是自殺的，又怪得誰？」安大娘道：「是啊，楚大刀瞎了眼哪，誰教他收了這麼個好徒弟。這徒弟又凍又餓快死啦，楚大刀教他武藝，養大他……」她越說越怨毒。安劍淸猛力一拍桌子，喝道：「今天你我夫妻相見，是何等美事，盡提那死人幹麼？」安大娘叫道：「你要殺便殺，我偏偏要提！」

袁承志從兩人話中琢磨出來：楚大刀一手養大了安劍淸，教了他武功，還把女兒安大娘嫁了他，不料安劍淸貪圖富貴，投入錦衣衛當差，安大娘的父母兄長均爲錦衣衛害死。安大娘氣忿不過，跟丈夫決裂分手。從前胡老三來搶小慧，安大娘東奔西避，都是爲了這心地歹毒的丈夫安劍淸安大人了。袁承志心想：「想來當日害死他岳父恩師一家之時，情形一定很慘。這人死有餘辜。但不知安大娘對他是否尚有夫妻之情，倒不可魯莽了。」想再多聽一些說話，以便決定是否該出手誅殺，那知兩人都住了口。

過了一會，遠處忽隱隱有馬蹄聲。安劍淸拔出佩刀，低聲喝道：「等人來時，你如叫喊示警，我可顧不得夫妻之情！」安大娘哼了一聲，恨恨的道：「又想害人了。」

安劍淸知道妻子脾氣，揮刀割下一塊布帳，塞入她口裏。這時馬蹄聲愈近，安劍淸將安大娘放在床上，垂下帳子，仗刀躲在門後。

袁承志知他是想偷施毒手，雖不知來者是誰，但總是安大娘一面的人，在樑上抹了些灰塵，加點唾沫，揑成個小小泥團子，對準燭火擲去，嗤的一聲，燭火登時熄了。安劍淸喃喃咒罵。袁承志乘他去摸火摺，輕輕溜下地來，繞到屋外，見屋角邊一名錦衣衛執刀伏地，全神貫注的望著屋中動靜，便挨近他身邊，低聲道：「人來啦！」那錦衣衛也低聲道：「嗯，快伏下。」袁承志伸手點了他穴道，脫下他外衣，罩在自己身上，再在他裏衣上扯下一塊布，蒙在面上，撕開了兩個眼孔，然後抱了那人，爬向門邊。

黑暗中蹄聲更響，五騎馬奔到屋前。乘者跳下馬來，輕拍三掌。安劍淸在屋裏也回拍了三掌，點亮燭火，縮在門後，只聽門聲一響，一個人探進頭來。

他舉刀猛力砍下，一個人頭骨碌碌的滾在一邊，頸口鮮血直噴。在燭光下向人頭瞥了一眼，不覺大驚，砍死的竟是自己一名夥伴。正要叫嚷，門外竄進一個蒙臉人來，伸指點了他穴道，反手出掌，打在他頸後「大椎穴」上，那是人身手足三陽、督脈之會，那裏還能動彈？袁承志順手接過他手中佩刀，輕輕放落，防門外餘人聽見，縱到床前扶起安大娘，扯斷綁在她手腳上的繩索，低聲叫道：「安嬸嬸，我救你來啦！」

安大娘見他穿著錦衣衛服色，臉上又蒙了布，不覺疑慮不定，剛問得一聲：「尊駕是誰？」外面奔進五個人來，當先一人與安大娘招呼一聲，見到屋中情狀，愕然怔住。

門外錦衣衛見進來人多，怕安劍淸一人有失，早有兩人搶進門來，舉刀欲砍，袁承志出掌砍劈，兩名錦衣衛頸骨齊斷。門外敵人陸續進來，袁承志劈打抓拿，提起來一個個都擲了出去，有的剛奔進來就給踢出，片刻之間，打得十二名錦衣衛和內廷侍衛昏天黑地，飛也似的逃走了。袁承志撕下布條，塞入安劍淸耳中，又從死人身上扯下兩件衣服，在他頭上包了幾層，教他聽不見半點聲息，瞧不見一點光亮，然後扯去蒙在自己臉上蒙著的破布，向五人中當先那人笑道：「大哥，你好。闖王好麼？」

那人一呆，隨即哈哈大笑，拉著他手連連搖晃。原來這人正是李闖王手下大將、袁承志跟他結爲義兄弟的李岩，其餘四人是他衛士。

袁承志無意中連救兩位故人，十分歡喜，轉頭對安大娘道：「安嬸嬸，你還記得我麼？」這時離袁承志在安大娘家避難時已有多年，他從一個小小孩童長大成人，安大娘那裏還認得出？

袁承志從內衣袋裏摸出當日安大娘所贈的金絲小鐲，說道：「我天天帶在身邊。」安大娘猛然想起，拉他湊近燭光看時，果見他左眉上淡淡的有個刀疤，又驚又喜，道：「啊，孩子，你長得這麼高啦，又學了這一身俊功夫。」袁承志道：「我在浙江見到小慧妹妹，她也長高啦！」安大娘道：「不知不覺，孩子們都大了，過得眞快。」向躺在地下的丈夫瞧了一眼，嘆了口氣，喟然道：「想不到還是你這孩子來救我。」

李岩不知他們曾有一段故舊之情，聽安大娘滿口叫他「孩子，孩子」的，只道兩人是親戚，笑道：「今日之事好險。我奉闖王之命，到河北來約幾人相見。錦衣衛的消息也眞靈，竟會得到風聲，在這裏埋伏。」承志問道：「大哥，你朋友快來了嗎？」

李岩尚未回答，遠處已聞蹄聲，笑道：「這不是麼？」從人開門出去，不久迎了三人進來。這三人一個田見秀，一個劉芳亮，都是當年在聖峯嶂會上見過的。他二人已不識袁承志，袁承志卻還記得他們相貌。另一個姓侯，名叫侯飛文，卻曾在泰山大會中見過。三人與李岩招呼後，侯飛文向袁承志恭敬行禮，說道：「盟主，你好！」

李岩與安大娘都道：「你們本來相識？」侯飛文道：「袁盟主是七省總盟主，衆兄弟齊奉號令。」李岩喜道：「啊，我忙著在河南辦事，東路的訊息竟都隔絕了。原來出了這樣一件大事，可喜，可賀。」袁承志道：「這還是上個月的事，承好朋友們瞧得起，給了這樣一個稱呼，其實兄弟那裏擔當得起？」侯飛文道：「盟主武功好，見識高，那是不必說了，單是這份仁義，武林中哪一個不佩服？青州這一戰，咱們『金蛇王』營大大露臉，全仗袁盟主帶頭。」

李岩喜道：「那好極了。」當下傳達了闖王的號令。原來李自成在河南南陽、汝州大破兵部尚書孫傳庭所統官兵十餘萬，進迫潼關，命李岩秘密前來河北，聯絡羣豪響應。

侯飛文道：「盟主你說怎麼辦？」袁承志道：「闖王義舉，天下豪傑自然聞風齊起。小弟便發出訊去。咱們七省好漢，要轟轟烈烈的大幹一場！」六人說得慷慨激昂，眉飛色舞。袁承志說起在直魯邊境馬谷山一帶駐有三營隊伍，有六七千人馬，是自己部屬。李岩大喜，說道：「我也聽到了『金蛇營』的名聲，卻打聽不到『金蛇王』的姓名，原來便是你賢弟。我去稟明闖王，這三個營歸你指揮。咱們的兵力可更大了。」

李岩又道：「官軍腐敗已極，義兵一到，那是摧枯拉朽，勢如破竹，只是眼前卻有個難題。」袁承志道：「甚麼？」李岩道：「剛才接到急報，說有十尊西洋紅夷大砲，要運到潼關去給孫傳庭。孫老兒大敗之餘，士無鬥志，已不足爲患。只不過紅夷大砲威力非同小可，一砲轟將出來，立時殺傷數十人，倒是件隱憂。」

袁承志道：「這十尊大砲小弟在道上見過，確是神態可畏，想來威力非常，難道不是運去山海關打滿洲人的麼？」李岩道：「這些大砲萬里迢迢的運來，聽說本是要去山海關防禦滿洲兵的。但闖王節節得勝，朝廷便改變了主意，十尊大砲已折而向西，首途赴潼關去了。」袁承志皺眉道：「皇帝鎭壓百姓，重於抵禦外敵。大哥，你說怎麼辦？」李岩道：「大砲一到潼關，咱們攻關之時，勢必以血肉之軀抵擋火砲利器，雖然不一定落敗，但損折必多……」袁承志道：「因此咱們要在半路上截他下來。」

李岩拊掌大喜道：「要偏勞兄弟立此大功。」袁承志沉吟道：「洋兵火器挺厲害，兄弟已見識過，要奪大砲，須另出計謀，能否成事，實在難說。不過這事有關天下氣運，小弟必當盡力，若能仰仗闖王神威，一舉成功，那是萬民之福。」

衆人又談了一會軍旅之事，袁承志問起李岩的夫人。李岩道：「她在河南，平時也常常說起你。」安大娘插口道：「李將軍的夫人眞是女中英豪。喂，孩子，你有了意中人嗎？」袁承志想起青青，臉上一紅，微笑不答。安大娘嘆道：「似你這般人才，不知誰家姑娘有福氣，唉！」忽然想起小慧：「小慧跟他小時是患難舊侶。他如能做我女婿，小慧眞終身有託。但她偏跟那傻裏傻氣的崔希敏好，那也是各有各的緣法了。」

田、劉、侯三人聽他們談到私事，插不進口，就站起告辭。侯飛文道：「盟主，明兒一早，我帶領手下兄弟前來聽令。」袁承志道：「好！」侯飛文問了相會地點，三人辭出。

李岩與袁承志坐了下來，剪燭長談天下大勢，越說越情投意合。袁承志於國事興衰，世局變幻，所知甚淺，聽著李岩的談論，每一句話都令他有茅塞頓開之感。直到東方大白，金鷄三唱，兩人興猶未已。回顧安大娘，只見她以手支頭，兀自瞧著躺在地下的丈夫默默出神。

李岩低聲叫道：「安大娘！」安大娘抬起了頭。李岩道：「這人怎麼處置？」安大娘心亂如麻，搖頭不答。李岩知她難以決斷，也就不再理會，對袁承志道：「兄弟，你我就此別過。」袁承志道：「我送大哥一程。」

兩人和安大娘別過，攜手出屋，並肩而行。李岩的衛士遠遠跟隨。兩人一路說話，走出了七八里路。李岩道：「兄弟，你回去吧。」袁承志和他意氣相投，戀戀不捨。李岩道：「兄弟，闖王大業告成之後，我和你隱居山林，飲酒爲樂，今後的日子長著呢。」袁承志喜道：「若能如此，實慰生平之願。」二人洒淚而別。

袁承志眼望義兄上馬絕塵而去，這才回歸客店。見侯飛文已帶了數十名精壯漢子在店中等候，把大廳和幾個院子都擠得滿滿的。青青、啞巴、洪勝海等人卻已不見。阿九和一衆從人見了這許多粗豪大漢，竟不動聲色，躭在房中不出。袁承志對侯飛文道：「侯大哥，你帶領幾位弟兄向西南查探，看那隊西洋兵帶的大砲是向北來呢，還是折向西方。查明之後，請速回報。」侯飛文應了，挑了三名同伴，出店上馬而去。

侯飛文剛走，沙天廣和程青竹兩人奔進店來，見了袁承志，喜道：「啊，袁相公回來了。」袁承志未及答話，又見青青、啞巴、洪勝海闖進廳來。青青一頭秀髮給風吹得散亂，臉頰暈紅，見了袁承志，登時喜上眉梢，道：「怎麼這時候才回來？」袁承志才知大家不放心，分頭出去接應自己，當下說了昨晚之事。

青青低下了頭，一語不發。承志見她神色不對，把她拉在一旁，輕聲道：「是我讓你擔心了。」青青一扭身子，別開了頭。承志知她生氣，搭訕道：「可惜你沒有見到我那位李大哥。青弟，他也算是你哥哥啊。」青青雖是女子，但承志叫順了口，一直仍叫她青弟。青青道：「哥哥沒良心，要哥哥來做甚麼？」承志道：「眞是對不起，下次一定不再讓你擔心啦。」青青道：「下次自有別人來給你擔心，要我擔心幹麼？」承志奇道：「咦，誰啊？」青青嘟起嘴道：「那個阿九啊，她不住問你那裏去了，關心得不得了。」一頓足，回自己房去了。

等到中午，不見她出來吃飯，袁承志叫店夥把飯菜送到她房裏去，等吃過飯後，再去賠罪就是，適才見她慌亂憂急之狀，此時回想，心下著實感動。那知店夥把飯菜捧了回來，說道：「姑娘不在屋裏！」袁承志一驚，忙撇下筷子，奔到青青房裏，只見人固不在，連兵刃衣囊也都帶走了。他心中著急，尋思：「這一負氣而去，卻到那裏去了？她常常惹事闖禍，好教人放心不下。只是現下大事在身，不能親自去尋。」於是派洪勝海出去探訪，吩咐見到了，好歹要勸姑娘回來。

等到傍晚，侯飛文騎著快馬回來，一進門就道：「洋兵隊伍果然折而向西，咱們快追。」袁承志當即站起，命啞巴在店中留守鐵箱，自己率領程、沙、胡、鐵四人以及侯飛文等河北羣豪，連夜向西南趕去，估量大砲沉重，難以快行，必可追上。

到第三日清晨，袁承志等穿過一個小鎮，只見十尊大砲排在一家酒樓之外，每尊砲旁有六名洋兵執槍守衛。衆人大喜，相視而笑。鐵羅漢叫道：「肚子餓啦，肚子餓啦！」袁承志道：「好，我們再去會會那兩個洋官。」

衆人直上酒樓，鐵羅漢走在頭裏，一上樓就驚叫一聲。只見幾名洋兵手持洋槍，對準了青青，手指扳住槍機。一旁坐著那兩個西洋軍官彼得、雷蒙和那西洋女子若克琳。

雷蒙見衆人上來，嘰咦咕嚕的叫了幾聲，又有幾名洋兵舉起了槍對著他們，大聲呼喝。袁承志急中生智，提起一張桌子，猛向衆洋兵擲去，跟著飛身而前，在青青肩頭按落，兩人蹲低身子，一陣煙霧過去，衆槍齊發，鉛子都打在桌面上。

袁承志怕火器厲害，叫道：「大家下樓。」拉著青青，與衆人都從窗口跳了下樓。雷蒙大怒，掏出短槍向下轟擊。鐵羅漢「啊喲」一聲，屁股上給鉛子打中，摔倒在地。沙天廣連忙扶起。各人上馬向南奔馳。那時西洋火器使用不便，放了一槍，須得再裝火藥鉛子，衆洋兵一槍不中，再上火藥追擊時，衆人早去得遠了。

袁承志和青青同乘一騎，一面奔馳，一面問道：「幹麼跟洋兵吵了起來？」青青道：「誰知道啊？」袁承志見她神色忸怩，料知別有隱情，微微一笑，也就不問了。這三日來日夜記掛，此刻重逢，歡喜無限。

馳出二十餘里，到了一處市鎭，衆人下馬打尖。胡桂南用小刀把鐵羅漢肉裏的鉛子剜了出來。鐵羅漢痛得亂叫亂罵。

青青把袁承志拉到西首一張桌旁坐了，低聲道：「誰叫她打扮得妖裏妖氣的，手臂也露了出來，眞不怕醜！」袁承志摸不著頭腦，問道：「誰啊？」青青道：「那個西洋國女人。」袁承志道：「這又礙你事了？」青青笑道：「我看不慣，用兩枚銅錢把她的耳環打爛了。」袁承志不覺好笑，道：「唉，你眞胡鬧，後來怎樣？」青青笑道：「那個比劍輸了給我的洋官就叫洋兵用槍對著我。我不懂他話，料想又要和我比劍呢，心想比就比吧，難道還怕了你？正在這時候，你們就來啦！」袁承志道：「你又爲甚麼獨自走了？」

青青本來言笑晏晏，一聽這話，俏臉一沉，說道：「哼，你還要問我呢，自己做的事不知道？」袁承志道：「眞的不知道啊，到底甚麼事得罪你了？」青青道：「你半夜不回店，定是去會那個美女阿九去了。前晚一個晚上，你們在那裏幽會啊？」承志道：「幽你個頭！」青青揮掌打他，承志抓住她手，在她手背輕輕一吻。青青一笑，掙脫了手。承志笑道：「那晚倒是眞跟一個女人在一起。不過她大概跟阿九的婆婆年紀差不多。」青青忙問：「是誰？」承志道：「我跟安嬸嬸在一起，就是那個安小慧的媽媽，不過小慧不在。」青青笑道：「沒用的傢伙！美女不睬你，就去找個老太婆。」

承志知道如再述說安大娘之事，青青仍會不高興，於是換了話題，說道：「洋兵火器厲害，你看用甚麼法子，才能搶他們的大砲到手？」青青嗔道：「誰跟你說這個。」承志道：「好，我跟沙天廣他們商量去。」站起身要走，青青一把抓住他衣角，道：「不許你走，話沒說完呢。」

承志笑笑，又坐了下來。隔了一會，青青問道：「你那小慧妹妹呢？」承志道：「那天分手後還沒見過，不知道她在那裏？」青青道：「你跟她媽說了一夜話，捨不得分開，定是不住口的講她了。」袁承志恍然大悟，原來她生氣爲的是這個，於是誠誠懇懇的道：「青弟，我對你的心，難道你還不明白嗎？」青青雙頰暈紅，轉過了頭。

袁承志又道：「我以後永遠不會離開你的，你放心好啦！」青青道：「那爲甚麼你見到那個阿九，兩個人都含情脈脈的，你瞧著她，她瞧著你，恨不得永不分離才好？你愛瞧她，因爲她美，我也愛瞧，倒不怪你。那她幹麼老是瞧你啊，你挺英俊麼？」承志道：「那有這事，你瞎冤枉人。」青青低聲道：「怎麼你……跟你那小慧妹妹……又這樣好？」承志道：「我幼小之時，她媽媽待我很好，就當我是她兒子一般，我自然感激。再說，你不見她跟我那個師姪很要好麼？」青青嘴一扁，道：「你說那姓崔的小子？他又傻又沒本事，生得又難看，她爲甚麼喜歡？」承志笑道：「青菜蘿蔔，各人所愛。我這姓袁的小子又傻又沒本事，生得又難看，你怎麼卻喜歡我呢？」青青嗤的一聲笑，啐道：「呸，不害臊，誰喜歡你呀？」

經過這一場小小風波，兩人言歸於好。

承志道：「吃飯去吧！」青青道：「我還問你一句話，你說阿九那小姑娘美不美？」承志道：「她美不美，跟我有甚相干？這人行蹤詭秘，咱們倒要小心著。」心想她率領大批內廷侍衛，不知是甚麼來頭，若非皇親貴戚，便是高官貴宦的眷屬，不禁暗自惆悵，心中隱隱難過。青青點點頭，兩人重又到衆人的桌邊入座，和沙天廣、程青竹等商議如何劫奪大砲。

胡桂南道：「今晚讓小弟去探探，乘機偷幾枝槍來。今天拿幾枝，明天拿幾枝，慢慢把洋槍偷完，就不怕他們了。」袁承志道：「此計大妙，我跟你同去瞧瞧。」沙天廣道：「盟主何必親自出馬？待小弟去好了。」

袁承志道：「我想瞧明白火器的用法，火槍偷到手，就可用洋槍來打洋兵。」眾人點頭稱是。青青笑道：「他還想偷瞧一下那個西洋美人兒。」眾人哈哈大笑。

當日下午，袁承志與胡桂南乘馬折回，遠遠跟著洋兵大隊，眼見他們在客店中投宿，候到三更時分，越牆進了客店。一下屋，就聽得兵刃撞擊之聲，鏘鏘不絕，從一間房中傳出來。兩人伏在窗外，從窗縫中向內張望，只見那兩個西洋軍官各挺長劍，正在激鬥。袁承志萬想不到這兩人竟會同室操戈，甚覺奇怪，當下靜伏觀戰。看了數十招，見雷蒙攻勢凌厲，劍法鋒銳，彼得卻冷靜異常，雖然一味招架退守，但只要一出手還擊，那便招招狠辣。袁承志知道時間一久，那年長軍官必定落敗。

果然鬥到分際，彼得回劍向左擊刺，乘對方劍身晃動，突然反劍直刺。雷蒙忙收劍回擋，劍身歪了。彼得自下向上急撩，雷蒙長劍登時脫手。彼得搶上踏住敵劍，手中劍尖指著對方胸膛，嘰嘰咕咕的說了幾句話。雷蒙氣得身子發顫，喃喃咒罵。彼得把地下長劍拾起，放在桌上，轉身開門出去。雷蒙提劍在室中橫砍直劈，不住罵人，忽然停手，臉有喜色，開門出去拿了一柄鐵鏟，在地下挖掘起來。

袁承志和胡桂南倒想看個究竟，看他要埋藏甚麼東西，只見他掘了好一陣，挖了個徑長兩尺的洞穴，挖出來的泥土都擲到了床下，挖了兩尺來深，就住手不挖，撕下塊被單罩在洞上，先在四周用泥土按實，然後在被單上鋪了薄薄一層泥土。他冷笑幾聲，開門出室。袁承志和胡桂南心中老大納悶，不知他在使甚麼西洋妖法。

過了一會，雷蒙又進室來，彼得跟在後面。只見雷蒙聲色俱厲的說話，彼得只是搖頭。突然間啪的一聲，雷蒙伸手打了他一記耳光。彼得大怒，拔劍出鞘，兩人又鬥了起來。雷蒙不住移動腳步，慢慢把彼得引向坑邊。

袁承志這才恍然，原來此人明打不贏，便暗設陷阱，他既如此處心積慮，那是非殺對方不可了。袁承志對這兩人本無好惡，但見雷蒙使奸，不覺激動了俠義之心。只見雷蒙數劍直刺，都為彼得架住。彼得挺劍反攻，雷蒙退了兩步。彼得右腳搶進，已踏上陷阱，「啊」的一聲大叫，向前摔跌，雷蒙迴劍指住他背心。袁承志早已有備，急推窗格，飛身躍進，金蛇劍遞出，劍頭蛇舌鉤住雷蒙的劍身向後拉扯。彼得得脫大難，立即躍起，右腳卻已扭脫了臼。雷蒙功敗垂成，又驚又怒，挺劍向袁承志刺來。袁承志一聲冷笑，金蛇寶劍左右晃動，只聽錚錚錚之聲不絕，雷蒙的劍身給金蛇劍半寸半寸的削下，片刻之間，已削剩短短一截。雷蒙正自發呆，袁承志搶上去拿住他手腕，順手提起，頭下腳上，擲入了他自己所掘的陷坑之中，哈哈大笑，躍出窗去。

胡桂南從後跟來，笑道：「袁相公，你瞧。」雙手提起，拿著三把短槍。袁承志奇道：「那裏來的？」胡桂南向窗裏指指。原來袁承志出手救人之時，胡桂南跟著進來，忙亂中乘機將兩個西洋軍官三把短槍都偷了來。袁承志笑道：「眞不愧聖手神偷。」

兩人趕回和衆人相會。青青拿著一把短槍玩弄，無意中在槍扣上一扳，只聽得轟的一聲，煙霧瀰漫。沙天廣坐在她對面，幸而身手敏捷，急忙縮頭，一頂頭巾打了下來，炙得滿臉都是火藥灰。青青大驚，連聲道歉。沙天廣伸伸舌頭，道：「好厲害！」

衆人把另外兩把短槍拿來細看，見槍膛中裝著火藥鉛丸。程青竹道：「火藥本是中國物事。咱們用來打獵、放煙花、做鞭砲，西洋人學到之後卻拿來殺人。這隊洋兵有一百多人，一百多枝槍放將起來，可不是玩的。」各人均覺火器厲害，不能以武功與之對敵，一時默然無語，沉思對策。

胡桂南道：「袁相公，我有個上不得台盤的鬼計，不知行不行？」鐵羅漢笑道：「諒你也不會有甚麼正經主意。」袁承志道：「胡大哥且說來聽聽。」胡桂南笑著說了。青青首先拍手讚好。沙天廣等也都說妙計。袁承志仔細推想，頗覺此計可行，於是下令分頭布置。

那西洋女子若克琳的父親本是澳門葡萄牙國大官，於年前逝世。她這次要搭乘運送大砲的海船回歸本國，因此隨同送砲軍隊北上，再赴天津上船。彼得是她父親的部屬，與若克琳相愛已久。雷蒙來自葡國本土，見到美人，便想橫刀奪愛。他雖官階較高，自負風流，卻無從插手，老羞成怒之餘，便向情敵挑戰，比劍時操之過急，反致失手，而行使詭計，又給袁承志突來闖破。彼得以他是上司，不敢怎樣，只有加緊提防。

這日來到一處大村莊萬公村，在村中「萬氏宗祠」歇宿。睡到半夜，忽聽得人聲喧嘩，放哨的洋兵奔進來說村中失火。雷蒙與彼得急忙起來，見火頭已燒得甚近，忙命眾兵將火藥桶搬出祠堂，放於空地。忙亂中見眾鄉民提了水桶救火，數十名大漢闖進祠堂，到處潑水。雷蒙喝問原因。眾鄉民對傳譯錢通四道：「這是我們祖先的祠堂，先潑上水，免得火頭延燒過來。」雷蒙覺得有理，也就不加干涉。那知眾鄉民信手亂潑，一桶桶水儘往火藥上倒去。洋兵拿起槍桿趕打，趕開一個又來一個，不到一頓飯功夫，祠堂內外一片汪洋，火藥桶和大砲、槍枝，無一不是淋得濕透，火勢卻漸漸熄了。

亂到黎明，雷蒙和彼得見鄉民舉動有異，火藥全都淋濕，槍枝又少了許多，心想這地方有點邪門，還是及早離去爲妙，正要下令開拔，一名小軍官來報，拖砲拉車的牲口昨晚在混亂中盡數逃光了。雷蒙舉起馬鞭亂打，罵他不小心，命錢通四帶洋兵到村中徵集。不料村子雖大，卻一頭牲口也沒有，想是得到風聲，把牲口都藏了起來。

這一來就無法起行，雷蒙命彼得帶了錢通四，到前面市鎮去調集牲口。

雷蒙督率士兵，打開火藥桶，把火藥倒出來晒。晒到傍晚，火藥已乾，眾兵正要收入桶中，突然民房中拋出數十根火把，投入火藥堆中，登時烈燄沖天。衆洋兵嚇得魂飛天外，紛紛奔逃，亂成一團。雷蒙連聲下令，約束士兵，往民房放射排槍。煙霧瀰漫中只見數十名大漢竄入林中不見了。雷蒙檢點火藥，已燒去了十之八九，槍枝也失了大半，十分懊喪。等到第三日下午，彼得才徵了數十匹騾馬來拖拉大砲。

在路上行了四五日，這天來到一條山峽險道，眼見是極陡的下山路，雷蒙與彼得指揮士兵，每一尊大砲由十名士兵用巨索在後拖住，以防山路過陡，大砲墮跌。山路越走越險，衆人正自提心吊膽，全力拖住大砲，突然山凹裏颼颼之聲大作，數十枝羽箭射了出來。

十多名洋兵立時中箭，另有十多枝箭射在騾馬身上。牲口受痛，向下急奔，衆洋兵那裏拉扯得住？十尊大砲每一尊都重達千餘斤，下墮之勢非同小可。加之路上又突然出現陷坑，許多騾馬跌入坑裏。只聽得轟隆之聲大作，最後兩尊大砲忽然倒轉，一路觔斗翻了下去。數名洋兵給壓成了肉醬。前面的八尊大砲立時均受推動。

衆兵顧不得抵擋來襲敵人，忙向兩旁亂竄。有的無路可走，見大砲滾下來的聲勢險惡，踴身跳避，跌入了峽谷。十尊大砲翻翻滾滾，向下直衝，越來越快。騾馬在前疾馳，不久就給大砲趕上，壓得血肉橫飛。過了一陣，巨響震耳欲聾，十尊大砲都跌入深谷去了。

雷蒙和彼得驚魂甫定，回顧若克琳時，見她已嚇得暈了過去。兩人救起了她，指揮士兵伏下抵敵。敵人早在坡上挖了深坑，用山泥築成擋壁，火槍射去，傷不到一根毫毛，羽箭卻不住颼颼射來。戰了兩個多時辰，洋兵始終不能突圍。

雷蒙道：「咱們火藥不夠用了，只得硬衝。」彼得道：「叫錢通四去問問，這些土匪到底要甚麼。」雷蒙怒道：「跟土匪有甚麼說的？你不敢去，我來衝。」彼得道：「土匪弓箭厲害，何必逞無謂的勇敢？」雷蒙望了若克琳一眼，惡狠狠的吐了口唾沫，罵道：「懦夫，懦夫！」彼得氣得面色蒼白，低聲道：「等打退了土匪，叫你知道無禮的代價。」雷蒙一躍而起，叫道：「是好漢跟我來！」彼得叫道：「雷蒙上校，你想尋死麼？」眾洋兵知道出去就是送死，誰肯跟他亂衝？雷蒙仗劍大呼，奔不數步，一箭射來，穿胸而死。

彼得與眾洋兵縮在山溝裏，仗著火器銳利，敵人不敢逼近，僵持了一日一夜，只盼官兵來救。但其時官場腐敗異常，若是調兵遣將，公文來往，又要請示，又要商議，不耗到十天半月，決不能調派一兵一卒。

守到第二日傍晚，眾兵餓得頭昏眼花，只得豎起了白旗。錢通四高聲大叫：「我們投降了，洋大人說投降了！」山坡上一人叫道：「把火槍都拋出來。」彼得道：「不能繳槍。」敵人並不理會，也不再攻，過了一會，忽然一陣肉香酒香，隨風飄了過來。眾洋兵已一日兩夜沒吃東西，這時那裏還抵受得住？紛紛拋出火槍，奔出溝來。彼得見大勢已去，只得下令棄械投降。眾兵把火槍堆在一起，大叫大嚷要吃東西。

只聽得兩邊山坡上號角聲響，土坑中站起數百名大漢，彎弓搭箭，對住了眾洋兵。幾個人緩步過來，走到臨近，彼得看得清楚，當先一人便是那晚救了自己性命的少年。他身旁那人正是曾給雷蒙擊落頭巾的少女。若克琳叫道：「啊，就是這批有魔法的人！」彼得拔出佩劍，走上幾步，雙手橫捧，交給袁承志，意示投降，心想此人於己有恩，輸在他手下也還值得。

袁承志先是一楞，隨即領悟這是服輸投降之意，於是搖了搖手，對錢通四道：「你對他說，他們洋兵帶大砲來，如是幫助中國守衛國土，抵抗外敵，那麼我們很是感謝，當他們是好朋友。」錢通四照他的話譯了。彼得連連點頭，伸出手來和袁承志握了握。

袁承志又道：「但你們到潼關去，是幫皇帝殺我們百姓，這個我們就不許了。」彼得道：「是去打中國百姓麼？我完全不知道。」袁承志見他臉色誠懇，相信不是假話，又道：「全中國的百姓很苦，沒飯吃，要餓死。只盼有人領他們打掉皇帝，脫離苦海。皇帝怕了，叫你們用大砲去轟死百姓。」彼得道：「我也是窮人出身，知道窮人的苦處。我這就回本國去了。」袁承志道：「那很好，你把兵都帶走吧。」

彼得下令集隊。袁承志命部下拿出酒肉，讓洋兵飽餐了一頓。彼得向袁承志舉手致敬，領隊上坡。袁承志叫道：「幹麼不把火槍帶走？」錢通四譯了。彼得奇道：「那是你的戰利品。你放我們走，不要我們用錢來贖身，我們已很感謝你的寬洪大量了。」

袁承志笑道：「你已失了大砲，再不把槍帶走，祇怕回去長官責罰更重。拿去吧。」彼得道：「你不怕我們開槍打你們麼？」袁承志哈哈笑道：「大丈夫一言既出，駟馬難追。我們中國人講究言而有信，既當你是朋友，那有疑心！」彼得連聲道謝，命士兵取了火槍，列隊而去。他一路上坡，越想越感佩，命眾兵坐下休息，和錢通四兩人又趕回來，從懷裏取出一個布包，對袁承志道：「閣下如此豪傑，我有一件東西相贈。」錢通四譯成了華語。

袁承志打開布包看時，見是一張摺疊著的厚紙，攤了開來，原來是幅地圖，圖中所繪的似是大海中的一座島嶼，圖上註了許多彎彎曲曲的文字。

彼得道：「這是南方海上的一座大島。島上氣候溫暖，物產豐富，眞如天堂一樣。我航海時到過那裏。」袁承志問道：「你給我這圖是甚麼意思？」彼得道：「你們在這裏很辛苦，不如帶了中國沒飯吃的受苦百姓，都到那島上去。」

袁承志暗暗好笑，心道：「你這外國人心地倒好，只不過不知我們中國有多大，億萬之衆，憑你再大的島也居住不下。」問道：「這島上沒人住麼？」彼得道：「有時有西班牙的海盜，有時沒有。你們這樣的英雄好漢，也不會怕那些該死的西班牙海盜。」

袁承志見他一片誠意，就道了謝，收起地圖。彼得作別而去。

錢通四轉過身子，正要隨同上山，青青忽地伸手，扯住他的耳朵，喝道：「下次再見你作威作福，欺侮同胞，小心你的狗命！」錢通四耳上劇痛，連說：「小人不敢！」他口中少了許多牙齒，說話漏風，倒似說：「小人頗敢！」

袁承志指揮衆人，爬到深谷底下去察看大砲，見十尊巨砲互相碰撞，都已毀得不成模樣，無法再用，於是掘土蓋上。袁承志見大功告成，與侯飛文等羣豪歡聚半日，痛飲一場，這才分手。次日會齊了啞巴、洪勝海等人，帶了鐵箱，向京師進發。

這一役胡桂南厥功最偉，弄濕火藥、掘坑陷砲等巧計都是他想出來的。衆人一路上對他不斷稱揚，再也不敢輕視他是小偷出身。

袁部三營初出茅廬，便建奇勛，「金蛇營」的名聲大振。其後闖軍進攻潼關，明朝兵部尚書督師孫傳庭戰死，麾下大將高傑棄關逃赴西安，闖軍攻破潼關，得西安，再取北京，袁部毀砲挫敵之功甚巨。

此去一路之上，但見焦土殘垣，野犬食屍，盡是淸兵燒殺劫掠的遺跡，羣雄看得盡皆心頭火起。沙天廣道：「可惜那日沒殺了韃子兵的元帥阿巴泰。盟主，咱們趕上去刺殺他如何？」青青首先便鼓掌叫好。袁承志沉吟不答。青青道：「去殺了韃子兵元帥有甚不好？也免得孫仲壽叔叔老是埋怨。」袁承志道：「要刺殺韃子的頭子，殺得越大越好，咱們索性便去刺殺滿清的皇帝皇太極。」眾人一怔，隨即齊聲歡呼。

袁承志詳細詢問洪勝海，滿清的京城如何防衛，如何方能混入皇宮。洪勝海道：「滿清的京城在瀋陽，現今叫作盛京，那盛京規模簡陋，可萬萬及不上北京了。小人先前在睿親王多爾袞手下當差，有塊腰牌，可以直進睿親王府，皇宮卻沒進去過。」袁承志道：「咱們這就去盛京，到了之後相機行事。」

一行人先到北京順天府，租到住所後將鐵箱埋入地下，由程青竹率領青竹幫的幾名得力頭目留守，承志等出京向北進發，出山海關後，不一日到了盛京。

眾人在一家小客店中歇了，商議混進宮中之策。洪勝海道：「相公，依小人之見，請你委屈一下，扮作小人的夥伴，先去見多爾袞。他是韃子皇帝的親弟弟，在各位王爺中最得寵信，權力最大。咱們或能憑著他帶進宮去。」袁承志道：「多爾袞派你送信給司禮太監曹化淳，你又怎地回報？」洪勝海道：「小人只說曹化淳還沒能見到，但在北京打探到了機密軍情，因此先行回報。」袁承志道：「甚麼機密軍情？」洪勝海道：「小人胡說八道一番，說是明朝皇帝已向西洋國借兵，借來幾百門大砲，數千洋槍隊，日內就來攻打滿洲。」袁承志喜道：「此計大妙，多爾袞聽了，定要去稟報韃子皇帝。」於是向青青要了那枝洋槍，對洪勝海道：「你說我是西洋兵的通譯錢通四，因此得悉內情。」

青青大笑，說道：「承志哥哥，你甚麼人不扮，卻去扮那個狗通譯錢通四，我打掉你滿嘴牙齒再說！」說著舉起右手，假意向袁承志嘴上打去。袁承志張口便咬，青青忙縮手不迭。袁承志嘰哩咕嚕的說了幾句冒充西洋話，衆人盡皆大笑。

當日午後，袁承志隨同洪勝海，去睿親王府求見王爺。多爾袞隨即傳見。袁承志見那多爾袞三十一二歲年紀，身形高瘦，一臉精悍之氣。洪勝海跟他說了一陣滿洲話，多爾袞果然神色大變，隨即以漢語詢問袁承志。袁承志取出洋槍，放在桌上，將先前與洪勝海商量好的言語說了。多爾袞沉吟良久，說道：「你們報訊有功，我有重賞。這就下去吧。明日再來伺候，聽取吩咐。」兩人無奈，只得磕頭退出。

袁承志無緣無故向韃子王爺磕了幾個頭，卻見不到皇太極，回到客店，老大發悶。尋思一會，要洪勝海帶到皇宮外去察看了一番，決意晚間逕行入宮行刺。

他想此舉不論成敗，次日城中必定大索，捉拿刺客，於是要各人先行出城，約定明日午間在城南二十里處一座破廟中相會。各人自知武功與他相差太遠，多一人非但幫不了忙，反而成爲累贅，單是他一人，脫身便容易得多，俱各遵命，都力勸他務須小心。

青青出門時向袁承志凝望片刻，低聲道：「承志哥哥，韃子皇帝刺得到果然好，刺不到也就罷了，你自己可千萬要保重。你知道，在我心中，一百個韃子皇帝也及不上你一根頭髮，我若是從此再也見不到你……」說到這裏，眼圈兒登時紅了。

袁承志要讓她寬懷，伸手拔下頭上一根頭髮，笑道：「我送一百個韃子皇帝給你。」說時將頭髮遞將過去。青青噗哧一笑，眼淚卻掉了下來。

袁承志等到初更時分，攜了金蛇劍與金蛇錐，來到宮牆外。眼見宮外守衛嚴密，悄步繞到一株大樹後躲起，待衛士巡過，輕輕躍入宮牆。眼見殿閣處處，卻不知皇太極居於何處，一時大費躊躇，心想只有抓到一名衛士或太監來逼問。

他放輕腳步，走了小半個時辰，不見絲毫端倪，心道：「這件事艱難萬分，怎比得當日大功坊中夜探？務須沉住了氣，今晚不成，明晚再來，縱然須花一兩個月時光，那也不妨。」既這麼想，走得更加慢了，繞過一條迴廊，忽見花叢中燈光閃動，忙縮身在假山之後，過不多時，只見四名太監提了宮燈，引著三名官員過來。他眼見人多，倘若搶出擒人，勢必驚動，只要一聲張，皇帝有備，便行刺不成了，當下躡足在後跟隨，只見那七人走向一座大殿，進殿去了。殿外匾額寫著「崇政殿」三字，旁邊有行彎彎曲曲的滿文。

袁承志繞到殿後，伏身在地，見殿周四五十名衛士執刀守禦，心中一喜：「此處守衛森嚴，莫非韃子皇帝便在殿中？」在地下慢慢爬近，拾起一塊石子，投入花叢。四名衛士聞聲過去查看，其餘侍衛也均注視。袁承志展開輕功，已搶到牆邊，使出「壁虎遊牆功」沿牆而上，頃刻間到了殿頂，伏在屋脊側面，傾聽四下無聲，自己蹤跡未讓發見，輕輕推開殿頂的幾塊琉璃瓦，從縫隙中往下瞧去。見滿殿燈燭輝煌，那三名官員正跪在地下，行的是三跪九叩大禮，袁承志大喜：「果然是在參見皇帝。」

只聽得最前的一名花白鬍子的老官說道：「臣范文程見駕。」其次一名身材魁梧的官員道：「臣寧完我見駕。」最後一名官員臉容尖削，說道：「臣鮑承先見駕。」袁承志心道：「這三個官兒都是漢人，卻投降了韃子，都是漢奸，待會順手一個一劍。」又想：「他們跟韃子皇帝怎地又都說漢話？」

緩緩移身向南，從縫隙中向北瞧去，只見龍座上一人方面大耳，雙目炯炯有神，唇留微髭，約莫五十來歲年紀，料想便是父親當年的大敵皇太極。尋思：「從此發射金蛇錐，當可取他性命，只是隔得遠了，並無十足把握，倘若侍衛之中有高手在內，別要給擋格開去，還是跳下去一劍割了他首級的爲是。」

只聽皇太極道：「南朝軍情這幾天怎麼樣？今日接到阿巴泰稟報，說先前在山東青州、泰安之間中伏，打了個大敗仗，難道明軍居然還這麼能打？你們可知青州、泰安這一帶的統兵官是誰？」袁承志心想：「原來他們正在說我們打的這場勝仗，倒要聽聽他們說些甚麼？」

寧完我道：「啓稟皇上，臣已詳細查過。明軍帶兵的總兵官姓水，名叫水鑒，武藝了得。其實眞正打仗的是李自成手下的一批亡命之徒，叫作甚麼『金蛇營』，那水總兵倒給他收服投降了。」皇太極「哦」了一聲，道：「他降了反賊，那太可惜了。你們去仔細查明，能不能設法要他降我大淸，瞧他是貪財呢，還是愛美色。此人能打敗阿巴泰，那是個人才，咱們決不能輕易放過了。」三名官員齊聲道：「皇上聖明英斷，那水鑒若肯降順，是他的福氣。」

皇太極嘆了口氣，說道：「咱們當年使反間計殺了袁崇煥，朕事後想來，常覺十分可惜……」袁承志聽他提到自己父親的名字，耳中嗡的一聲，全身發熱，心道：「他們使反間計，使反間計！我爹爹果然是他害的。這人是害死我爹爹的大仇人！」只聽皇太極續道：「倘若袁崇煥能爲朕用，南朝的江山這時候多半早已是大淸的了。」袁承志暗暗呸的一聲，心中罵道：「狗韃子打的好如意算盤！我爹爹忠肝義膽，豈能降你？」

皇太極又道：「只是袁崇煥爲人愚忠，不識大勢，諒來也是不肯投降的。」又嘆了口氣，問道：「洪承疇近來怎樣？」袁承志知道父親當年曾任薊遼總督，後來洪承疇也做薊遼總督，崇禎皇帝委以兵馬大權，兵敗被擒，降了滿淸。洪承疇失陷之初，崇禎還以爲他已殉國，曾親自隆重祭祀。後來得知降淸，天下都笑崇禎無知人之明。

范文程道：「啓奏皇上，洪承疇已將南朝的實情甚麼都說了。他說崇禎剛愎自用，舉措失當，信用奸佞，殺害忠良，四方流寇大起。我大淸大軍正可乘機進關，解民倒懸。」皇太極搖頭道：「崇禎的性子，他說得一點兒也不錯。但我兵進關卻還不是時候。這時候進關，並無必勝把握。總須讓明兵再跟流寇打下去，雙方精疲力盡，兩敗俱傷，大淸便可收那漁翁之利，一舉而得天下。你們漢人叫做卞莊刺虎之計，是不是？」三臣齊道：「是，是，皇上聖明。」

袁承志暗暗心驚：「這韃子皇帝當眞厲害，崇禎和他相比可天差地遠了。我非殺他不可，此人不除，我大漢江山不穩。就算闖王得了天下，只怕……只怕……」隱隱覺得此人目光遠大，統觀全局，想得通透，穩紮穩打，半點也不急躁，闖王的才具與他相較，似乎也頗有不及，又想：「這皇帝的漢語可也說得流利得很。他還讀過中國書，居然知道卞莊刺虎的故事。」

只聽皇太極道：「那洪承疇還說些甚麼？」范文程道：「洪承疇向臣露了幾次口風，盼望皇上恩典，賞他個差使，他得以爲皇上效犬馬之勞，仰報天恩。」皇太極哈哈大笑，道：「這差使嗎？慢慢再說。」鮑承先道：「皇上，臣愚魯之極，心中有一事不明白，盼望皇上指點。」皇太極點點頭。鮑承先道：「洪承疇先前不肯歸順，皇上大賜恩寵，親自解下身上的貂裘，披在他身上，又連日大張筵席請他，連我大淸的開國功臣也從來沒這般殊榮。衆臣工都不明白。皇上開導說：咱們這些年來辛辛苦苦、連年征戰，爲的是甚麼？衆臣工啓奏道：爲的是打南朝江山。皇上諭道：是啊，可是咱們不明南朝內情，好比都是瞎子，洪承疇一歸順，咱們都睁開了眼啦，那還不歡喜麼？衆臣工都拜服皇上聖明。這些日子來，那洪承疇將南朝各地的城守職官、民情風俗，都說得詳詳細細，果然盡在皇上算中。但皇上卻不賞他官職封爵，衆臣工可又都不明白了。」

皇太極微微一笑，說道：「老鮑性子直爽，想問甚麼，倒也直言無忌。你們三個，雖然都是漢人，但早就跟先皇和朕辦事，忠心耿耿，洪承疇怎能跟你們相比？」范文程等三人忙爬下磕頭，咚咚有聲，顯得感激之極。袁承志暗罵：「無恥，無恥！」

皇太極道：「洪承疇這人，本事是有的，可是骨氣就說不上了。先前我已待他太好，若再賜他高官厚祿，這人還肯出力辦事嗎？哼，崇禎封他的官難道還不夠大，那時他做的是甚麼官？」范文程道：「啓奏皇上：那時他在南朝官封太子太保、兵部尚書、總督薊遼軍務，麾下統率八名總兵官，實是官大權大。」皇太極道：「照啊。我封他的官再大，也大不過崇禎封他的。要他盡心竭力辦事，便不能給他官做，把他吊在那兒，叫他搖搖晃晃的摸不著邊兒。」三臣齊聲道：「皇上聖明。」

袁承志越想越有道理，覺得他這駕馭人才的法門實是高明之極，此刻聽到這番話，宛似當年在華山絕頂初見《金蛇秘笈》，其中所述法門無不匪夷所思，雖然絕非正道，卻令人不由得不服。

他呆了一陣，卻聽得皇太極在和范文程等商議，日後取得明朝天下之後如何治理，此時如何先爲之備，倒似大明的江山已是他掌中之物一般。袁承志心下憤怒，輕輕又揭開兩張琉璃瓦，看準了殿中落腳之處，卻聽得皇太極道：「南朝所以流寇四起，說來說去，也只一個道理，就是老百姓沒飯吃。咱們得了南朝江山，第一件大事，就是要讓天下百姓人人有飯吃……」袁承志心下一凜：「這話對極！」

范文程等頌揚了幾句。皇太極道：「要老百姓有飯吃，你們說有甚麼法子？范先生，你先說說看。」他似對范文程頗爲客氣，稱他「先生」，不像對鮑承先那樣呼之爲「老鮑」。范文程道：「皇上未得江山，先就念念不忘於百姓，這番心意，必得上天眷顧。以臣愚見，要天下百姓都有飯吃，第一須得輕傜薄賦，決不可如崇禎那樣，不斷的加餉搜刮。」皇太極點頭道：「咱們進關之後，須得定下規矩，世世代代，不得加賦，只要庫中有餘，就得下旨減免錢糧。」范文程道：「皇上如此存心，實是萬民之福，臣得以投效明主，爲皇上粉身碎骨，也所……也所甘願。」說到後來，語音竟然嗚咽了。

袁承志心想：「這個大漢奸，似乎確有幾分愛民之心，卻不知是做戲呢，還是眞心。」皇太極道：「很好，很好。你們漢人罵你們是漢奸，日後你們好好爲朕辦事，也就是爲天下百姓辦事，總得狠狠的掙一口氣，讓千千萬萬百姓瞧瞧，到底是你們這些人爲漢人做了好事呢，還是崇禎手下那些只知升官發財、搜刮百姓的眞漢奸做了好事。老寧，你有甚麼條陳？」

寧完我道：「啓奏皇上：我大清的滿洲人少，漢人衆多。皇上得了天下後，以臣愚見，須得視天下滿人漢人俱是皇上子民，不可像元朝蒙古人那樣，把漢人南方人當作下等百姓。只消我大清對衆百姓一視同仁，漢人之中縱有倔強之徒，也成不了大事。」皇太極點頭道：「此言有理。元人弓馬天下無敵，可是他們在中國的江山卻坐不穩，就是爲了虐待漢人。這是前車甚麼的？」鮑承先道：「前車覆轍。」皇太極微笑道：「對了，老鮑，我讀漢人的書，始終不易有甚麼長進。」鮑承先道：「皇上日理萬機，這些漢人書裏的典故，也不必太放在心上。只要懂得書裏的大道理，如何治國平天下，那就夠了。」皇太極點頭道：「漢人的學問，不少是很好的。只不過作主子的，讀書當學書裏頭的道理策略，不必學漢人的秀才進士那樣，學甚麼吟詩作對……」

袁承志聽了這些話，只覺句句入耳動心，渾忘了此來是要刺死此人，內心隱隱似盼多聽一會，但聽他四人商議如何整飭軍紀，清兵入關之後，決不可殘殺百姓，務須嚴禁劫掠。只見兩名侍衛走上前來，換去御座前桌上的巨燭，燭光一明一暗之際，袁承志心想：「再不動手，更待何時？」左掌提起，猛力擊落，喀喇喇一聲響，殿頂已斷了兩根椽子，他隨著瓦片泥塵，躍下殿來，右足踏上龍案，金蛇劍疾向皇太極胸口刺去。

皇太極兩側搶上四名衛士，不及拔刀，已同時擋在皇太極身前。嗤嗤兩響，兩名衛士已身中金蛇劍而死。皇太極身手甚是敏捷，從龍椅中急躍而起，退開兩步。這時又有五六名衛士搶上攔截，寧完我與鮑承先撲向袁承志身後，各伸雙手去抱。袁承志左腳反踢，砰砰兩聲，將寧鮑兩人踢得直摜出去。便這麼一緩，皇太極又退開了兩步。

袁承志大急，心想今日莫要給這韃子皇帝逃了出去，再要行刺，可就更加不易了，連發兩枚金蛇錐，卻都給衛士衝上擋去，作了替死鬼。袁承志金蛇劍連刺，更不理會衆衛士來攻，疾向皇太極衝去。眼見距他已不過丈許，驀地裏帷幕後搶出八名武士，都是空手，同時撲到。袁承志右足彈出，砰的一響，踢飛一名，左足鴛鴦連環，跟著飛出，一名武士正在此時自左側撲到。袁承志左腳踢中了他胸口，他雙手卻已牢牢抓住了袁承志小腿。這武士口中鮮血狂噴，雙手卻死命抓住不放。這八名武士在滿洲語中稱為「布庫」，擅於摔跤擒拿，平時宮中或貝勒王公盛宴，例有角鬥娛賓。皇太極接見臣下之後，臨睡之前常要先看一場角鬥。這八名布庫武士此刻正在殿旁伺候，聽得有刺客，紛紛搶上來護駕。

袁承志左足力甩，卻甩不脫這武士，金蛇劍揮出，削去了他半邊腦袋，但那武士雙手兀自緊緊抓住袁承志小腿。忽聽得身後有人喝道：「好大膽，竟敢犯駕？」說的是漢語。袁承志全不理會，左腳帶著那名死武士，跨步上前去追皇太極，只跨一步，頭頂風聲颯然，一件兵刃襲到，勁風掠頸，有如利刃。袁承志一驚，知道敵人武功高強之極，危急中滾倒在地，一個觔斗翻出，舞劍護頂，左手扯脫腳上的死武士，這才站起。

燭光照映下，只見眼前站著一個中年道人，眉清目秀，臉色白潤，右手執著一柄拂塵，冷笑道：「大膽刺客，還不拋下兵器受縛？」

袁承志眼光只向他一瞥，又轉去瞧皇太極，只見已有十餘名衛士擋在他身前。袁承志陡然躍起，急向皇太極撲去，身在半空，驀見那道士也躍起身子，拂塵迎面拂來。

袁承志金蛇劍連刺兩下，快速無倫。那道士側頭避了一劍，拂塵擋開一劍，跟著千百根拂塵絲急速揮來。袁承志伸左手去抓拂塵，右手劍刺他咽喉。唰的一聲響，塵尾打中了他左手，手背上登時鮮血淋漓，原來他拂塵之絲係以金絲銀絲所製，雖然柔軟，運上了內勁，卻是一件致命的厲害兵刃。就在這時，金蛇劍劍尖上的蛇舌也已鉤中那道人肩頭。兩人在空中交手三招，各受輕傷，落下地來時已交叉易位，心下都驚疑不定：「這人是誰？武功恁地了得，實是我生平所僅見。」

註：一、唐朝安祿山造反時，玄宗命大將哥舒翰守潼關，哥舒出戰敗死，潼關失守，長安不久便即陷落，本回回目借用此史事，唯比喻不甚貼切。

二、其時滿清國君皇太極未稱「皇帝」，只稱爲「汗」，但漢人習慣上稱之爲「皇帝」。

玉眞子的衣服給胡桂南盜了去，全身赤裸，下身摟了一張棉被，左手牢牢拉住，惟恐掉將下來，只以右手抵擋袁承志凌厲的攻擊，頃刻間狼狽萬分，卻始終不肯拋下棉被而雙手應戰。

第十四回　劍光崇政殿　燭影昭陽宮

袁承志回身又待去刺皇太極時，那道人的拂塵已向他腦後拂來，拂絲爲內勁所激，筆直戳至，猶似桿棒。袁承志無奈，只得回劍擋開。

兩人這一搭上手，登時以快打快，瞬息間拆了二十餘招。袁承志竭盡平生之力，竟絲毫佔不到上風，越鬥越心驚，突然間風聲過去，右頰又給拂塵掃了一下，料想臉頰上已多了數十條血痕，驀地裏青青的話在腦海中一閃：「承志哥哥，韃子皇帝刺得到果然好，刺不到也就罷了，你自己可千萬要保重。」眼見敵人如此厲害，只得先謀脫身，他一邊鬥，一邊移動腳步，漸漸移向殿口。那道人冷笑道：「在我玉眞子手下也想逃命麼？痴心妄想！」說著拂塵連進三招，盡是從意料不到的方位襲來。袁承志一時不知如何招架才是，腳下自然而然的使出木桑所授「神行百變」步法，東竄西斜，避了開去。

不料這玉眞子如影隨形，竟於他的「神行百變」步法了然於胸，袁承志閃到東，他跟到東，竄到西，他追到西。袁承志雖讓開了那三招，卻擺脫不了他源源而來的攻擊。

這一來，兩人都感大奇。玉眞子叫道：「你叫甚麼名字？是木桑道人的弟子嗎？」袁承志道：「不是。」玉眞子問道：「你怎地會鐵劍門的步法？」袁承志反問：「你是漢人，怎地反幫韃子？」玉眞子怒道：「倔強小子，死到臨頭，還在胡說。」唰唰兩招。

袁承志眼見對方了得，稍有疏神，不免性命難保，當即凝神致志，使開本門華山派劍法接招。玉眞子看了數招，叫道：「啊，你是華山派穆老猴兒門下的小猴兒，是不是？」袁承志不肯隱瞞師門，喝道：「是便怎樣？」一招「蒼松迎客」，長劍斜出，內力從劍身上嗤嗤發出，姿式端凝，招迅勁足。玉眞子讚道：「好劍法，小猴兒不壞！」

袁承志罵道：「你這做漢奸的賊道！」玉眞子笑道：「老猴兒也不是我對手，你小猴兒更加不用想。」袁承志不再說話，全神貫注的出劍拆招。玉眞子微一疏神，左臂竟讓金蛇劍的尖鉤劃了淺淺一道口子。這一來，他再也不敢托大，舞動拂塵疾攻。

兩人翻翻滾滾的鬥了二百餘招，兀自難分高下，都暗暗駭異。袁承志不敢亂使金蛇劍法和木桑所授功夫，前者究未十分純熟，後者對方似所深知，招招使的盡是華山派本門劍法。金蛇劍本來鋒銳絕倫，無堅不摧，但玉眞子的拂塵塵絲柔軟，毫不受力，竟削它不斷。金蛇劍與拂塵招術變幻，勁風鼓盪，崇政殿四周巨燭忽明忽暗。

又拆數十招，驀聽得皇太極以滿洲語呼喝幾句，六名布庫武士分從三面撲上。袁承志料想今日已刺不到韃子皇帝，急揮長劍疾攻兩招，轉身向殿門奔出。玉真子拂塵揮出，塵絲已捲住了金蛇劍的尖鉤。兩人同時拉扯，片刻間相持不下。便在這時，兩名武士已同時撲上來抓住了袁承志雙臂。

袁承志大喝一聲，鬆手撤劍，雙掌在兩名武士背上推拍，運起混元功內勁，兩名武士身不由主的向玉真子撞去，玉真子無奈，只得也鬆開拂塵柄，出掌推開兩名武士，嗆啷啷一響，拂塵與金蛇劍同時掉落。便在這時，兩名武士已抱住了袁承志雙腿。

玉真子右掌向袁承志胸口拍到。袁承志雙足凝立，還掌拍出。兩名武士拚命拉扯，要將他扳倒，卻那裏扳得動？玉真子掌來如風，瞬息之間連出一十二掌。袁承志一一解開，突然頸中一緊，一名武士撲到他背上，伸臂扼住了他咽喉。袁承志左肘向後撞出，正中他胸腹之間。那武士狂噴鮮血，都噴在袁承志後頸，熱血汩汩從他衣領中流向背心，扼住他咽喉的手臂漸鬆。袁承志正待運勁擺脫，一名武士撲上來扭住了他右臂。玉真子乘機出指疾點，袁承志伸左手擋格。他雖只剩下左臂可用，仍擋住了玉真子的七指連點。

玉真子右指再點，左掌拍向袁承志面門。袁承志忙側頭相避，左臂卻又給一名武士抱住了。玉真子噗噗噗連點三下，點了他胸口三處大穴，笑道：「放開吧，他動不了啦。」四名抱住袁承志雙手雙腿的武士卻說甚麼也不放手。

皇太極的侍衛隊長拿過鐵鍊，在袁承志身上和手足上繞了數轉，衆武士這才放手，將伸臂扼在袁承志頸中的武士扶下來時，只見他凸睛伸舌，早氣絕而死。

皇太極道：「玉真總教頭和衆武士、衆侍衛護駕有功，重重有賞。老鮑、老寧，你們受傷了嗎？」鮑承先和寧完我已由衆侍衛扶起，哼哼唧唧的都說不出話來。

皇太極回入龍椅坐下，笑吟吟的道：「喂，你這年輕人武功強得很哪，你叫甚麼名字？」袁承志昂然道：「我行刺不成，快把我殺了，多問些甚麼？」皇太極道：「是誰指使你來刺我？」

袁承志心想：「我便照實而言，也好讓韃子知道袁督師有子。」大聲道：「我是前薊遼督師袁公的兒子，名叫袁承志。你韃子侵犯我大明江山，我千萬漢人，恨不得食你之肉。我今日來行刺，是爲我爹爹報仇，爲我成千成萬死在你手下的漢人報仇。」

皇太極一凜，問道：「你是袁崇煥的兒子？」袁承志道：「正是。我名叫袁承志，便是要繼承我爹爹遺志，抗禦你韃子入侵。」

衆侍衛連聲呼喝：「跪下！」袁承志全不理睬。皇太極揮手命衆侍衛不必再喝，溫言道：「袁崇煥原來有後，那好得很啊。你還有兄弟沒有？」袁承志一怔，心想：「他問這個幹麼？」說道：「沒有！」皇太極問道：「你受了傷沒有？」袁承志叫道：「快將我殺了，不用你假惺惺。」

皇太極嘆道：「你爹爹袁公，我是很佩服的。可惜崇禎皇帝不明是非，殺害了忠良。當年你爹爹跟我曾有和議，明淸兩國罷兵休民，永爲世好。只可惜和議不成，崇禎反而說這是你爹爹的大罪，我聽到後很是痛心。崇禎殺你爹爹，你可知是那兩條罪名？」

袁承志默然。他早知崇禎殺他爹爹，有兩條罪名，一是與淸酋議和，勾結外敵，二是擅殺皮島總兵毛文龍。孫仲壽、應松等說得明白，當日袁督師和皇太極議和，只是一時權宜之計，淸兵勇悍善戰，弓馬之技天下無雙，明兵力所不敵，只有等練成了精兵之後，方有破敵機會，議和是爲了練兵與完繕城守。至於毛文龍貪贓跋扈，劫掠百姓，不奉朝命，不聽指揮，不殺他無以整肅軍紀。

皇太極道：「你爹爹是崇禎害死的，我卻是你爹爹的朋友。你怎地不分好歹，不去殺崇禎，卻來向我行刺？」袁承志道：「我爹爹是你敵人，怎會是你朋友？你使下反間計，騙信崇禎，害死我爹爹。崇禎要殺，你也要殺。」皇太極搖搖頭，道：「你年輕不懂事，甚麼也不明白。」轉頭向范文程道：「范先生，你開導開導他。」袁承志大聲道：「你想要我學洪承疇麼？哼，袁督師的兒子，會投降滿洲嗎？」

這時崇政殿外已聚集了不少文武官員，都是聽說有刺客犯駕、黌夜趕來護駕的。皇太極道：「祖大壽在這裏嗎？」階下一名武將道：「臣在！」走到殿上，跪下磕頭。

袁承志心中一凜，祖大壽是父親當年麾下的第一大將，父親給崇禎下旨擒拿時，他義憤不服，帶兵反出北京，後來父親在獄中修書相勸，他才再接崇禎令旨。他與清兵血戰前後數十場，但崇禎對他疑忌，每次都不予增援，致在大凌河爲皇太極重重圍困，不得已而投降；此後降了又反，在錦州數場血戰，後援不繼，被擒又降。心想：「他對我爹爹雖然不錯，但投降韃子總是大大不該。」忍不住高聲斥道：「祖大壽，你這無恥漢奸！」

祖大壽站起身來，轉頭瞧著他。袁承志見他剃了額前頭髮，拖根辮子，頭髮已然花白，容色憔悴，全無統兵大將的半分英氣，喝道：「祖大壽，你還有臉見我嗎？你死了之後，有臉去見我爹爹嗎？」

祖大壽在階下時已聽到皇太極和袁承志對答的後半截話，突然眼淚從雙頰上流了下來，顫聲道：「袁公子，你……你長得這麼大了，你……你三歲的時候，我……我抱過你的。」袁承志怒道：「呸，給你這漢奸抱過，算我倒霉！」祖大壽全身顫抖，張開雙臂，踏上兩步，似乎又想去抱他，但終於停步，張嘴要待說話，聲音卻啞了，只「啊，啊，啊」幾聲。

皇太極道：「祖大壽，這姓袁的交你帶去，好好勸他歸順。當眞不降，咱們把他千刀萬剮。哼，這小子膽子倒大，居然來向朕行刺，嘿嘿，嘿嘿。」祖大壽跪下不住磕頭，說道：「皇上天恩，臣當盡力開導。」皇太極點頭道：「好，你帶他去吧！」

祖大壽走到袁承志身邊，伸手欲扶。袁承志退後兩步，手腳上鐵鍊噹啷啷直響，喝道：「別碰我！」祖大壽縮開手，躬身退出。兩名侍衛伸手托在袁承志腋下，跟在祖大壽身後。袁承志回頭向皇太極瞧去，只見他眼光也正向他瞧來，神色間甚是和藹。

袁承志茫然不解，心道：「不知這韃子皇帝肚子裏在打甚麼鬼主意。」

到得宮外，祖大壽命親隨將袁承志扶上自己坐騎，自己另行騎了匹馬，同到自己府中。祖大壽命親隨將袁承志扶入書房，說道：「你們出去！」四名親隨躬身出房。

祖大壽掩上了房門，一言不發，便去解袁承志身上的鐵鍊。袁承志自在宮內之時，便已緩緩運氣，胸口所封穴道已解了大半，見他竟來解自己身上鐵鍊，心想：「你只道我穴道被點，兀自動彈不得，哼哼，這可太也托大了！」

祖大壽緩緩將鐵鍊一圈圈的從袁承志身上繞脫，始終一言不發。袁承志暗暗運氣，覺胸口膻中穴氣息仍頗窒滯，心想：「那道人手勁當真了得。我穿著木桑道長所賜的金絲背心，受了他這三指，兀自如此。若無這背心護體，那還了得？」又想：「祖大壽要勸我投降韃子，我且假裝聽他的，拖延時刻。一待胸間氣息順暢，便發掌擊斃了這漢奸，穿窗逃走。」祖大壽解完鐵鍊，低沉著嗓子道：「袁公子，你這就去吧。」

袁承志大吃一驚，幾乎不信自己耳朵，問道：「你……你說甚麼？」祖大壽道：「要刺殺大清皇帝，實在難得很。你還是去吧。」袁承志道：「你放我走？」祖大壽道：「是，你有沒受傷？」袁承志道：「沒有。」祖大壽道：「你騎我的馬，天一亮立即出城。」袁承志道：「你爲甚麼放我走？」祖大壽黯然道：「你是袁督師的親骨血，祖大壽身受督師厚恩，無以爲報。」袁承志道：「你放了我，明天韃子皇帝查問起來，你定有死罪。」祖大壽道：「那走著瞧吧。大清皇帝說過，不會殺我的。」袁承志道：「你私放刺客，罪名太大，皇帝說不定還會疑心你是行刺的主使。我不能自己貪生，卻害了你一命。」

祖大壽苦笑道：「我的性命，還值得甚麼？在大凌河城破之日，我早該死了。錦州城破之日，更該當死了。袁公子，你不用管我，自己去吧。」袁承志道：「那麼你跟我一起逃走。」祖大壽搖搖頭道：「我老母妻兒、兄弟子姪，一家八十餘口全在盛京，我是不能逃的。」袁承志心神激盪，突然胸口內息逆了，忍不住連聲咳嗽，尋思：「他投降韃子，就是漢奸，我原該一掌打死了他，想不到他竟會放我走。我一走，韃子皇帝非殺了他不可。是我殺他，還是韃子殺他，本來毫無分別。但是我難道眼睜睜的讓他代我而死？我若不走，自然是給韃子殺了，我以有爲之身，尙有多少大事未了，怎能輕易送命？我當然不想死，爲了一個漢奸而死，更加不值之至。可是……可是……」心下越難委決，越咳得厲害，面紅耳赤，險些氣也喘不過來。

祖大壽輕輕拍他背脊，說道：「袁公子，你剛才激鬥脫力，躺下來歇一會兒。」袁承志點點頭，盤膝而坐，心中再不思量，只凝神運氣。那玉真子點穴功夫當眞厲害，初時還以爲給封閉了的穴道已然解開，但一運氣間，便覺胸口終究不暢，心知坐著不動，那也罷了，但若與人動手，或是施展輕功跳躍奔跑，勢必會閉氣暈厥。於是按照師父所授的調理內息法門，緩緩將一股眞氣在各處經脈中運行。

也不知過了多少時候，才覺眞氣暢行無阻，更無窒滯，慢慢睜開眼來，卻見陽光從窗中射進，竟已天明。他微吃一驚，見祖大壽坐在一旁，雙手擱膝，呆呆出神。袁承志站起，說道：「你陪了我半夜？」祖大壽臉上微現喜色，道：「公子好些了？」

袁承志道：「全好了！那玉眞子道人是甚麼來歷？武功這麼厲害。」祖大壽道：「他是新近從西藏來的，上個月宮中布庫大校技，這道人打敗二十三名一等布庫武士，後來四五名武士聯手跟他較量，也都讓他打敗了。皇帝十分歡喜，封了他一個甚麼『護國眞人』的頭銜，要他作布庫總教頭。公子，你喝了這碗鷄湯，吃幾張餅，咱們這就走吧。」說著走到桌邊，雙手捧過一碗湯來。

袁承志心想：「我專心行功，有人送吃的東西進來也不知道。他本來就可殺我，也不用下毒。」接過湯碗，喝了幾口，微有苦澀之味。祖大壽道：「這是遼東老山人參燉的，最能補氣提神。」袁承志吃了兩張餅，說道：「你帶我去見韃子皇帝，我投降了。」祖大壽大吃一驚，雙目瞪視著他，隨即明白，他是不願自己爲他送命，先行假意投降，然後再謀脫身，沉吟片刻，道：「好！」帶著他出了府門，兩人上了馬。祖大壽也不帶隨從，當先縱馬而行，袁承志跟隨其後。

行了幾條街，袁承志見他催馬走向城門，見城門上寫著三個大字「德盛門」，旁邊有一行彎彎曲曲的滿洲文，知是盛京南門，昨天便是從這城門中進來的，心覺詫異，問道：「咱們怎地出城？」祖大壽道：「皇帝在城南哈爾撒山圍獵。」

兩人出城行了約莫十里。祖大壽勒馬停步，說道：「公子，咱們這就別過了。你多多保重，我日日夜夜求菩薩保佑你平安。」袁承志驚道：「怎麼？咱們不是去見韃子皇帝麼？」祖大壽搖頭苦笑，道：「袁督師忠義包天，他的公子怎能如我這般無恥，投降韃子？」解下腰間佩劍，連鞘向他擲去，袁承志只得接住。祖大壽突然圈轉馬頭，猛抽兩鞭，坐騎循著回城的來路疾馳而去。

袁承志叫道：「祖叔叔，祖叔叔！」一時拿不定主意，該當追他回來，還是和他一起回城，就這麼微一遲疑，祖大壽催馬去得遠了，只聽他遠遠叫道：「多謝你叫我兩聲叔叔！」

袁承志坐在馬上，茫然若失，過了良久，才縱馬南行。

又行了約莫十里，遠遠望見青青、洪勝海、沙天廣等人已等在約定的破廟之外。青青大聲歡呼，快步奔來，撲入他懷裏，叫道：「你回來啦！你回來啦！」袁承志見她臉上大有倦容，料想她焦慮掛懷，多半一夜未睡。

青青見他殊無興奮之色，猜到行刺沒成功，說道：「找不到韃子皇帝？」袁承志搖搖頭：「人是找到了，刺不到。」簡略說了經過。衆人聽得都張大了口，合不攏來。

青青拍拍胸口，吁了口長氣，說道：「謝天謝地！」

袁承志想到祖大壽要爲自己送命，心下總是不安，說道：「今晚我還要入城，倘若祖叔叔給韃子皇帝抓了起來，我要救他。」青青道：「大夥兒一起去！我可再也不讓你獨個兒去冒險了。」

申牌時分，一行人又到了盛京城內，生怕昨天已露了行跡，另投一家客店借宿。

洪勝海去祖大壽府前察看，回報說，沒聽到祖大壽給韃子皇帝鎖拿的訊息，府門外全沒動靜。袁承志心想：「韃子皇帝多半還不知他已放走了我，只道他正在勸我投降。」吩咐洪勝海再去打探。鐵羅漢道：「我也去。」青青道：「你不要去，別又跟人打架，誤了大事。」鐵羅漢撅起了嘴，道：「我也不一定非打架不可。」胡桂南道：「我跟羅漢大哥同去，他要鬧事，我拉住他便了。」袁承志點頭道：「一切小心在意。」

傍晚時分，三人回到客店。鐵羅漢極是氣惱，說道：「若不是夏姑娘先說了我，否則我真得扭下那幾個小子的腦袋。」衆人問起原因，洪勝海說了。

原來他們仍沒聽到有拿捕祖大壽的訊息，昨晚宮裏鬧刺客，卻也沒聽到街頭巷尾有人談論。三人於是去酒樓喝酒，見到八名布庫武士在大吃大喝，說得都是滿洲話。洪勝海悄悄跟兩人說了。鐵羅漢和胡桂南才知他們在吹噓總教頭如何英勇無敵，昨晚又得了一柄怪劍，劍頭有鉤，劍身彎曲，鋒銳無比，當眞吹毛斷髮，削鐵如泥。這不是袁承志的金蛇劍是甚麼？鐵羅漢站起身來，便要過去教訓他們，胡桂南急忙拉住。待八名武士食畢下樓，三人悄悄跟去，查明了他們住宿的所在。

袁承志失手被擒，兵刃給人奪去，實是生平從所未有的奇恥，心想那玉眞子的武功絕不在自己之下；這把劍非奪回不可，卻又如何從這絕頂高手之中奪回來？一時沉吟不語。

胡桂南笑道：「盟主，我今晚去『妙手』它回來。那玉眞子總要睡覺，憑他武功再高，睡著了總打我不過吧？」衆人都笑起來。袁承志道：「好，這就偏勞胡大哥了，可千萬輕忽不得。胡大哥只須盜劍，不必殺他。將他在睡夢中不明不白的殺了，非英雄好漢所爲。」胡桂南道：「是，日後盟主跟他一對一的較量，那時才教他死得心服。」袁承志微微一笑，說道：「就算單打獨鬥，我也未必能勝。」他要胡桂南不可行刺，卻是爲了此事太過凶險，玉眞子縱在睡夢之中，倘若白刃加身，也必能立時驚覺反擊，他武功太高，就算受了致命重傷，臨死之前一擊，也非要了胡桂南的命不可。

用過晚飯，胡桂南換上黑衣，興沖沖的便要出去。袁承志忌憚玉眞子厲害，終是放心不下，道：「胡大哥，我去給你把風。」兩人相偕出店。青青知道此行並不如行刺韃子皇帝那麼要干冒奇險，又素知胡桂南妙手空空，天下無雙，倒不太過擔心。

胡桂南在前領路，行了三里多路，來到布庫武士的宿地。居中是一座極大的牛皮大帳，四周都是一座座小屋。胡桂南低聲道：「那八名武士都住在北首的小屋中，只不知那牛鼻子是不是也住在這裏。」袁承志道：「咱們抓一名武士來問。只可惜咱們都不會說滿洲話。」胡桂南道：「待我打手勢要他帶路便是……」

話未說完，只見兩名武士哼著小曲，施施然而來。袁承志待兩人走到臨近，突然躍出，伸指在兩人背心穴道上各點一指，勁透要穴，兩人登時動彈不得。他出手時分了輕重，一名武士立即昏暈，另一名卻神智不失。他將暈倒的武士拖入矮樹叢中，胡桂南左手將尖刀抵在另一名武士喉頭，右手大打手勢，在自己頭頂作個道髻模樣，問他這道人住在何處。

那武士道：「你作甚麼？我不明白。」不料他竟會說漢語。原來盛京本名瀋陽，向是大明所屬，爲滿洲人佔後，於天啓五年建爲京都，至此時還不足二十年。城中居民十九都是漢人。這些布庫武士多在酒樓賭館廝混，泰半會說漢語。

胡桂南大喜，問道：「你們的總教頭，那個道士，住在那裏？」那武士給尖刀抵住咽喉，正自驚懼，一聽之下，心想：「你要去找我們總教頭送死，那可眞妙極了。」嘴巴向著東邊遠處一座房子一努，說道：「我們總教頭護國眞人，便住在那座屋子裏。」那屋子離其餘小屋有四五十丈，構築也高大得多。袁承志料知不假，在他脅下再補上一指，教他暈厥後非過三四個時辰不醒。胡桂南將他拖入樹叢。

兩人悄悄走近那座大屋，見到處黑沉沉地，窗戶中並無燈燭亮光。胡桂南低聲道：「牛鼻子睡了，倒不用咱們等。」兩人繞到後門，胡桂南貼身牆上，悄沒聲息的爬上。跟著又沿牆爬下。袁承志見他爬牆的姿式甚是不雅，四肢伸開，縮頭聳肩，行動又慢，倒似是隻癩蝦蟆一般，但半點聲息也無，卻非自己所及，心想：「聖手神偷，果然了得。」他怕進屋時若稍有聲息，定讓玉眞子發覺，當下守在牆邊，凝神傾聽。

過了一會，聽得屋內樹上有隻夜梟叫了幾聲，跟著便又一片靜寂。突然之間，隱隱聽得有女子嬉笑之聲。接著有個男子哈哈大笑，說了幾句話，相隔遠了，卻聽不清楚，依稀便是玉眞子。袁承志心道：「他還沒睡，胡大哥可下不了手。」生怕胡桂南遇險，於是躍牆而入，只聽得男女嬉笑聲不絕，循聲走去，忽聽得玉眞子笑道：「你身上那一處地方最滑？」那女子笑道：「我不知道。」玉眞子笑道：「我來摸摸看。」

袁承志登時面紅耳赤，站定了腳步，心想：「這賊道在幹那勾當，幸虧青弟沒同來。」聽著那女子放肆的笑聲，心中禁不住一蕩，當即又悄悄出牆，坐在草叢之中。

又過了一會，一陣風吹來，微感寒意。此時甫當初秋，天時未寒，但北國入夜後已冷若冬季。突然之間，只聽得玉眞子厲聲大喝：「甚麼人？」袁承志一驚站起，暗叫：「糟糕，給他發覺了！」躍上牆頭，只見一個黑影飛步奔來，正是胡桂南，奔到臨近，卻見他手中累累贅贅的抱著不少物事，心念一閃：「胡大哥偷兒的脾氣難除，不知又偷了他甚麼東西，這麼一大堆的。」當下不及細想，躍下去將他一把抓起，飛身上牆，躍下地來，便聽得玉眞子喝道：「鼠輩，你活得不耐煩了。」身子已在牆頭。

胡桂南叫道：「得手了！快走！」袁承志大喜，回頭望去，不由得大奇，星光熹微下只見玉眞子全身赤裸，下體臃臃腫腫的圍著一張厚棉被，雙手抓著被子。袁承志忍不住失笑。胡桂南笑道：「牛鼻子正在幹那調調兒，我將他的衣服都偷來了。」說著雙手一舉，原來抱的是堆衣服，轉身道：「盟主，你的寶劍！」那把金蛇劍正插在他的後腰。

袁承志拔過劍來，順手插入腰帶，又奔出幾步。玉眞子已連人帶被，撲將下來，喝道：「小賊！」伸右掌向胡桂南劈去。袁承志出掌斜擊他肩頭，喝道：「你我再鬥一場。」玉眞子只感這掌來勢凌厲之極，急忙迴掌擋格。雙掌相交，兩人都倒退了三步。玉眞子大吃一驚，看清楚了對手，心下更驚，叫道：「啊！你這小子逃出來了。」他初

手躲在牆外。時只道小偷盜劍，便赤身露體的追出，只道一招便殺了小偷，那料得竟有袁承志這大高

袁承志一退之後，又即上前。玉眞子左手拉住棉被，惟恐滑脫，只得以右掌迎敵。但這條大棉被何等累贅，只拆得兩招，腳下一絆，一個踉蹌，袁承志順勢出拳，重重擊在他肩頭。玉眞子又急又怒，他正在濃情暢懷之際，給胡桂南乘機偷去了寶劍衣服，本已大吃一驚，這時再遇勁敵，肩頭中了袁承志破玉拳中的一招，整條右臂都酸痲了。他自八歲之後，從未在人前赤裸過身子，這時狼狽萬狀，全想不到若是拋去棉被，赤身露體的跟袁承志動手又有何妨？時當夜晚，又無多人在旁，就算給人瞧見了，他本是個風流好色的男子，也沒甚麼大不了。但穿衣的習俗在心中已然根深柢固，手忙腳亂的只顧抵擋來招，左手始終緊緊抓著棉被不放，只以單手迎敵。再拆兩招，背心上又給袁承志發掌擊中。這一掌蓄著混元功內勁，玉眞子再也抵受不住，哇的一聲，吐出口鮮血。

袁承志住手不再追擊，笑道：「此時殺你，諒你死了也不心服，下次待你穿上了衣服再打過。」胡桂南急道：「盟主，饒他不得，只怕於祖大壽性命有礙。」袁承志心中一凜：「不錯，他去稟告韃子皇帝，又加重了祖叔叔的罪名，非殺他滅口不可。」縱身上前，雙拳往他太陽穴擊去。玉眞子見來招狠辣，自然而然的舉起雙手擋格，雖將對方來拳擋開，但棉被已溜到腳下，「啊」的一聲驚呼，胸口已結結實實的吃袁承志飛腳踢

中。玉眞子大駭，再也顧不得身上一絲不掛，拔足便奔。袁承志和胡桂南隨後追去。

這道人武功也當眞了得，身上連中三招，受傷極重，居然還是奔行如飛，輕功之佳，當世罕有。袁承志急步追趕，眼見他竄入了中間牛皮大帳，當即追進，決意要殺他滅口。剛奔到帳口，只見帳內燭火照耀如同白晝，帳內站滿了人，當即止步，閃向一旁，只聽得帳內衆人齊聲驚呼。

這時胡桂南也已趕到，一扯袁承志手臂，繞到帳後。兩人伏低身子，掀開帳腳，向內瞧去。只見玉眞子仰面朝天，摔在地下，全身一絲不掛，瞧不出他一個大男人，全身肌膚雪白，胸口卻滿是鮮血，這模樣既可怪之極，又可笑無比。

帳中一陣驚呼之後，便即寂然無聲。只聽得一個威嚴的聲音大聲說起滿洲話來。袁承志吃了一驚，說話之人竟然便是滿清皇帝皇太極。

袁承志見帳內站滿的都是布庫武士，不下一二百人，心道：「啊，是了，這韃子皇帝愛看人比武，今晚又來瞧啦。算他眼福不淺，見到了武士總教頭這等怪模樣。」他昨晚領略過這些布庫武士的功夫，武功雖然平平，但纏上了死命不放，著實難鬥，帳中武士人數如此衆多，要行刺皇帝是萬萬不能，當下靜觀其變。

只見一名武士首領模樣之人上前躬身稟報，皇太極又說了幾句話，便站起身來，似乎掃興已極，不再瞧比武了。他走向帳口，數十名侍衛前後擁衛，出帳上馬。

袁承志心想：「這當眞是天賜良機，我在路上出其不意的下手，比去宮中行刺可方便得多了。」低聲對胡桂南道：「這是韃子皇帝，你先回去，我乘機在半路上動手。」胡桂南又驚又喜，道：「盟主千萬小心！」

袁承志跟在皇太極一行人之後，見衆侍衛高舉火把，向西而行，心想：「待他走得遠些再幹，免得動起手來，帳中衆武士又趕來糾纏。」

跟不到一里，便見衆侍衛擁著皇太極走向一所大屋，進了屋子。袁承志好生奇怪：「他不回宮，到這屋裏又幹甚麼了？」當下繞到屋後，躍進牆去，見是好大一座花園，南首一間屋子窗中透出燈光，他伏身走近，從窗縫中向內張去，但見房中錦繡燦爛，大紅緞帳上金線繡著一對大鳳凰。迎面一張殷紅的帷子掀開，皇太極正走進房來。袁承志大喜，暗叫：「天助我也！」

只見一名滿洲女子起身相迎。這女子衣飾華貴，帽子後面也鑲了珍珠寶石。皇太極進房後，那女子回過身來，袁承志見她約莫二十八九歲年紀，容貌甚是端麗，全身珠光寶氣，心想：「這女子不是皇后，便是貴妃了。啊，是了，皇太極去瞧武士比武，這娘娘不愛看比武，便在這裏等著，這是皇帝的行宮。」

皇太極伸手摸摸她的臉蛋，說了幾句話。那女子一笑，答了幾句。皇太極坐到床上，正要躺下休息，突然坐起，臉上滿是懷疑之色，在房中東張西望，驀地見到床邊一對放得歪歪斜斜的男人鞋子，厲聲喝問。那女子花容慘白，掩面哭了起來。皇太極一把抓住她胸口，舉手欲打，那女子雙膝一曲，跪倒在地。皇太極放開了她，俯身到床底下去看。

袁承志大奇，心想：「瞧這模樣，定是皇后娘娘乘皇帝去瞧比武之時，跟情人在此幽會，想不到護國眞人突然演出這麼一齣好戲，皇帝提前回來，以致瞧出了破綻。難道皇后娘娘也偷人，未免太不成話了吧？她情人倘若尙在房中，這回可逃不走了。」

便在此時，皇太極身後的櫥門突然打開，櫥中躍出一人，刀光閃耀，一柄短刀向皇太極後心揷去。那女子「啊」的一聲驚呼，燭光晃動了幾下，便即熄滅。過了好一會，燭火重又點燃，只見皇太極俯身倒在地下，更不動彈，背心上鮮血染紅了黃袍。

袁承志這一驚當眞非同小可，看那人時，正是昨天見過的睿親王多爾袞。那女子撲入他懷裏。多爾袞摟住了，低聲安慰。

袁承志眼見到這驚心動魄的情景，心中怦怦亂跳，尋思：「想不到這多爾袞膽大包天，竟敢跟嫂子私通，還弑了哥哥。事情馬上便要鬧大，快些脫身爲妙。」當即躍出牆外，回到客店。

靑靑見他神色驚疑不定，安慰他道：「想是韃子皇帝福命大，刺他不到，也就算了。」袁承志搖頭道：「韃子皇帝給人殺了，不過不是我殺的。」

衆人料想韃子皇帝遇弒，京城必定大亂，次日一早，便即離盛京南下。

不一日，進山海關到了京師順天府，才聽說滿清皇帝皇太極在八月庚午夜裏「無疾而終」，皇太極的兒子福臨接位爲帝。小皇帝年方六歲，由睿親王多爾袞輔政。

袁承志道：「這多爾袞也當眞厲害，他親手殺了皇帝，居然一點沒事，不知是怎生隱瞞的。」洪勝海道：「睿親王向來極得皇太極的寵信，手掌兵權，滿清的王公親貴個個都怕他。他說皇太極無疾而終，誰也不敢多口。」袁承志道：「怎麼他自己又不做皇帝？」洪勝海道：「這個就不知道了。或許他怕人不服，殺害皇太極的事反而暴露了出來。福臨那小孩子是莊妃生的，相公那晚所見的貴妃，定然就是莊妃了。」

袁承志此番遠赴遼東，爲的是行刺滿清巨酋皇太極，以報父仇，結果親眼見到皇太極斃命，雖非自己所殺，此人終究死了，可是內心卻殊無歡愉之意，又再思忖：「他爲甚麼將我交給祖叔叔？以他知人之明，自然料得到祖叔叔定會私自將我釋放。他是不是要收服祖叔叔之心，好爲他死心塌地的打仗辦事？還是故意示好，想引得我投降？」又想：「祖叔叔投降韃子，自然是漢奸了。只因他救了我性命，我便衝口而出的叫他叔叔，那豈不是只念小惠，不顧大義？到底該是不該？」想到皇太極臨死的情狀，當時似乎忍不住便想衝進房去救他性命，要是多爾袞下手稍緩，自己是否會出手相救，此時回思，兀自難說。再想到皇太極見識高超深遠，多爾袞手段狠辣，范文程等人眼光遠大，玉真子武功之強，滿洲武士之勇，大明朝廷，多有不及。只覺世事多艱，來日大難，心中一片空盪盪地，竟無著落處。

袁承志取出銀兩，命洪勝海在禁城附近的正條子胡同買了一所大宅第，此次來京要結交王公巨卿、文武官員，以作闖軍內應，須得排場豪闊。

袁承志將鐵箱中的珍玩、金磚等物慢慢兌成銀兩，有時差洪勝海到天津、保定、張家口等處兌換，以免引人注目。換成銀兩後，逐步派人送去馬谷山「山宗營」。孫仲壽手中糧餉充裕，派人到關遼一帶招納「山宗」舊人，一提到「袁督師的公子帶領我們打仗」一句話，袁崇煥當年的舊部便即紛紛來歸。雖然這些人大半已垂垂老矣，但烈士暮年，壯心未已，衝鋒陷陣不免力所不逮，然個個久經戰陣，深諳用兵之道，整軍練兵，皆為良材。數月之間，已將「金蛇三營」練成一路精銳之師，雖還比不上當年袁崇煥手下的錦寧雄兵，但也不再是當日錦陽關伏擊之戰那樣的烏合之衆了。袁承志曾乘間輕騎前往馬谷山，與孫仲壽、水鑒、朱安國等人相見，更帶去一批糧餉。「金蛇三營」招兵買馬、打造軍械，成為一支勁旅。清軍若再來攻，當可與之決一死戰。袁承志心想：「那時才不枉了我名字中的『承志』兩字。」

這日，青青在大宅中指揮僮僕，粉刷佈置。袁承志獨自在城內大街閒逛。走到一處，見有數十名戶部庫丁手執兵刃，戒備森嚴。聽途人說，是南方解來漕銀入庫。他想這是崇禎皇帝的根本，得仔細看看，當下站得遠遠的，察看附近形勢，突見兩條黑影從庫房屋頂上躍起，身法迅速，一轉眼間，已在東方隱沒。袁承志大奇，心想光天化日之下，竟有大盜劫庫，倒也奇了。

次日清晨，衆人聚在花廳裏吃早飯。庭中積雪盈寸，原來昨夜下了半夜大雪。院子裏兩樹梅花含苞吐艷，清香浮動，在雪中開得越加精神。

一名家丁匆匆進來，對青青道：「小姐，外面有人送禮來。」另一名家丁捧進禮物，原來是一個宋瓷花瓶，一座沈石田繪的小屛風。袁承志道：「這兩件禮物倒也雅致，誰送的呀？」禮物中卻無名帖。青青封了一兩銀子，命家丁拿出去打賞，問清楚是誰家送的禮，過了一會，家丁回來稟道：「送禮的人已走了，追他不著。」

衆人都笑那送禮人冒失，白受了他的禮，卻不見他情。洪勝海道：「袁相公名滿天下，這次來京，江湖上多有傳聞，總是慕名的朋友向你表示敬意的。」衆人都道必是如此。中午時分，有人挑了整席精雅的酒肴來，乃是北京著名的全聚興菜館做的名菜。一問廚師，說是有人付了銀子讓送來的。衆人起了疑心，把酒肴讓貓狗試吃，並無異狀。

下午又陸續有人送東西來，或是桌椅，或是花木，都是宅第中合用之物。青青只說得一句：「這裏須得掛一盞大燈才是。」過不了一個時辰，就有人送來一盞精致華貴的大宮燈。再過片刻，又有人送來綢緞絲絨、鞋帽衣巾，連青青用的胭脂花粉，也都特選上等的送來。鐵羅漢一把抓住那送衣服的人，喝道：「你怎知這裏有個頭陀？連我穿的袈裟也送來了？」那衣店夥計給他一抓，嚇了一跳，說道：「不知道啊！今兒一早，有人到小店裏來，多出銀子吩咐趕做的。」

這時人人奇怪不已，紛紛猜測。青青故意道：「這送禮的人要是真知我心思，給我弄一串珍珠來就好啦。」隔了片刻，只見一個僕人走出廳去。青青向洪勝海道：「快瞧他到那裏去？」不多時那僕人又回來侍候。洪勝海卻隔了一個時辰才回。他剛跨進門，珠寶店已送了兩串珠子來。

青青接了珠子，直向內室，袁承志和洪勝海都跟了進去。洪勝海道：「那僕人走到門外，對一個乞丐說了幾句話，就回進來。我就跟著那乞丐。見他走過了一條街，就有衙門的一個公差迎上來。兩人說了幾句話，那乞丐又回到我們門前。」青青道：「那你就釘著那鷹爪？」洪勝海道：「正是。那鷹爪卻不上衙門，走到一條胡同的一座大院子裏。我見四下無人，上屋去偷偷張望。原來裏面聚了十多名公差，中間一個老頭兒，瞎了隻眼睛，大家叫他單老師，似是他們的頭子。我怕他們發覺，就溜回來了。」

青青道：「好啊！官府耳目倒也真靈，咱們一到北京，鷹爪就得了消息。哼，要動咱們的手，只怕也沒這麼容易呢！」袁承志道：「可是奇在幹麼要送東西來，不是明著讓咱們知道麼？京裏吃公事飯的，必定精明強幹，決不會做傻事。不知是甚麼意思？」命洪勝海把程青竹、沙天廣、胡桂南等人請來，商議一會，都猜想不透。

青青道：「公差的髒東西，咱們不要！」當晚她與啞巴、鐵羅漢、胡桂南、洪勝海等搬了送來各物，都去丟在公差聚會的那大院子裏。

次日青青把傳遞消息的僕人打發走了，卻也沒難爲他。那僕人恭恭敬敬的接了工錢，一再稱謝，磕了幾個頭去了，絲毫沒露出不愉的神色。袁承志等嚴密戒備，靜以待變，那天果然沒再有人送東西來。

當晚朔風呼號，又下了一晚大雪。次日一早，洪勝海滿臉驚詫之色，進來稟報：「屋子前面的積雪，不知是誰給打掃得乾乾淨淨，這眞奇了。」袁承志道：「這批鷹爪似乎暗中在拚命討好咱們。」青青笑道：「啊，我知道了。」衆人忙問：「怎麼？」青青道：「他們怕咱們在京裏做出大案來，對付不了，因此先來打個招呼，交個朋友。」沙天廣笑道：「說來倒有點像。可是我做了這麼多年強盜，從來沒聽見過這種事。」

程青竹忽道：「我想起啦，那獨眼捕快名叫獨眼神龍單鐵生。不過他退隱已久，這才一時想他不起。」

又過數日，衆人見再無異事，也漸漸不把這事放在心上。這天中午，衆人在大廳上飲酒閒談，家丁送上個大紅名帖，寫着「晚生單鐵生請安」的字樣，並有八色禮盤。袁承志道：「快請。」家丁道：「這位單爺也眞怪，他說給袁相公請安，便轉頭走了，讓他坐，卻不肯進來。」洪勝海奉了袁承志之命，拿了袁承志、程青竹、沙天廣三人的名帖回拜，並把禮物都退了回去。

接連三天，單鐵生總是一早就來投送名帖請安。程青竹道：「獨眼神龍在北方武林中也不是無名之輩，怎地鬼鬼祟祟的儘搞這一套，明兒待我找上門去問問。」胡桂南道：「這些招數可透著全無惡意，眞是邪門。」

鐵羅漢忽然大聲道：「我知道他幹甚麼。」衆人見他平時傻楞楞的，這時居然有獨得之見，都感詫異，齊問：「幹甚麼啊？」鐵羅漢道：「他見袁相公武功既高，名氣又大，因此想招他做女婿。」此言一出，衆人無不大笑。沙天廣正喝了一口茶，一下子忍不住，全噴在胡桂南身上。胡桂南一面揩身，一面笑道：「獨眼龍的女兒也是獨眼龍，袁相公怎麼會要？」鐵羅漢瞪眼道：「你怎知道？」胡桂南笑道：「烏龜生個王八蛋，獨眼龍生個獨眼種。」

衆人開了一陣玩笑。青青口裏不說甚麼，心中卻老大的不樂意，暗想那獨眼龍可惡，別眞的要招大哥做女婿。這天晚上，取來七張白紙，都畫了個獨眼龍老公差的圖形，寫上「獨眼神龍單鐵生盜」的字樣，夜裏飛身躍入七家豪門大戶，每家盜了些首飾銀兩，再給放上一張獨眼龍肖像。

次日清晨，洪勝海在她房門上敲了幾聲，說道：「小姐，獨眼龍來啦。袁相公陪他在廳上說話。」青青換上男裝，走到廳上，果見袁承志、程青竹、沙天廣陪著一個瘦削矮小的老頭在喝茶。袁承志給她引見了。青青見這單鐵生已有六十上下年紀，鬚眉皆白，一隻左眼炯炯發光，顯得十分精明幹練。只聽他道：「小老兒做這等事，當眞十分冒昧。不過實是有件大事，想懇請袁相公跟各位鼎力相助，小老兒和各位又不相識，只得出此下策。不想招惱了各位，小老兒謹此謝過。」說著爬下來磕頭。

袁承志連忙扶起，正要問他何事相求，青青忽道：「令愛好吧？怎不跟你同來？」單鐵生一楞，道：「小老兒光身一人，連老伴也沒有，別說子女啦！」青青又問：「那你有孫女兒沒有？有乾女兒沒有？」單鐵生道：「都沒有。」青青嫣然一笑，返身入房，捧了盜來的首飾銀兩，都還了給他，笑道：「在下跟你開個玩笑，請別見怪。不過若非如此，也請不到你大駕光臨。」單鐵生謝了，心想：「這玩笑險些害了我的老命。」又想：「這個女扮男裝的姑娘怎地老問我有沒乾女兒？總不是想拜我爲乾爹吧？」

衆人都覺奇怪，正要相詢，忽然外面匆匆進來一名捕快，向衆人行了禮，對單鐵生道：「單老師，又失了二千兩庫銀。」單鐵生倏然變色，站起身來作了個揖，道：「小老兒有件急事要查勘，待會再來跟各位請安。」收了青青交還的物事，隨著那捕快急急去了。

到得下午，鵝毛般的大雪漫天而下。青青約了袁承志，到城外西郊飲酒賞雪。兩人沒單獨共遊已久，這時偷得半日清閒，甚是暢快。這一帶四下裏都是蘆葦，蘆上蓋雪，望出去一片白茫茫地。青青帶著食盒，盛了酒菜。兩人在一座涼亭中喝酒閒談，觀賞雪景。當地平時就已荒涼，這日天寒大雪，遊人更稀。

袁承志問起交還了甚麼東西給單鐵生，青青笑著把昨晚的事說了。袁承志道：「唉，我剛讚你變得乖了，那知仍這般頑皮。」青青道：「你幾時讚過我呀？」袁承志道：「我心裏讚你，你自然不知道。」青青很是高興，笑道：「誰教他不肯露面，暗中搗鬼！」袁承志道：「不知他想求咱們甚麼事？」青青道：「這種人哪，哼，不管他求甚麼，都別答允。」兩人喝了一會酒，說到在衢州靜岩中夜喝酒賞花之事。青青想起故鄉和亡母，不覺泫然欲泣。袁承志忙說笑話岔開。

註：清太宗皇太極死因不明。《清史稿・太宗本紀》：「崇德八年八月庚午，上御崇政殿，是夕亥時無疾崩，年五十有二。」當天他還在處理政事，一無異狀，突然在半夜裏「無疾崩」，後人頗有疑爲多爾袞所謀殺，但絕無佐證。順治六年，

「皇父攝政王」多爾袞據說和皇太極的妃子莊妃、即順治皇帝的母親孝莊太后正式結婚。張煌言詩有云：「春官昨進新儀注，大禮恭逢太后婚。」此事普遍流傳，但無明文記載。近人孟森認爲不確，胡適則對孟森之考證以爲不夠令人信服。北方游牧漁獵民族之習俗和中原漢人大異，兄終弟及，原屬常事。清太后下嫁多爾袞事，近世治清史者大都不否定有此可能。

回目中「燭影」用宋太宗弒兄宋太祖「燭影搖紅」故事。「昭陽」用趙合德居昭陽殿故事。趙合德爲皇后趙飛燕之妹，封昭儀，與人私通，後致漢成帝於死。清莊妃爲太宗孝端皇后之姪女，民間傳說稱之爲「大玉兒」、「小玉兒」者也。漢、宋、清三朝宮闈秘事，未盡可信，牽扯爲一，或近於誣。小說家言，史家似不必深究。

一個美貌的赤足青年女子頭戴金環，笑吟吟、嬌滴滴的來到殿中，在居首的椅上坐下。袁承志心中大奇：「難道這姑娘便是五毒教的教主何鐵手？」

第十五回　嬌嬈施鐵手　曼衍舞金蛇

兩人坐了兩個時辰，談得盡興，天色向晚，便收拾酒具食具預備回家。

青青道：「承志哥哥，多謝你今天全心全意的陪我。」承志笑道：「青青弟弟，多謝你今天全心全意的陪我。」青青道：「我那一天都是全心全意的陪你，你就不是。」承志奇道：「我怎麼不是？」青青道：「承志哥哥，我求你一件事，行不行？」承志道：「不必問，你說了就行。」青青道：「男子漢大丈夫，七省英豪的盟主，說過了的話可不許賴。」承志道：「我就算不是七省盟主，對你說過了的也必不會賴。」青青眼光中露出柔和的懇求神色，低聲道：「承志哥哥，我求你別老是牽記著那個阿九。這些日子來，不論做甚麼事的時候，你總是在想念阿九。」承志道：「天大冤枉！我幾時想著她了？」青青道：「那個獨眼龍送帖子來時，你手拿帖子，滿臉溫柔的神色，你一定盼望這是阿九送來的信，盼望送禮給我們的是阿九那個可愛的小姑娘。單鐵生這獨眼老兒，你拿著他的名帖，怎麼會痴痴的發獃，嘴角含笑？你愛他一隻眼睛挺美麼？」承志心想：「你這姑娘當眞厲害，連我心裏想甚麼也瞞不過你。」

說到曹操，曹操便到，只見大路上迅速異常的奔來兩人，背負包袱。後面三人追趕，當先一人手持鐵尺，身形矯捷，正是獨眼神龍單鐵生，他後面另有兩名公差，分持單刀和鐵鍊。承志和青青攜手站在路旁觀看。單鐵生叫道：「朋友，別走，留下贓物來！」突然間左首搶過五六人來，各持兵刃，擋在前逃兩人身後。單鐵生見對方人衆，便即停步，眼見那五六個接應者擁著前逃二人，遠遠的去了。

單鐵生已見到承志和青青，搶上前來，將鐵尺往腰間一插，向承志長揖到地，連稱：「小人該死，小人該死！」承志愕然不解，說道：「單頭兒請不必客氣，到底是怎麼回事？」單鐵生道：「請兩位到亭中寬坐，小人慢慢稟告。」三人在亭中坐定，單鐵生把這事的前因後果說了出來。

原來上個月戶部大庫接連三次失盜，給劫去數千兩庫銀。天子腳底下幹出這等大事來，立時九城震動。皇帝過不兩天就知道了，將戶部傅尙書和五城兵馬指揮使狠狠訓斥了一頓，諭示：一個月內若不破案，戶部和兵馬指揮司衙門大小官員一律革職嚴辦。順天府的衆公差給上司追比得叫苦連天，連公差的家屬也都收了監。不料衙門中雖追查得緊，庫銀卻接連一次又一次失盜。衆公差無法可施，只得上門磕頭，苦苦哀求，將久已退休的老公差獨眼神龍單鐵生請了出來。單鐵生在大庫前後內外仔細查勘，知道盜銀子的必非尋常盜賊，而是武林好手，一打聽，知道新近來京的好手只袁承志等一批人。

青青聽到這裏，呸了一聲，道：「原來你是疑心我們作賊！」

單鐵生道：「小人該死，小人當時確這麼想，後來再詳加打聽，才知袁相公在應天府義救鐵背金鰲焦公禮，在山東結交沙寨主、程幫主，江湖羣雄推爲七省盟主，在山東打走韃子兵，眞是大大的英雄豪傑。」青青聽他這麼讚捧袁承志，不由得心下甚喜，臉色頓和。

單鐵生又道：「小人當時心想，以袁相公如此英雄，如此身分，怎能來盜取庫銀？就算是他手下人幹的，他老人家得知後也必嚴令禁止。後來再加以琢磨，是了，是袁相公要我們好看來著。這麼一位大英雄來到京師，我們竟沒來迎接拜見，實在難怪袁相公生氣。咳，誰教小人瞎了眼珠呢。」青青向他那隻白多黑少的獨眼望了一望，不由得噗哧一笑。單鐵生續道：「因此我們連忙補過，天天到府上來請安謝罪。」青青笑道：「你不說，誰知道你的心眼兒啊！」單鐵生道：「可是這件事又怎麼能說？我們只盼袁相公息怒，賞還庫銀，救救京城裏數百名公差的全家老小，那知袁相公退回我們送去的東西，還查知了小人的名字和匪號，大撒名帖，把小人懲戒了一番。」青青只當沒聽見，絲毫不動聲色。

單鐵生又道：「這一來，大家就犯了愁。小人今日埋伏在庫裏，只等袁相公再派人來，就跟他拚命，那知來的卻是這兩個匪徒。我們追這兩人來到這裏，有人出來接應，擋住了我們。小人認得那帶路接應之人，是惠王府姓張的副總管。他極少出來辦事，小人卻在二十年前就在山西認得了他。小人知道惠王府招賢館近來請到了不少武林好手。但惠王爺是當今皇上的叔父，是先帝神宗天子的第六位皇子，光宗天子的親弟弟，天潢貴胄，素來名聲甚好，從不縱容下人為非作歹。他喜好武藝，招賢館招聘武林高手，多年來一向如此，只切磋武功，從不干預外事。他本來封在荊州，最近豫鄂一帶流寇作亂，他避難到了京城。卻不知如何跟大庫失銀的事牽連上了？袁相公，你老人家交遊廣闊，明見萬里，總得請你指點一條明路。」說著跪了下去，連連磕頭。

袁承志忙即扶起，尋思：「那些盜銀之人雖然似乎不是善類，但他們既跟官府作對，我又何必相助這等腌臢公差？何況搶了朝廷庫銀，那也是幫闖王的忙。」只微笑搖頭。單鐵生求他幫同拿訪。袁承志笑道：「拿賊是公差老哥們幹的事。兄弟雖然不成器，還不致做這種事。」單鐵生聽他語氣，不敢再說，只得相揖而別，和兩名公差怏怏的走了。

承志和青青歸途之中，見迎面走來一批錦衣衛衙門的官兵番子，押著一大羣犯人。羣犯有的是滿頭白髮的老人，有的卻是還在懷抱的嬰兒，都是老弱婦孺。衆官兵如狼似虎，吆喝斥罵。一名少婦求道：「總爺你行行好，大家都是吃公門飯的。我們又沒犯甚麼事，只不過京城出了飛賊，累得大家這樣慘。」一個番子在她臉蛋上摸了一把，笑道：「不是這飛賊，咱們會有緣分見面麼？」袁承志和青青瞧得甚是惱怒，知道犯人都是京城捕快的家屬。公差捕快平日殘害良民，作孽多端，受些追比，也冤不了他們，但無辜婦孺橫遭累害，心中卻感不忍。

又走一陣，忽見一羣捕快用鐵鍊拖了十多人在街上經過，口裏大叫：「捉到飛賊啦，捉到飛賊啦！」許多百姓在街旁瞧著，個個搖頭嘆息。袁承志和青青擠近去看時，所謂飛賊，原來都是些蓬頭垢面的窮人，想是捕快爲了塞責，胡亂捉來頂替，不由得大怒。

回到寓所，洪勝海正在屋外探頭探腦，見了兩人，大喜道：「好啦，回來啦！」袁承志忙問：「怎麼？」洪勝海道：「程老夫子給人打傷了，專等相公回來施救。」

袁承志吃了一驚，心想程青竹武功了得，怎會給人打傷？忙隨洪勝海走到程青竹房中，只見他躺在床上，臉上灰撲撲的一層黑氣。沙天廣、胡桂南、鐵羅漢等都坐在床前，個個憂形於色。衆人見到袁承志，滿臉愁容之中，登時透出了喜色。

袁承志見程青竹雙目緊閉，呼吸細微，心下也自惶急，忙問：「程老夫子傷在那裏？」沙天廣把程青竹輕輕扶起，解開上衣。袁承志大吃一驚，只見他右邊整條肩膀已全成黑色，便似用濃墨塗過一般，黑氣向上延展，直到項頸，向下延到腰間。肩頭黑色最濃處有五個爪痕深入肉裏。

袁承志問道：「甚麼毒物傷的？」沙天廣道：「程老夫子勉強支撐著回來，已說不出話了。也不知是中了甚麼毒。」袁承志道：「幸好有朱睛冰蟾在此。」取出冰蟾，將蟾嘴對準傷口，伸手按於蟾背，潛運內力，吸取毒質，只見通體雪白的冰蟾漸漸由白而灰、由灰而黑。胡桂南道：「把冰蟾浸在燒酒裏，毒汁就可浸出。」青青忙去倒了一大碗燒酒，將冰蟾放入酒中，果然縷縷黑水從蟾口中吐出，待得一碗燒酒變得墨汁相似，冰蟾卻又純淨雪白。這般吸毒浸毒，直浸了四碗燒酒，程青竹身上黑氣方始淡退。

程青竹睡了一晚，袁承志次日去看望時，他已能坐起身來道謝。袁承志搖手命他不要說話，請了一位北京城裏的名醫，開幾帖解毒清血的藥吃了。調養到第三日上，程青竹已有力氣說話，才詳述中毒的經過。

他道：「那天傍晚，我從禁宮門前經過，聽得人聲喧嘩，似乎有人吵罵打架。走近去看，見地下潑了一大攤豆花，一個大漢抓住了個小個子，不住發拳毆打。問起旁人，才知那個小個子是賣豆花的，不小心撞了那大漢，弄髒了他衣服。我見那小個子可憐，上前相勸。那大漢不可理喻，定要小個子賠錢。一問也不過一兩銀子，我就伸手到口袋裏掏錢，心想代他出了這兩銀子算啦。唉，那知一時好事，竟中了奸人圈套。我右手剛伸入口袋，那兩人突然一人一邊，拉住了我手臂……」

青青聽到這裏，不禁「啊」的一聲。程青竹道：「我立知不妙，雙膀發勁，想甩脫二人再問情由，那知右肩斗然間奇痛入骨。這一下來得好不突兀，我事先毫沒防到，當下奮力反手扣住那大漢脈門，舉起他身子，往小個子的頭頂砸去，同時猛力往前直竄，回過身來，才看清在背後偷襲我的是個黑衣老乞婆。這乞婆的形相醜惡可怕之極，滿臉都是凹凹凸凸的傷疤，雙眼上翻，嚇嚇冷笑，舉起十隻尖利的爪子，又向我猛撲過來。」

程青竹說到這裏，心有餘悸，臉上不禁露出驚恐的神色。青青呀的一聲驚叫，連沙天廣、胡桂南等也都「噫」了一聲。

程青竹道：「那時我又驚又怒，躍開幾步，待要發掌反擊，不料右臂竟已動彈不得，全然不聽使喚。這老乞婆森然問道：『程青竹，你是「金蛇王」的手下麼？』我說：『是又怎樣？』她說：『那就要取你性命！』磔磔怪笑，直逼過來。我急中生智，左手提起一桶豆花，向她臉上潑了過去。她雙手在臉上亂抹，我乘機發了兩枝青竹鏢，打中了她胸口，總也教她受個好的。這時我再也支持不住，回頭往家裏狂奔，後來的事便不知道了。」

沙天廣道：「這老乞婆跟你有樑子麼？」程青竹道：「我從來沒見過她。」青青道：「難道她看錯了人？」程青竹道：「照說不會。她第一次傷我之後，我回過頭來，她已看清楚了我面貌，仍要再下毒手。」袁承志道：「她問到『金蛇王』，似乎是衝著我來的。」胡桂南道：「她手爪上不知道餵了甚麼毒，毒性這般厲害？」沙天廣道：「她手爪上定是戴了鋼套子，否則這般厲害的毒藥，自己又怎受得了？」

眾人議論紛紛，猜不透那乞婆的來路。程青竹更是氣憤，不住口的咒罵。

沙天廣道：「程兄你安心休養，我們去給你探訪，有了消息之後，包你出這口惡氣。」當下沙天廣、胡桂南、鐵羅漢、洪勝海等人在順天府城裏四下訪查。一連兩天，猶如石沉大海，那裏查得到半點端倪？

這天早晨，獨眼神龍單鐵生又來拜訪，由沙天廣接見。單鐵生憂容滿臉，說起戶部庫銀又失了三千兩。沙天廣心想這種事與己方無關，只唯唯否否的敷衍幾句。後來隨口說到程青竹受襲中毒之事，心想單鐵生是見多識廣的老江湖，或能有甚麼線索。

單鐵生凝思半晌，說道：「沙寨主，那老乞婆問到『金蛇王』三字，程幫主又中了劇毒，我倒想起了一批人，那是不久前惠王府招賢館中請來的。」沙天廣道：「是嗎？請問是些甚麼人？」單鐵生道：「沙寨主想必知道雲貴五毒教？」沙天廣點頭道：「那倒聽見過，聽說他們使毒的本事出神入化，武林中的人聞之喪膽，我們是不敢輕易開罪的。聽聞五毒教只在雲貴一帶橫行無忌，從來不到中原。傷了程幫主的，是五毒教的人嗎？」單鐵生道：「那倒不敢確定。只曾聽說，五毒教的鎮教之寶，是一條小小金蛇，他們當這金蛇是神通法物。袁相公外號『金蛇王』，不知算不算犯了他們的忌呢？」

沙天廣進去向承志說了。青青道：「我爹爹的外號就叫『金蛇郎君』，又礙著他們甚麼事了？」承志道：「說不定那獨眼神龍對付不了惠王府，想拉我們趕淌這窩渾水。須得打探明白，別給人利用了。」沙天廣點頭稱是，出去向單鐵生說已向盟主稟告，再請問五毒教的詳情。單鐵生道：「他們的教主聽說是個年輕美女，叫做何鐵手，武功極高，擅於下毒是更加不必說了。」沙天廣嘖嘖稱奇，說道：「年輕美女做教主，這可奇了。鐵手無情，辣手得很啊！」伸了伸舌頭，說道：「咱們可不敢惹她了。」

單鐵生正想告辭，一名門子匆匆走進，將一張大紅拜帖呈給沙天廣。沙天廣接過一看，見拜帖上寫著：「惠王府招賢館總管晚生魏濤聲拜上七省總盟主袁大盟主　青竹幫程大幫主　山東沙大寨主各位英雄」。沙天廣心想不識此人，但對方禮數周到，不能不理，便說：「大開中門，迎接貴客！」一面命門子將拜帖送進去交給袁承志。

袁承志帶同青青、洪勝海、胡桂南、鐵羅漢等眾人來到大廳，青青身穿男裝。單鐵生跟在後面。沙天廣陪著客人進來，逐一引見。袁承志見來客五十來歲年紀，一臉英悍之氣，衣飾華貴，手指上戴著個老大碧綠翡翠班指，見到袁承志後執禮甚恭，恭恭敬敬的行下禮去，袁承志急忙還禮，請客人上座。

那魏濤聲禮數周到，對胡桂南、洪勝海等逐一招呼行禮，知道單鐵生是順天府衙門的捕頭，便洋洋的不大理睬，對袁承志道：「袁大盟主，我們惠王爺生性好武，最愛結交武林中頂兒尖兒的角色。聽說袁大盟主帶同各位英雄來到順天府，迫不及待的便想會見。惠王爺本要親自前來拜訪，只是事先未曾通傳，生怕有點冒昧，特命小人即刻前來奉請。王爺已安排下豐盛酒席，敬請袁大盟主帶同各位英雄，賞光駕臨，王爺好奉敬幾杯酒，以表仰慕之忱。雖然臨時促駕，有失恭敬。只怪我們耳目不靈，得訊遲了，今兒早晨才聽到各位蒞臨順天府的訊息。王爺說那是天大的喜事，他說早一刻見到各位英雄好一刻，他此刻在大門口走進走出，正伸長了耳朵，要聽各位駕臨的好消息。」他一口京片子，說得又誠懇又清脆，委實好聽，滿臉堆笑，教人覺得惠王爺當真是誠心誠意的在企盼貴客臨門。

袁承志還未答話，門外車馬聲響，門子又帶進一名王府的長隨來，向魏濤聲道：「魏總管，王爺派我趕了六輛車來，迎接貴客前往王府赴宴。」隨即恭恭敬敬的爬下向袁承志磕頭。

袁承志見對方當真誠意邀客，先前曾聽單鐵生說惠王爺愛好武藝，喜歡結交武林朋友，眼前北京不久便有大事，不妨多結識些有權有勢之士，轉頭問洪勝海道：「怎樣？」洪勝海不明內情，但想惠王爺是皇親國戚，結識了有益無損，便點了點頭。袁承志向魏濤聲道：「惠王爺如此美意，我們卻之不恭，便隨魏總管同去拜見便了。」當下與青青、沙天廣、啞巴、胡桂南等一行人出門上車，連單鐵生也跟了去。只程青竹臂傷未愈，在屋裏休養。袁承志怕敵人乘虛前來尋仇，命洪勝海留守保護。

車行不久，便即出城。西行七八里地，來到一坐大府第前，袁承志見大門上金漆塑著「敕賜惠王府」五個大字，便知到了。只見大門大開，站著兩排黑衣灰衣的僕從，一直從大門排了進去，氣派甚大。馬車直駛進大門，僕從齊聲吆喝：「恭迎貴客光臨！」吆喝甫畢，鑼鼓響起，嘭嘭嘭三聲，放起號銃，跟著鑼鼓絲竹，吹奏起迎賓的牌子。

馬車走完石板路停住，僕從打起車帷。袁承志下得車來，見一位身穿繡金緋袍的王者站在滴水簷前迎賓，他快步搶上前來拱手爲禮。袁承志料知此人便是惠王，按禮該當跪下叩拜，但想自己不是官場中人，這人是皇帝的叔父，也可說是在殺父仇人這一邊，可不願向他下跪，只隨意做個姿式。惠王急忙伸手攔住，笑道：「可不敢當！袁大盟主請勿多禮。」兩人互相作了個揖。青青等人也隨意拱手爲禮。只單鐵生按照官場規矩，跪下磕頭，說道：「卑職順天府捕頭單鐵生參見王爺千歲！」

惠王肅請袁承志等一行走進大廳。廳上兩排椅子，都鋪著大紅繡金花的椅套，燦然生光。惠王請袁承志等一行在西首一排椅上坐定，獻上茶來，他自己坐在主位，拱手說道：「袁大盟主出任七省武林好漢的大盟主，可喜可賀。」袁承志道：「我們草莽兄弟之間的玩意兒，當不得眞的。可讓王爺見笑了！」各人寒喧了幾句，說的都是些不著邊際的客氣話。各人喝得幾口茶，惠王向魏濤聲道：「魏總管，小王的心意，你來說罷！」

魏濤聲躬身行了一禮，隨即挺身站立，昂然說道：「袁大盟主，衆位英雄，王爺既然恭請各位來府，自然當各位是好朋友，只是得訊遲了，到今日才來恭請各位大駕，禮數有虧，還請各位見諒。」說著抱拳爲禮。袁承志和沙天廣等都拱手還禮，說道：「好說，好說，王爺太多禮了！」魏濤聲朗聲道：「惠王爺禮賢下士，生性愛交朋友，設立了一座招賢館，邀請四方賓客前來相會，以備請教。不瞞各位說，惠王爺純是一片好客之心，不料朝中忽有奸臣，向萬歲爺挑撥離間，說惠王爺的是非。王爺是皇上的親叔父，一向忠心耿耿，皇上對王爺也寵信有加，奸臣妄作小人，全無效果。王爺爲了免得小人傳播謠言，特地要向各位賓客請問一句：萬一奸人的謠言傳到各位耳中，各位作何打算？萬一有奸惡之徒要對王爺不利，不知各位意向如何？」

這番話說得甚是直率，袁承志覺得倒也難以回答，只得道：「王爺是皇上的親叔父，皇上就算聽到甚麼對王爺有礙的謠言，也必一笑置之，不予理會，說不定還會嚴辦妄造謠言的奸人。我們是外人，疏不間親，何況我們無官無職，一介白丁，也輪不到我們這些平民百姓來說甚麼話？」魏濤聲大聲道：「照啊，袁大盟主這幾句，說得再對也沒有了。在下就是有兩件事不放心，要跟袁大盟主請教。」袁承志道：「好，請說。」

魏濤聲道：「第一件，聽說程青竹程大幫主，也加盟於袁大盟主的盟中。程幫主以前是皇宮中的衛士，是皇上的親信。如果皇上有甚麼差使交代下來，袁大盟主會不會爲了程幫主而插上一手。像這位姓單的頭兒，這幾天就爲了皇上的事而忙得不可開交，他不斷在袁大盟主府上出出入入。袁大盟主只怕會情面難卻，我們委實很有點兒放心不下。」

袁承志恍然有悟，哈哈一笑，說道：「這一節嘛，魏爺大可放心。程幫主和單頭兒兩位如何，我不能代他們說話，我袁承志自己，以及我的結義兄弟夏兄弟，咱們明人不做暗事，既然身在草莽，就決不想招安，不會想效力朝廷，圖甚麼功名富貴，對不起好朋友，對不起自己爹爹和祖宗！」他心中其實是說：「我恨不得殺了皇帝，爲我爹爹報仇雪恨！」言念及此，伸掌在桌邊重重一拍，喀的一聲，登時拍下桌子的一角。

魏濤聲大喜，喝了聲采：「好！」袁承志道：「魏爺第二件事想問甚麼？」魏濤聲道：「第二件事嘛！」說著拍了拍手，大聲說道：「都取出來！」

幾名僕人齊聲應道：「是！」回進內堂，跟著十幾名僕人魚貫而入，手中都捧了一隻大木盤，盤中亮晃晃的都是黃金元寶、白銀元寶。魏濤聲指揮衆僕，將十幾隻大木盤都放在中間的一張大方桌上，說道：「啓稟王爺，這裏是黃金五千兩，白銀一萬兩。總共合算，是白銀六萬兩。小人仔細點過，成色純淨，兩數無錯。」惠王點了點頭。

袁承志萬料不到他突然捧出這許多金銀來，不知是何用意。他發掘過建文帝所遺的珍寶金銀，又劫過百餘萬兩漕銀，見了這大堆金銀，也不以爲異，只微微一笑。

魏濤聲道：「我們王爺得知袁大盟主不久之前率領『金蛇營』衆位英雄好漢，在山東青州大破阿巴泰的韃子兵，心中好生相敬。這裏些些銀兩，是我們王爺爲了敬重『金蛇營』、『金蛇王』，獻給衆位英雄的軍餉，多謝你們保境安民的大功。」袁承志心想：「人家說到保境安民，抗滿殺敵，義助軍餉，倒也不可推卻。」便抱拳道：「在下代衆兄弟多謝王爺了。至於『金蛇王』三字，江湖上隨口叫叫，當不得眞的。」魏濤聲大拇指一翹，說道：「闖王麾下，橫天王王子順、改世王許可變、亂世王藺養成、爭世王劉希堯、左金王賀錦，那一位不是響噹噹的英雄好漢，再加上一位金蛇王袁相公袁盟主，有何不可？」袁承志心想：「他對闖王的軍情倒挺熟識。」見單鐵生不住向自己打眼色，便問：「王爺如此厚賜，不知有甚麼吩咐，要我們辦甚麼事？」青青心道：「承志哥哥再不是當日衢州道上那個不懂事的老實頭了。這兩句話，是非問不可的，否則便不光棍。」

魏濤聲道：「不敢！最近闖王軍勢大張，現下已佔了西安府，說不定那一天便開進順天府來。我們王爺雖是大明宗室，但對皇上許多措施很不以爲然，進諫了好多次，皇上總是忠言逆耳，聽而不聞。闖王倘若進京，我們王爺斗膽請『金蛇王』向闖王求個情，保全他的全家性命，至於家產嘛，王爺願意盡數進獻，作爲軍餉。」

袁承志聽了，心道：「原來惠王的想頭跟曹化淳一模一樣，只盼闖王進京之後，他仍能保得住身家性命。」便道：「惠王爺的一番心意，在下必定會稟告闖王，不過在下年輕，只怕在闖王跟前說話沒甚麼份量。」惠王與魏濤聲連連作揖，說道：「多謝！多謝！」魏濤聲道：「『金蛇營』雖成軍未久，但聽說功勞極大，說出話來，自也是份量甚重。」吩咐下人，將桌上金銀包入一隻隻布包袱中，放在袁承志腳邊。袁承志心道：「這些買命錢，也未必是惠王自己掏腰包。多半便是盜來的庫銀，我一半去分給『金蛇三營』，一半上繳闖王。」

魏濤聲道：「今日難得大駕光臨，小人想給袁盟主引見雲南五仙教的一些朋友。小人奉王爺之命，千方百計，請得五仙教的衆位英雄來到招賢館。五仙教一向只在雲貴一帶行道，少來中原江南，袁大盟主倘未會過，在下給各位朋友引見一下如何？羣賢畢至，那眞可說是百年難逢的盛會。」袁承志點點頭。

惠王說道：「我們先行告退，待各位見過朋友之後，請到後廳一同赴宴，杯酒言歡，小王再向各位敬酒。」袁承志道：「不敢當！」惠王拱手爲禮，退入後堂。

魏濤聲道：「袁大盟主跟五仙教的衆位英雄，都是我們招賢館的貴賓，王爺跟在下都竭誠相待，不敢分了彼此，雙方都是好朋友，在下只負責引見，各位響噹噹的英雄豪傑，當能一見如故。請袁大盟主移步。」自己拱拱手，當先引路，袁承志等跟隨其後。

轉彎抹角的走了好一陣，經過一條極長的甬道，來到一座殿堂。袁承志心想，在這些平房之中，居然有這麼一座大殿，既是王爺的府第，自亦不奇。大殿門向著圍牆，殿外有好大一塊空地。見殿上分設兩排大椅，椅上罩了朱紅色的錦披。魏濤聲請袁承志等在西首一排椅上坐下，袁承志坐了第一位。魏濤聲在兩排椅子之間後座的一張小椅上坐了。

只聽殿後鐘聲噹噹，走出一羣人來，高高矮矮，有男有女，分別在東首一排椅上坐下，但空出了第一張椅子不坐，共是一十六人。坐在第五張椅子中的，是個身穿斑爛錦衣的乞丐模樣之人，坐入第三張椅中的鉤鼻深目，滿臉傷疤，赫然是個相貌兇惡的老乞婆，袁承志暗忖：「莫非此人便是打傷了程幫主的？」

殿後哨子聲響，本來坐著的十六人一齊站起躬身。殿後緩步走出兩個少女，往第一張椅旁一站，嬌聲叫道：「教主升座！」

忽聽得一陣金鐵相撞的錚錚之聲，其音清越，如奏樂器，跟著風送異香，殿後走出一個身穿粉紅色紗衣的女郎。只見她鳳眼含春，長眉入鬢，嘴角含著笑意，約莫二十二三歲年紀，目光流轉，甚是美貌。她赤著雙足，每個足踝與手臂上各套著兩枚黃金圓環，行動時金環互擊，錚錚有聲。膚色白膩異常，遠遠望去，脂光如玉，頭上長髮垂肩，也以金環束住。她走到東邊居首椅中坐下，後面兩個少女，分持羽扇拂塵。

袁承志等疑雲重重：「五毒教威名在外，武林中人聞名喪膽，五毒教教主何鐵手據說是個年輕女子，難道便是這嬌滴滴的姑娘麼？」

那女子說道：「請教尊客貴姓？」語音嬌媚。魏濤聲便即站起，分別介紹，那女子果是五仙教何教主。袁承志心想：「單鐵生叫他們五毒教，魏總管卻叫作五仙教，想來五毒教之名不雅，是以改稱五仙。」坐在第二位的高個子叫潘秀達，坐在第五位的化子叫作「錦衣毒丐」齊雲璈，那老乞婆名叫何紅藥，相貌雖惡，名字倒甚文雅。坐在第四位的人鄉農模樣，名叫岑其斯。

魏濤聲給袁承志等一一引見了，說了各人名號，引見青青時，只說「這位夏相公，是袁盟主的師弟。」至於單鐵生是誰，他卻一句不提，便像廳上沒他這個人似的。何鐵手站起身來，蹲腿萬福爲禮。袁承志等作揖還禮。

雙方各自飲了幾口茶後，何鐵手朗聲道：「袁相公，聽說你有個外號叫『金蛇王』，率領『金蛇營』，在山東青州大破韃子兵，這事可是有的？」袁承志道：「甚麼王甚麼王的，是闖軍中帶隊頭腦們的慣常稱呼，大家散在各地，起兵造反，叫做甚麼王，那是自高自大，以壯聲勢，作爲號召，嚇嚇朝廷的意思。『金蛇王』之稱，在下很覺不妥，曾傳過號令，我們自己隊伍中不可這般叫法。我們這支隊伍，自己叫作『山宗營』。」何鐵手微笑道：「袁相公這麼辦，那眞好得很了。我們五仙教巴巴的從雲南趕來順天府，原是想懇請袁相公去了『金蛇王』這三字的稱呼。」青青問道：「那跟你們有甚麼相干？爲甚麼要來管我們的閒事？」

何鐵手微笑道：「那倒不是閒事。金蛇大聖是敝教五仙教所供奉的法物，全教上下對它甚是尊重。齊師兄，」齊雲璈站起身來，說道：「在！」何鐵手道：「你請出大聖來，讓衆位貴賓參見！」齊雲璈應道：「遵命！」何鐵手雖稱他爲「師兄」，但齊雲璈對教主甚是敬重。

齊雲璈右手揮了幾下，坐在最下首的兩名教徒走入內堂，搬了一隻圓桌面大的沙盤出來，放在廳心。盤爲木製，盤底鋪了細沙，另有一人提起一隻竹籠，打開籠蓋，將籠中物事倒入盤中，只見數十隻小蛤蟆此起彼落，跳躍不休。另有四人捧過四隻陶罐，揭開瓦蓋，將罐內物事倒入盤中，分別是青蛇、蜈蚣、蠍子、蜘蛛四般毒物。承志心想：「盤中共有五種毒物，『五毒教』之名想由此而來。」

齊雲璈拿起身旁一隻陶罐，伸手掏了一把黃色糊狀之物，敷在木盤高起的邊緣上，圍成圓圈，袁承志聞到氣息辛辣，料想是硫磺之類克制蛇蟲的藥物。齊雲璈轉過身去，捧過供在中間桌上的一隻黃色方匣，放在桌心，點燃三枝線香，插入香爐，然後跪下磕頭。何鐵手、潘秀達、何紅藥等一齊行禮。齊雲璈拜畢站起，打開匣蓋，取出一根黃金圓筒，走到沙盤邊上，左手提高金筒，右手抽起筒口的一片金片，驀地金光閃動，一條小金蛇躍入盤中。齊雲璈立即退開，香煙嬝嬝之中，各教衆躬身行禮，喃喃念咒。

那小金蛇昂起頭來，一張口，便將一隻小蛤蟆吞入了肚中。小金蛇靈動異常，見到小蛤蟆躍在空中，牠尾部撐著盤底彈起，橫飛過去，吞食蛤蟆，身法既巧妙，又好看。青青只瞧得拍手叫好，甚是高興。那金蛇吃得五六隻蛤蟆，便即飽了，張口對著一隻隻餘下的蛤蟆以及青蛇、蜈蚣等毒物噴氣，那些毒物給蛇氣一噴中，便即翻身摔倒，一個個肚皮向天顫動。各毒物害怕之極，四散奔逃，但小金蛇靈動無比，立即追上噴毒，片刻之間，盤中幾十隻毒物盡數暈倒翻轉，初時肚皮尚不住顫動，過了一會盡數不動，似已給蛇毒毒斃。袁承志暗暗心驚，心想這小金蛇毒性如此厲害，委實罕見。

那小金蛇在沙盤中迅速游動，突然彈起，凌空打兩個觔斗，似是一顯身手。

這麼翻了幾個觔斗，游了幾圈之後，小金蛇盤成個蛇餅，昂起了頭，四下觀看，再不動彈。袁承志驀地想起：「金蛇郎君在秘笈中所傳擊破棋仙派五行陣之法，多半便是從小金蛇的行動中學來的，他在敵人圍中盤起不動，隱藏自身全部弱點，只待敵人出手，他再後發制人，實是高明之極。『金蛇郎君』這外號，料想必與這小金蛇有關。」

只見齊雲璈將那黃金筒用繩子吊在一根竹桿上，伸過竹桿，將金筒懸入沙盤放下，筒口打開，對著金蛇。他不敢走近沙盤，似乎怕金蛇躍起傷人。衆教徒又皆躬身唸誦，小金蛇身子伸展，突然間嗤的一聲，鑽入金筒，就此不出。齊雲璈收桿捧筒，輕輕揷下筒口金片，封住筒口，雙手捧筒，放入金匣，蓋上匣蓋後又再磕頭。

何鐵手回坐椅中，對青青道：「夏相公，請問令尊尊姓大名？」青青道：「我姓夏，我爸爸自然也姓夏。」那老乞婆何紅藥本來一直目不轉睛的望著青青，突然從椅中跳了出來，伸出雙手，抓向她肩頭，喝道：「金蛇郎君夏雪宜是你甚麼人？」她相貌奇醜，聲音卻淸脆動聽。青青吃了一驚，忙即從椅中躍出避開，喝道：「你幹甚麼？」

陡然間衣襟帶風，教主何鐵手下首兩人同時躍前，站在老乞婆兩側，同聲叫道：「那姓夏的小子在那裏？」袁承志見這兩人的身形微晃，便倏然上前半丈，武功甚高，這兩人一個又高又瘦，正是潘秀達，另一個中等身材，面容黝黑，似是個尋常鄉下人，乃是岑其斯。兩人都是五十歲左右年紀。

青青以前因身世不明，常引以爲恥，但自聽母親說了當年的經過之後，對父親佩服得了不得，當下昂然道：「金蛇郎君是我爹爹，你們問他幹麼？」

老乞婆仰頭長笑，聲音淒厲，令人不寒而慄，叫道：「他居然沒死，還留下了你這孽種！我是何紅藥，他在那裏？」青青下巴一揚道：「爲甚麼要對你說？」

老乞婆雙眉豎起，兩手猛向青青臉上抓來。這一下發難事起倉卒，青青不及躲避，眼見老乞婆套著明晃晃鋼套的尖尖十指，便要觸到青青雪白嬌嫩的臉頰，袁承志右手衣袖向前揮出，噗的一聲，擊中老乞婆雙臂中間，乘勢捲送。老乞婆身不由主，向後翻了個觔斗，騰的一聲，坐落在地。

這一來五毒教衆人相顧駭然，何紅藥是教中高手，比教主何鐵手還高著一輩，怎地這少年一出手，就輕輕易易的將她摔個觔斗？雖然魏濤聲引介他是七省武林盟主，但眼見他年紀輕輕，貌不驚人，居然武功如此奇高，各人盡皆訝異。何鐵手更是仰起了頭，呆呆出神。她自己的武功已臻一流高手之境，但萬萬想不到袁承志衣袖這麼一揮落、一捲送，竟可將何紅藥摔倒，震驚之下，不禁艷羨仰慕，竟然神不守舍，宛似陡然間見到了奇異之極的事物一般。

潘秀達和岑其斯是五毒教的左右護法，兩人相顧，點一點頭。潘秀達道：「我來領教。」雙掌擺動，緩步上前。

沙天廣道：「袁相公，我接他的。」袁承志道：「沙兄，用扇子。他手指上有毒尖環，這也是兵器！」沙天廣展開陰陽扇，便跟潘秀達鬥在一起。這邊啞巴與岑其斯默不作聲的拳打足踢，鬥得火熾。五毒教衆人蜂擁而上。胡桂南、鐵羅漢、青青各出兵刃接戰。五毒教教眾除了本來坐在椅中的十六人外，後殿又湧出二十餘人助戰。

何紅藥勢如瘋虎，直往青青身前奔來。袁承志知此人下手毒辣，不可讓她接近青青，等她奔近，忽地躍出，伸手抓住她後心，提起來擲了出去。

何鐵手粉臉一沉，伸出右手食指，放在手中噓溜溜的一吹。五毒教教眾立即同時退開。眾人撲上時勢道極猛，退下去也眞迅捷，突然之間，人人又都在教主身後整整齊齊的排成兩列。何鐵手臉露微笑，對袁承志道：「袁相公模樣斯文，卻原來身負絕技，讓我領教幾招。」袁承志道：「貴教各位朋友我們素不相識，不知甚麼地方開罪各位，還請明言。」

何鐵手臉上一紅，柔聲道：「我們大家都是惠王爺招賢館的賓客，原本是一路同道。你又說願意取消『金蛇王』的名號，我們已感激不盡。但這時忽然有金蛇郎君牽涉在內，請問金蛇郎君眼下是在那裏？」

青青一拉袁承志的手，低聲道：「別對她說。」袁承志道：「教主跟金蛇郎君相識麼？」何鐵手道：「他跟敝教很有淵源，家父就是因他而歸天的。敝教教眾萬餘人，沒一個不想找他。」袁承志和青青一驚，均想金蛇郎君行事不可以常理測度，到處樹敵，五毒教恨他入骨，也非奇事。袁承志道：「金蛇郎君離此萬里，只怕各位永遠找他不著了。」

何鐵手道：「那麼把他公子留下來，先祭了先父再說。」她說話時輕顰淺笑，神態靦腆，全似個羞人答答的少女，可是說出話來卻狠毒之極。

袁承志道：「常言道一人做事一人當。各位既跟金蛇郎君有樑子，還是去找他本人爲是。」何鐵手道：「先父過世之時，小妹還只五歲。十八年來，那裏找得著這位前輩？如把他公子扣在這裏，他自然會尋找前來。咱們過去的帳，就可從頭算一算了。」

青青叫道：「哼，你也想？我爹爹倘若到來，管教把你們一個個都殺了。」

何鐵手微笑道：「不見得罷！」轉頭問何紅藥：「像他爹爹嗎？」何紅藥道：「相貌很像，驕傲的神氣也差不多。」何鐵手細聲細氣的道：「袁相公，各位請便。我們只留下夏公子。」

袁承志尋思：「他們只跟青弟一人過不去。此處情勢險惡，我先把她送出去再說。」向何鐵手一揖，說道：「再見了。」語聲方畢，左手已攔腰抱起青青，出廳穿過院子，奔到牆邊。牆垣甚高，他抱了青青後，更加不能一躍而上，托住她身子向上拋去，叫道：「青弟，留神！」五毒教衆人齊聲怒喊，暗器紛射。袁承志衣袖飛舞，叮叮噹噹一陣亂響，暗器都已打落。青青雙手已抓住牆頭，正要踴身外躍，何鐵手倏地離座，左掌猛地向袁承志面門擊到。

袁承志見她身形甫動，一股疾風便已撲至鼻端，快速之極，以如此嬌弱女兒而具如此身手，不禁驚佩，喝道：「好！」上身陡縮，見擊到面前的竟是黑沉沉的一隻鐵鉤，更加吃驚。何鐵手右手微揮，一隻金環離腕飛上牆頭，喝道：「下來！」青青頓覺左腿劇痛，雙手鬆脫，跌下牆來。何紅藥怪聲長笑，五枚鋼套忽離指尖，向她身上射去。

這頃刻之間，袁承志已和何鐵手拆了五招。兩人攻守都迅疾之至。他百忙中見青青勢危，一把銅錢擲出，錚錚錚響聲過去，何紅藥的五枚鋼套都給打落在地。

何鐵手嬌喝一聲：「好俊功夫！」左手連進兩鉤。袁承志看清楚她右手白膩如脂，五枚尖尖的指甲上還搽著粉紅的鳳仙花汁，揮掌劈來，掌風中帶著一陣濃香，但左手手掌卻已割去，腕上裝了一隻鐵鉤。這鐵鉤鑄作纖纖女手之形，五爪尖利，使動時鎖、打、刺、戳，虎虎生風，靈活絕不在肉掌之下。袁承志叫道：「沙兄，你們快奪路出去。」但沙天廣等人此時已爲五毒教教衆纏住拚鬥，重圍之下，那裏搶得出去？

袁承志乍遇勁敵，精神陡長，伏虎掌法施展開來，威不可當。

何鐵手武功別具一格，雖也拳打足踢，掌劈鉤刺，但拳打多虛而掌擊俱實，有時一掌輕輕捺來，全無勁道。袁承志只道她手下留情，不使殺著，於是發掌之時也稍留餘地，酣鬥中時時迴顧青青，見她坐在地下，始終站不起身，心下掛慮，便即搶攻數招，將何鐵手逼退數步，待要過去扶青青站起。

猛聽得啪的一聲響，鐵羅漢和齊雲璈四掌相對，各自震開。鐵羅漢大叫一聲，上前再攻，拆不數招，手掌漸腫。他又氣又急，大聲嚷道：「這些傢伙掌上有毒，別著了道兒。」袁承志這才省悟，原來何鐵手掌法輕柔，其實是在誘自己上當對掌，用心陰毒，決非有意容讓，眼見情勢緊急，當即搶向青青身邊，伸手相扶。

何鐵手見他扶起青青，不容他再去救鐵羅漢，身法快捷，如一陣風般欺近身來。袁承志叫道：「何教主，在下跟你往日無怨，近日無仇，何以如此苦苦相逼？你不放我們走，莫怪無禮。」何鐵手一笑，臉上露出兩個酒渦，甚是嫵媚，說道：「我們只留夏公子一人，尊駕就請便吧。」

袁承志左足橫掃，右掌呼的一聲迎面劈去，何鐵手伸右手擋架，猛見袁承志這一掌來勢奇勁，倘若雙掌相交，即使對方中毒，自己的手掌也非折斷不可。瞬息間手掌變指，微向上抬，逕點袁承志右臂「曲池穴」。這一指變得快，點得準，的是高招。

袁承志叫道：「好指法！」左掌斜削敵頸。他知何鐵手雖然掌上有毒，卻害怕自己掌力沉猛，拳法一變，使出師門絕藝「破玉拳」來。這路拳法招招力大勢勁，劉培生號稱「五丁手」，尚且擋不住他五招。何鐵手武功雖高，究是女流，見他一拳拳打來，猶如鐵鎚擊岩、巨斧開山一般，那敢硬接？她本來臉露笑容，待見對方拳勢如此威狠，不禁凜然生懼，遊鬥閃避，心中欽佩之極。只盼乘機鑽研，學得他神妙武功的一招半式，或是看破半分關竅所在，卻因對方變招太快太奇，只一瞥之間，又已變了另一招。何鐵手心癢難搔，只想跪將下來，求道：「師父，請你教我這一招！」

袁承志乘她退開半步之際，左掌上抬護頂，右拳猛的「石破天驚」，向身旁錦衣毒丐齊雲璈身上打去。齊雲璈叫道：「來得好！」張手向他拳上拿去，只要手指稍沾他拳頭，劇毒便傳了過去。袁承志那容他手指碰到，身子微蹲，左手反拿住他衣袖，惱恨此人兇蠻狠辣，以毒掌傷人，右足往他腳後迴鉤，左足一腿已踹在他右足膝蓋下三寸處，喀喇聲響，齊雲璈膝蓋登時脫臼，委頓在地。

胡桂南本在與齊雲璈激鬥，登時緩出手來，奔去救援給三敵圍在垓心的沙天廣。袁承志叫道：「退到牆邊，我來救人！」胡桂南依言反身，將青青和鐵羅漢兩個傷者扶到牆邊。袁承志遊目四顧，見沙天廣與啞巴均以一敵三，沙天廣尤其危急，當下左一腳右一腳，踢飛了兩名五毒教弟子，縱入人叢，喀喀喀三聲，圍著沙天廣的三人均已關節受損，或肩頭脫筍，或頭頸扭曲，或手腕拗折。他不欲多傷人衆，又不敢與對方毒掌接觸，每次均迅如閃電般搶近身去，隔衣拿住對方關節，一扭之下，敵人不是痛暈倒地，便動彈不得。他救了沙天廣後，再搶到啞巴身旁。

啞巴拳法頗得華山派精要，力敵三名高手，雖脫身不得，卻不致落敗。何鐵手一聲唿哨，五毒教人衆齊向兩人圍來。袁承志東一竄，西一晃，纏住啞巴的兩人一個下顎脫落，一個臂上脫臼，另一個一呆，給啞巴劈面一拳打中鼻樑，鮮血直流。啞巴打發了性，還要追打，袁承志拉住他手臂，拖到牆邊，叫道：「大家快走，我來應付。」胡桂南當即遊上高牆，將一行人衆接應上去。袁承志在牆下來回遊走，又打倒了十多名敵人，每人均是教中好手，但個個關節脫臼癱瘓。五毒教一敗塗地，更無餘力再鬥。

袁承志向何鐵手拱手道：「教主姑娘，再見了！」哈哈長笑，背脊貼在牆上，倏忽間遊到牆頂。何鐵手心中只盼他指點武功，情不自禁的縱聲大叫：「師父……」一句聲出口，急忙收口，旁人不知她是在叫誰。何鐵手心神盪漾，搖搖晃晃，幾欲暈倒。

何紅藥放聲大叫，五枚鋼套向袁承志上中下三路打去，心想他身在牆上，必然難於閃避。袁承志左袖揮出，五枚鋼套倒轉，反向五毒教教衆打來。何紅藥見了這一手反揮暗器的功夫，大叫：「你是金蛇郎君的弟子麼？」語音中竟似要哭出來一般。

袁承志一怔，心想：「她跟金蛇郎君必有極深淵源。」念頭轉得快，身法更快，未及張口回答，已奔到牆邊。

潘秀達躺在地下高聲發令，四名教衆舉起噴筒，四股毒汁猛向袁承志噴來。袁承志只感腥臭撲鼻，提氣倒退丈餘，毒汁發射不遠，濺在地下，猶如墨潑煙薰一般。

袁承志縱身高躍，手攀牆頭，在空中打了個圈子，翻過牆頭去了，姿勢美妙。何鐵手望見，不禁喝了一聲采。片刻間啞巴等衆人也都翻出牆外。袁承志見靜悄悄的無人追出，卻也不敢停留，把青青負在背上，和衆人疾奔進城。

魏濤聲見雙方一言不合，便即動手，出手凌厲異常，急忙大聲勸停，又請雙方先去用過酒飯，慢慢再說。但雙方出手兇狠，無人理會，他只好大聲叫道：「對不住得很，慢走，慢走！」魏濤聲雖聽袁承志說決不相助朝廷，但畢竟目前惠王的圖謀干係太大，萬一敗事，滿門抄斬也還不夠。他素知五毒教厲害，因此引見袁承志等與之相識，意在示威示警，好叫袁承志一夥息了與惠王爺作對的念頭，待見雙方爭鬥，料想五毒教武功既高，又會行使極可怖的劇毒，心中暗喜，只盼就此一舉將袁承志等全數殲滅。不料事與願違，竟讓他們脫身，幸好這些人中不少中毒，就算不死，十天半月內也好不了，不會來干撓惠王爺的大事。

袁承志將到住宅時，忽覺頭頸中癢癢的一陣吹著熱氣，回過頭來，青青噗哧一笑。袁承志知她並無大礙，心下寬慰，進宅後忙取出冰蟾，給鐵羅漢治傷。餘人雖未中毒，但激鬥之下，都吸入了毒氣，均感頭暈胸塞，也分別以冰蟾驅毒。青青足上給何鐵手打了一環，雪白的皮膚全成瘀黑，高高腫起。

程青竹在一旁靜聽他們談論剛才惡鬥的經過，皺眉不語，這時忽然插口道：「袁相公，仙都派的黃木道人，聽說就是死在五毒教手裏的？」袁承志道：「有人見到麼？」程青竹道：「要是有人見到，只怕這人也已難逃五毒教毒手。江湖上許多人都說，黃木道人死得很慘。仙都派後來大舉到雲南去尋仇，卻又一無結果，也眞希奇。」

沙天廣道：「程兄，那老乞婆果然狠毒，只可惜我們雖見到了，卻不能爲你報仇。」程青竹道：「我跟五毒教從無瓜葛，不知他們何以找上了我，委實莫名其妙。」

袁承志道：「他們不喜歡我外號叫『金蛇王』，你既跟我在一起，他們就向你下手。」程青竹道：「多半是這樣。」承志問道：「程幫主……」向青青瞥了一眼，便不說下去了。青青道：「怕甚麼？我代你問好啦！程幫主，你受了重傷，你徒兒阿九知道麼？她來瞧過你沒有？」程青竹搖搖頭。青青又問：「要不要我派人去通知她？」程青竹又搖搖頭。青青轉過頭來，向承志雙手一攤，聳了聳肩。承志心中確正想到阿九，不知青青何以如此機伶，一猜便猜個正著。

忽然一名家丁進來稟報：「金龍幫的焦大姑娘要見袁相公。」青青秀眉一蹙，慍道：「她又來幹甚麼了？」袁承志道：「請進來吧！」家丁出去領著焦宛兒進來。

她走進廳，跪在袁承志面前拜倒，伏地大哭。袁承志見她一身縞素，心知不妙，忙伸手扶起，說道：「焦姑娘快請起，令尊他老人家好麼？」焦宛兒哭道：「爹爹……給……給閔子華那奸賊害死啦。」袁承志驚問：「他……他老人家怎會遭難？」

焦宛兒從身上拿出一個布包，放在桌上，打了開來，露出一柄精光耀眼的匕首，刃身上還殘留著烏黑的血跡。袁承志連著布包捧起匕首，見刀柄上用金絲鑲著「仙都門下子字輩弟子閔子華收執」幾字，顯是仙都派師尊賜給弟子的利器。

焦宛兒哭道：「咱們到了馬谷山，安頓好之後，爹爹在應天府有事要辦，稟明了孫仲壽叔叔，我跟著爹爹一起回家，在徐州府客店裏住宿。第二日爹爹睡到辰時過了，還不起來，我去叫他，那知……那知……他胸口插了這把刀……袁相公，請你作主！」說罷嚎啕大哭。

青青本來對她頗有疑忌之意，這時見她哭得嬌楚可憐，心感難過，把她拉在身邊，摸出手帕給她拭淚，對袁承志道：「大哥，那姓閔的已應承揭過這個樑子，怎麼又卑鄙行刺？咱們可不能善罷干休！」

袁承志胸中酸楚難言，想起焦公禮慷慨重義，不禁流下淚來，隔了一陣，問道：「焦姑娘，後來你見過那姓閔的麼？」焦宛兒哽咽道：「我見到爹爹不幸遭難，立即傳訊回馬谷山。孫仲壽叔叔派遣金龍幫舊部，趕到徐州來聽我號令，爲爹爹報仇。我們一路追趕那姓閔的，昨天晚上追到了順天府。」青青叫道：「好啊，他在這裏，咱們這就去找他。妹妹你放心，大夥兒一定幫你報仇。」程青竹、沙天廣等早已得知袁承志在應天府爲焦閔兩家解仇的經過，聽得閔子華如此不守江湖道義，都憤慨異常。沙天廣怒道：「閔子華是甚麼東西，沙某倒要鬥他一鬥。」

焦宛兒向衆人盈盈拜了下去，淒然道：「要請衆位伯伯叔叔主持公道。」

程青竹一拍桌子，喝道：「閔子華在那裏？仙都派雖然人多勢衆，老程可不怕他。

咱們『金蛇三營』早便是一家人了！」

焦宛兒道：「爹爹逝世後，我跟幾位師哥給他老人家收殮，靈柩寄存在徐州廣武鏢局，隨即搜尋閔子華的下落。總是爹爹英靈佑護，沒幾天河南的朋友就傳來訊息，說有人見到那姓閔的奸賊從河南北上。金龍幫內外香堂衆香主一路路分批兜截，曾交過兩次手，都給他滑溜逃脫了。姪女不中用，還給那奸賊刺了一劍。」

袁承志見她左肩微高，知道衣裏包著繃帶，想來她為父報仇，必定奮不顧身，可是說到武功，自是不及仙都好手閔子華了。

焦宛兒又道：「昨兒我們追到順天，已查明了那奸賊的落腳所在。」青青急道：「在那裏？咱們快去，莫給他溜了。」焦宛兒道：「他住在西城傳家胡同，我們幫裏已有一百多人守在附近。」袁承志微微點頭，心想：「她年紀雖小，辦事精明幹練。這次金龍幫傾巢而出，閔子華插翅難逃。」焦宛兒又道：「剛才我一位師兄在大街上遇著一位泰山大會中見過面的朋友，才知袁相公跟各位住在這裏。」

沙天廣大拇指一翹，說道：「焦姑娘，你做事周到，閔子華已在你們掌握之中，你還是來請盟主主持公道，好讓江湖上朋友們都說一句『閔子華該殺』，好！」

袁承志問道：「準擬幾時動手？」焦宛兒道：「今晚二更。」她把匕首包回布包。青青道：「妹子，待會你還是用這匕首刺死他？」焦宛兒點了點頭。

袁承志想起焦公禮一生仗義，到頭來卻死於非命，自己雖已盡力，終究還是不能救得他性命，爲德不卒，心下頗爲歉咎，金龍幫已入了「金蛇三營」，自己義不容辭，要挑起這副擔子。閔子華暗中傷人，理應遭報，但這事必須做得讓仙都派口服心服，方無後患。

各人用過晚飯，休息一陣，袁承志帶同程青竹、沙天廣、啞巴、胡桂南、洪勝海五人，隨著焦宛兒往傅家胡同而去。青青、鐵羅漢兩人受傷，不能同行，單鐵生自行回家養傷。青青連聲嘆氣，咒罵何鐵手這妖女害得她動彈不得。

這時曙光初現，何鐵手雙鉤使將開來，一道黑氣，一片黃光，在袁承志身旁縱橫盤旋。這鐵鉤裝在手上，運用之際的是靈動非凡，宛如活手一般。

第十六回　荒岡凝冷月　纖手拂曉風

眾人來到胡同外十餘丈處，焦公禮的幾名弟子已迎了上來，說閔子華和他師弟洞玄道人在屋裏說話。眾人見袁承志出手相助，精神大振。

焦宛兒問袁承志道：「袁相公，可以動手了麼？」袁承志道：「叫大夥守在外面，咱們幾個人先去一探。」焦宛兒道：「好！」低聲對眾幫友吩咐幾句，和袁承志等躍進牆去。焦宛兒輕功較差，落地時腳下微微一響，屋中燈火忽地熄滅。焦宛兒知仇人已經發覺，不能再探到甚麼，微發輕哨，四周屋頂到處都探出頭來。焦宛兒叫道：「姓閔的，出來瞧瞧，是誰來啦！」屋中人默不作聲。焦宛兒叫道：「點了火把進去！」

金龍幫四名幫友取出火摺，點燃帶來的火把，昂首而入，旁邊四名幫友執刀衛護。突然啪啪啪數聲，四根火把打滅了三根，兩條黑影從眾人頭頂飛躍而過。金龍幫幫眾一擁而上，四下圍住，乒乒乓乓的打了起來。火把增燃，將大院子照耀得如同白晝。

閔子華和洞玄道人知落重圍，背靠背的拚力死戰，頃刻間把金龍幫幫衆刺傷了六七人。傷者一退下，立即有人補上。

再鬥一陣，閔子華和洞玄又傷了三四人，但洞玄左臂也已受傷。他劍交右手，捨命力戰。兩儀劍法本是他使左手劍，閔子華使右手劍，左右呼應，迴環攻守。現下兩柄都是右手劍，威力立減。鬥不多時，洞玄與閔子華身上又各受了幾處傷。

袁承志在旁觀戰，心想：「一命還一命，殺閔子華一人已經夠了，不必讓洞玄也陪在這裏。」見兩人即將喪命，踴身跳入圈子，金光閃動，嗆啷啷一陣響，不但洞玄與閔子華手中長劍爲金蛇劍削斷，金龍幫諸人的兵刃也有七八柄斷頭折身。

衆人出其不意，都大吃一驚，向後躍開。

袁承志不意此劍竟有如斯威力，連自己也是一呆，心想這都是各人趁手的兵器，自己不過要雙方罷手停鬥，不料竟削壞了多件兵刃，好生不安。

這時閔子華和洞玄全身血跡斑斑，見袁承志到來，更知無倖。洞玄把斷劍往地下一擲，慘笑道：「我師兄弟不知何事得罪了閣下，如此苦苦相逼？」翻手從腰間摸出一柄匕首，猛往自己胸膛插落。袁承志左掌如風，在他胸前輕輕一推，右手已拿住他手腕，夾手奪過匕首，火光下看去，見匕首和閔子華刺死焦公禮那一柄全然相同，柄上刻著

「仙都門下子字輩弟子洞玄收執」一行字。

洞玄鐵青了臉，喝道：「我學藝不精，不是你對手，死給你看便了。快把匕首還我！」袁承志怕他又要自殺，將匕首插入腰帶，正色道：「待得料理清楚，自然還你。」洞玄大怒，叫道：「你要殺就殺，不能如此欺人！」說著劈面一拳。袁承志側身避開，愕然道：「在下何敢相欺？」洞玄凜然道：「這匕首是本派師尊所賜，寧教性命不在，也不能落入旁人手中。」袁承志一楞，疑雲大起，心想這匕首既如此要緊，閔子華怎能於刺殺焦公禮後仍留在他身上，卻不取回？當下將匕首雙手奉還，說道：「在下有一事不明，要請教道長。」洞玄接過匕首，聽他說得客氣，便道：「請說。」

袁承志轉過身來，對焦宛兒道：「焦姑娘，那布包給我。」焦宛兒遞過布包，手握雙刀，緊緊監視閔子華。袁承志打開布包，露出匕首。閔子華和洞玄齊聲驚呼。金龍幫幫眾眼見兇器，想起老幫主慘死，目眥欲裂，各人逼近數步。

閔子華顫聲道：「這……這……這是我的匕首呀？你從那裏得來？」伸手來取。袁承志手一縮。焦宛兒單刀揮出，往閔子華手臂砍落。閔子華疾忙縮手，這刀便沒砍中。焦宛兒待要追擊，袁承志伸手攔住，說道：「先問淸楚了。」焦宛兒停刀不砍，流下兩行淚來。

閔子華怒道：「當日我們在南京言明，雙方解仇釋怨。金龍幫幹麼不顧信義，接連幾次前來傷我？你叫焦公禮出來。咱們三對六面，說個明白。姓閔的到底那一點上道理虧了……」他話未說完，金龍幫幫衆早已紛紛怒喝：「我們幫主給你害死了，你這奸賊還來假撇淸！」閔子華和洞玄都大吃一驚，齊聲道：「甚麼？焦公禮死了？」

袁承志見二人驚訝神色，不似作僞，心想：「或許內中另有別情。」問道：「你眞的不知？」閔子華道：「我把房子輸了給你，沒面目再在江湖上混，便上開封府去，要跟掌門大師兄水雲道長商量，那知師兄沒會到，途中卻不明不白的跟金龍幫打了兩場。焦公禮好端端的，又怎會死？」焦宛兒聽他這麼說，也瞧出情形有點不對，哽咽道：「我爹爹……是給……給人用這把匕首害死的……就算不是你，也總是你的朋友。」閔子華恍然大悟，道：「嗯，嗯，這就是了。」焦宛兒喝道：「甚麼這就是了？」閔子華急忙分辯，結結巴巴的卻說不明白。金龍幫衆人只道他心虛，聲勢洶洶的操刀又要上前。

洞玄道人接過閔子華手中半截斷劍，擲在地下，凜然道：「各位要讓焦幫主大仇不能得報，讓眞兇奸人在旁暗笑，我師兄弟饒上兩條命，又算甚麼？」挺起胸膛，束手就戮。衆人見他如此，面面相覷，一時拿不定主意。

袁承志道：「這樣說來，焦幫主不是閔兄殺的？」閔子華道：「姓閔的出於仙都門下，也還知道江湖上信義爲先。我既已輸給你，又知有奸人從中挑撥，怎會再到南京尋仇？」袁承志道：「焦幫主不是在南京被害的。」閔子華奇道：「在那裏？」袁承志道：「徐州。」洞玄道：「我師兄弟有十多年沒到徐州啦。除非我們會放飛劍，千里外殺人性命。」袁承志道：「此話當眞？」洞玄伸手一拍自己項頸，說道：「殺頭也不怕，何必說假話！」

焦宛兒道：「那麼這柄匕首從何而來？」洞玄道：「我這時說出眞相，只怕各位還不相信。現下我帶你去個地方，一看便知。」閔子華急道：「師弟，那不能去。」洞玄道：「口說無憑，須有實據。焦幫主爲奸人殺害，此事非同小可，務須查個水落石出。袁相公和焦姑娘兩位是何等樣人，決不能壞咱們的事。」閔子華點點頭。焦宛兒問：「去那裏？」洞玄道：「只能帶袁相公和你兩位同去。人多了不行。」

金龍幫中有人叫了起來：「他要使奸，莫給他們走了。」焦宛兒問袁承志道：「袁相公，你說怎樣？」袁承志心想：「看來這兩人確是別有隱情，還是一同前往查明眞相爲妥。要是他們想使詭計，諒來也逃不脫我手掌。」說道：「那麼咱們就同去瞧瞧。」

焦宛兒對金龍幫衆人道：「有袁相公在，料想他們也不敢怎樣。」自焦公禮逝世，焦宛兒已隱然爲一幫之主，她率領幫衆大舉尋仇，衆人對她言聽計從。袁承志是「金蛇營」首領，早已是幫衆的頭腦，他爲人仁義，武功高強，衆人欣然稱是，更無異言。

袁承志和焦宛兒隨著閔子華師兄弟一路向北。來到城牆邊，洞玄取出鉤索，甩上去鉤住城牆，讓焦宛兒先爬了上去，然後他師兄弟先後爬上城頭，讓袁承志在後監視出城。四人出城後，續向北行。這時方當子夜，月色如水，道路越走越崎嶇。再行四五里，上了個亂石山崗，袁承志和焦宛兒都感訝異，不知這兩人來此荒僻之處，有何用意。焦宛兒尋思：「莫非這兩人在此伏下大批幫手？但有袁相公在此，對方縱有千軍萬馬，他也必能帶我脫險。」

上崗又走了二三里，才到崗頂，只見怪石嵯峨，峻險突兀，月光下似魔似怪，陰森森的寒意逼人。洞玄和閔子華走向一塊大巖石之後，袁承志和焦宛兒跟著過去，只見巖邊赫然停著一具棺木。焦宛兒於黑夜荒山乍見此物，心中一股涼氣直冒上來。

洞玄撿起一塊石子，在棺材頭上輕擊三下，稍停一會，又擊兩下，然後再擊三下，雙手托住棺蓋往上一掀，喀喇一聲響，棺材中坐起一具殭屍。焦宛兒「啊」的一聲大叫，雙手抓住了袁承志左手，不由自主的靠在他身上。

只聽那殭屍道：「怎麼？帶了外人來？」洞玄道：「兩位是朋友。這位袁相公，是金蛇郎君夏大俠的弟子。這位焦姑娘，是金龍幫焦幫主的千金。」那殭屍向袁焦二人道：「兩位莫怪。貧道身上有傷，不能起身。」洞玄道：「這是敝派掌門師兄水雲道人。在這裏避仇養傷。」袁承志和焦宛兒才知原來不是殭屍，當即施禮。水雲道人拱手答禮。那水雲道人臉如白紙，沒半絲血色，額角正中從腦門直到鼻樑卻是一條殷紅色的粗大傷疤，疤痕猶新，想是受創不久，為那慘白的臉色一加映托，更是可怖。

水雲道人說道：「我師父跟尊師夏老師交好。夏老師來仙都山時，貧道曾侍奉過他。他老人家可好？」袁承志心想這時不必再瞞，答道：「他老人家已去世多年了。」

水雲道人長嘆一聲，慘然不語，過了良久，才低聲道：「剛才聽洞玄師弟說道，閣下是金蛇弟子，貧道十分歡喜，心想只要金蛇前輩出手，我師父的大仇或能得報。唉！那知他老人家竟也已歸道山，只怕要讓奸人橫行一世了。」

焦宛兒心道：「我是為報父仇而來此地，那知又引出一樁師仇來。」袁承志卻想：「程幫主適才說道，黃木道人為五毒教所害，那可又拉在一起了。」

洞玄低聲把金龍幫尋仇的事說了，求大師兄向焦宛兒解釋。水雲道人「咦」了一聲，越聽越怒，突然手掌翻過，在身旁棺上猛擊一掌。

水雲道人道：「焦姑娘，我們仙都弟子，每人滿師下山之時，師父必定賜他一柄匕首。貧道忝居本派掌門，雖然本領不濟，忍辱在這裏養傷，但還不敢胡說打誑。焦姑娘，你道這柄匕首是做甚麼用的？」焦宛兒恨恨的道：「不知道！」

水雲道人抬頭望著月亮，喟然道：「敝派第十四代掌門祖師菊潭道長當年劍術精妙絕倫，只可惜性子剛傲，又頗有些不明是非，殺了不少無辜之人，結仇太多，終於各派劍客大會恆山，以車輪戰法鬥他一人。菊潭道長雖然劍下傷了對頭十八人，最後筋疲力盡，身受重傷，於是拔出匕首自殺而死。本派因此元氣大傷，又得罪了天下英雄，此後定下一條規矩，每名學藝完畢的弟子都授一柄匕首。洞玄師弟，你到那邊去。」洞玄不明他用意，但還是朝他手指所指，向西行去。水雲等他走出數百步，高聲叫道：「行了。」洞玄停步。

水雲低聲問閔子華道：「閔師弟，這把匕首，叫作甚麼？」閔子華道：「這是仙都戒殺刀。」水雲又問：「師父授你戒殺刀時，有四句甚麼訓示？你低聲說來。」閔子華肅然道：「嚴戒擅殺，善視珍藏，義所不敵，舉以自戕。」

水雲點點頭，向東邊一指，道：「你到那邊去。」待閔子華走遠，把洞玄叫回來，問道：「洞玄師弟，這把匕首，叫作甚麼？」洞玄道：「仙都戒殺刀。」水雲又問：「師父授你此刀之時，有何訓示？」洞玄肅然道：「嚴戒擅殺，善視珍藏，義所不敵，舉以自戕。」

水雲把閔子華叫回，對袁承志和焦宛兒道：「現今兩位可以相信，敝派確是有此訓示。敝派弟子犯戒，妄殺無辜，也是有的，可是憑他如何不肖，無論如何不敢用這戒殺刀殺人。」

袁承志問道：「這匕首爲甚麼叫『戒殺刀』？」水雲道：「敝派鑒於菊潭祖師的覆轍，從第十五代祖師起便定下一條門規，嚴禁妄殺無辜，本派每兩年一次在仙都山大會，有人犯戒，便得在師長兄弟之前，用這戒殺刀自行了斷。閔師弟要殺焦幫主，雖然當年閔子葉師兄行爲不端，有取死之道，但爲兄報仇，本來也不算是妄殺，可是後來既知受奸人挑撥，再去加害，那便犯了重大門規，諒他也是不敢。」他嘆了口氣，說道：「這戒殺刀是自殺用的，要是仙都弟子遇敵之時，武功不如，而對方又苦苦相逼，脫身不得，便須以此匕首自殺，免損仙都威名。閔師弟就算敢犯師門嚴規，天下武器正多，怎會用戒殺刀去殺人？而且刺殺之後，怎麼又不把刀帶走？」袁承志和焦宛兒聽著，都不住點頭。

水雲又道：「焦姑娘，我給你瞧封信。」說著從棺材角裏取出一個布包，打了開來，裏面是一堆文件雜物。他從中揀出一信，遞給焦宛兒。焦宛兒眼望袁承志。袁承志點點頭。焦宛兒接過信來，月光下見封皮上寫著「急送水雲大師兄親啓，閔緘」幾個字，知是閔子華寫給水雲的信，水雲道：「焦姑娘，請看信！」焦宛兒點點頭，抽出信箋，見紙箋上端印著「蚌埠通商大客棧用箋」的紅字，信上的字歪歪扭扭，文理也不甚通，寫道：

「水雲大師兄：你好。焦公禮之事，小弟已明白受人欺騙，胡塗之極，報仇甚麼的，就此拉倒不幹了。但昨晚夜裏，小弟的戒殺刀忽給萬惡狗賊偷去，眞慚愧之至。如果尋不回來，我再沒面目見大師兄了，千萬千萬。小弟閔子華拜上。八月十八日」

焦宛兒讀完此信，心想：「我與爹爹七月間在山東參與泰山大會，此後南下徐州，爹爹於十一月初二在徐州被害。這信寫於八月十八，該當不是假的。」當下更無懷疑，身子顫抖，盈盈向閔子華拜了下去，說道：「閔叔叔，姪女錯怪好人，冒犯你老人家啦。」一拜罷又向洞玄賠禮。兩人連忙還禮。

閔子華道：「不知是那個狗賊偷了這把刀去，害死了焦幫主。他留刀屍上，就是要你疑心我呀。」焦宛兒道：「姪女貞鹵莽，沒想到這一著，只道閔叔叔害了爹爹後，還要逞英雄好漢，留刀示威。」閔子華道：「我失了戒殺刀，急忙稟告掌門師兄，再和洞玄師弟到處找尋，沒一點眉目，後來接到大師兄飛帖，召我們到京師來，這才動身。路上你們沒頭沒腦的殺來，我也只好沒頭沒腦的跟你們亂打一陣。幸虧袁相公趕到，才弄明白這回事。」水雲道：「等我們的事了結之後，要是貧道僥倖留得性命，定要幫焦姑娘找到這偷刀殺人的奸賊。這件事仙都派終究也脫不了牽連。」焦宛兒又襝衽拜謝，將匕首還給閔子華。

袁承志心想，他們師兄弟只怕另有秘事商酌，外人不便參與，便拱手道：「兄弟就此別過。」兩人和水雲等作別，走出數十步，正要下崗，洞玄忽然大叫：「兩位請留步。」

袁承志和焦宛兒一齊停步。洞玄道人奔將過來，說道：「袁相公，焦姑娘，貧道有一件事想說，請兩位別怪。」袁承志道：「道長但說不妨。」洞玄道：「這裏的事，要請兩位千萬不可洩漏。本來不須貧道多嘴，實因與敝師兄性命攸關，不得不冒昧相求。」按照江湖道上規矩，別幫別派任何詭秘怪異之事，旁人瞧在眼裏，決不能傳言談論，否則兇殺災禍立至，此事人所共知，但洞玄竟如此不放心，不惜冒犯叮囑，自是大非尋常。袁承志心中一動，雖事不干己，但想大家武林一脈，有事該當相助，說道：「不知令師兄有甚危難之事，兄弟或可相助一臂。」

洞玄和袁承志交過手，知他武功卓絕，不但高出自己十倍，也遠在仙都第一高手水雲師兄之上，聽他這麼說，心頭一喜，忙道：「袁相公仗義相助，眞是求之不得，待貧道稟過大師兄。」匆匆回去，低聲和水雲、閔子華商量。三人談了良久，似乎難以決定。袁承志心想：「既然他們大有爲難，不願外人插手，那就不必多事了。」高聲叫道：「兩位道長、閔兄，兄弟先走一步，後會有期！」一拱手就要下崗。

水雲道人叫道：「袁相公，請過來說幾句話。」袁承志轉身走近。水雲道：「袁相公肯拔刀相助，我們師兄弟委實感激不盡。不過這是本門私事，情勢凶險萬分，實在不敢要袁相公無故犯險。還請別怪貧道不識好歹。」說著拱手行禮。

袁承志知他是一片好意，心想這人倒也頗具英雄氣慨，說道：「道長說那裏話來，既是如此，就此告辭。道長如需相助，兄弟自當盡力，隨時送信到正條子胡同就是。」

水雲低頭不語，忽然長嘆一聲，說道：「袁相公如此義氣，我們的事雖然說來羞人，如再相瞞，可就不夠朋友了。兩位請坐。洞玄師弟，你對兩位說罷。」

洞玄等兩人在石上坐好，自己也坐下說道：「我們恩師黃木道人生性好動，素喜到處雲遊，除了兩年一次的仙都大會之外，平日少在山上。五年前的中秋，又是大會之期，恩師竟不回山主持，也不帶信回來，這是從來沒有的事，衆弟子又是奇怪，又是擔憂。恩師這次是到南方雲遊採藥，大夥兒忙分批到雲貴兩廣查訪，各路都沒消息。我和閔師哥在客店之中得到點蒼派追風劍萬里風的書信，說有急事邀我們前往。我們兩人趕到雲南大理萬大哥家中，見他身受重傷，躺在床上。一問之下，原來是爲了我們恩師才受的傷。」

袁承志想起程青竹曾說黃木道人是死於五毒教之手，暗暗點頭，聽洞玄又道：「追風劍萬大哥說道，那天他到大理城外訪友，見到我們恩師受人圍攻。點蒼派跟仙都派素有淵源，他當即仗劍相助。豈知對方個個都是高手，兩人寡不敵衆，萬大哥先遭毒手，昏倒在地，後來由人救回，恩師卻生死不明。萬大哥肩頭和脅下都爲鋼爪所傷，爪上餵了劇毒。看這情形，必是五毒教所爲。他後來千辛萬苦的求到靈藥，這才死裏逃生。於是我們仙都三十二弟子同下雲南尋師，要找五毒教報仇。可是四年來音訊全無，恩師自是凶多吉少。五毒教又隱秘異常，踏遍了雲南全省，始終沒半點線索，大家束手無策，才離雲南。不久前北方傳來消息，說五毒教教主何鐵手到了順天……」

袁承志「啊」了一聲。洞玄道：「袁相公識得她麼？」袁承志道：「我有幾位朋友昨天剛給她毒手所傷。」洞玄道：「令友不礙事麼？」袁承志道：「眼下已然無妨。」

洞玄道：「嗯，那眞是天幸。我們一得訊，大師兄便傳下急令，仙都弟子齊集京師。我們在來京途中遇到焦姑娘，那不必說了。大師兄比我們先到，他與何鐵手狹路相逢。那賤婢竟然出言譏刺，十分無禮。大師兄跟她動起手來，這賤婢手腳滑溜，大師兄一不留神，額上爲她左手鐵鉤所傷，下盤又中了她五枚暗器。她只道鐵鉤餵有劇毒，大師兄一定活不了，冷笑幾聲便走了。好在大師兄內功精湛，又知對頭周身帶毒，在動手之前已先服了不少解藥，身邊又帶了不少外用解毒膏丹，這才幸沒遭難。」

水雲嘆道：「貧道怕她知我不死，再來趕盡殺絕，不敢在寓所養傷，只得找了這樣古怪的地方靜養，再過三個月，毒氣可以慢慢拔盡。師父多半已喪在賤婢手下，這仇非報不可。只是對頭手段太辣，毒物厲害，是以貧道不敢拖累朋友。」

閔子華問道：「袁相公怎麼也跟五毒教結了樑子？」袁承志於是將如何在惠王府遇到五毒教、程青竹如何爲老丐婆抓傷的事簡略說了。水雲道：「袁相公既跟他們並無深仇，吃了點小虧，也就算了。你千金之體，犯不著跟這等毒如蛇蝎之人相拚。」

袁承志心想自己有父仇在身，又要輔佐闖王和義兄李岩圖謀大事，這些江湖上的小怨小仇，原不能過於當眞，否則糾纏起來永無了局，點頭道：「道長指教甚是。我有一隻朱睛冰蟾，可給道長吸毒。」當下用冰蟾替他吸了一次毒，亂石崗上無酒浸出蟾中毒液，於是把冰蟾借給洞玄，教了用法，要他替水雲吸盡毒氣後送回。水雲、閔子華、洞玄不住道謝。

袁承志和焦宛兒緩緩下崗，走到一半，宛兒忽往石上一坐，輕輕啜泣。承志輕拍她肩膀，低聲問道：「怎麼？焦姑娘，你不舒服麼？」宛兒搖搖頭，拭乾淚痕，若無其事的站了起來。承志心想：「這一來，她金龍幫和仙都派雖化敵爲友，但她殺父大仇如何得報，卻更渺茫了。也難爲這樣一個年輕姑娘，居然這般硬朗。」

兩人回進城裏，天將微明，袁承志把焦宛兒送回金龍幫寓所，自回正條子胡同。他在長街一排民房屋頂上展開輕身功夫，倏然之間，已過了幾條街，一時奔得興發，使出「神行百變」絕技，眞如飛燕掠波、流星橫空一般，耳旁風動，足底無聲，正奔得高興，忽聽身旁低喝一聲：「好功夫！」

袁承志陡然住足，白影微晃，一人從身旁掠過，嬌聲笑道：「追得上我嗎？」語聲方畢，已竄在七八丈外。袁承志見這人身法奇快，心中一驚：「這是個女子，輕身功夫竟如此了得？」他少年人既好奇，又好勝，提氣疾追。那人毫不回顧，如飛奔跑。時候一長，袁承志的內力、輕功終於高出一籌，腳下加勁，片刻間追過了頭，趕在那人面前數丈，回轉身來。

那人格格嬌笑，說道：「袁相公，今日我才當眞服你啦！」只見她長袖掩口，身如花枝顫裊，正是五毒教教主何鐵手。她全身白衣如雪，給足底黑瓦一襯，更是黑的愈黑，白的愈白。武林中人所穿夜行衣非黑即灰，俾得夜中不易爲人發覺，敵人發射暗器不能取得準頭，她竟然一身白衣，若非自恃武藝高強，決不能如此肆無忌憚。袁承志拱手說道：「何教主有何見教？」何鐵手笑道：「袁相公昨日枉駕，有不少礙手礙腳之人在場，大家分了心，不能好好見個高下。小妹今日專誠前來，討教幾招。袁相公半夜三更的送一位美貌姑娘回家，好風流多情啊！」邊說邊笑，語音嬌媚。

袁承志心想：「我送焦姑娘回家，原來給她瞧見了。此事不必多提！」便道：「教主這般身手，男子中也難得一見。兄弟十分佩服。卻不必再比了。」

何鐵手笑道：「昨日試拳，袁相公掌風凌厲之極。小妹力氣不夠，不敢接招。今日比比兵刃如何？」也不等袁承志回答，呼的一聲，已將腰間一條軟鞭抖了出來，微光中但見鞭上全是細刺倒鉤，只要給它掃中一下，皮肉定會給扯下一大塊來。何鐵手嬌滴滴的道：「袁相公，這叫做蝎尾鞭，刺上是有毒的，你要加意小心，好麼？」袁承志聽她說話，不覺打個寒戰。她語氣溫柔，關切體貼，含意卻極狠毒，兩者渾不相稱。

袁承志雅不欲跟她沒來由的比武，抱拳說道：「失陪了！」何鐵手不等他退開，手腕輕抖，蝎尾鞭勢挾勁風，逕撲前胸。袁承志上身後仰避開，不等蝎尾鞭次招再到，已竄出數丈。何鐵手知追他不上，朗聲叫道：「金蛇郎君的弟子如此膿包，敗壞了師尊一世威名！」袁承志一楞停步，心想：「我幾次相讓，他們五毒教驕縱慣了，還道我當眞怕她。」心念微動之際，白影閃處，蝎尾鞭又帶著一股腥風撲到。

袁承志眉頭一皺，暗想：「這等餵毒兵器縱然厲害，終究爲正人君子所不取。她好好一個女子，卻身在邪教，以致行事不端。」料想蝎尾鞭全鞭有毒，不能白手搶奪，索性雙手攏入袖中，身隨意轉，的溜溜的東閃西避，使的是木桑所授的輕身功夫。何鐵手鞭法雖快，那裏帶得到他一片衣角？袁承志捷若飛禽，何鐵手只瞧得心魂俱醉，大爲顚倒，想不到世上竟有如此高明武功。

轉瞬間拆了二十餘招，何鐵手嬌喝：「你一味閃避，算甚麼好漢？」袁承志笑道：「你想激我奪你鞭子？又有何難。」俯身而前，雙手在屋頂分別撿起一片瓦片，凝視鞭影，看得親切，叫道：「撤鞭！」兩塊瓦片一上一下，已將蝎尾鞭夾在中間，順手裏奪，右足晃動，瞬息間連踢三腳。何鐵手剛想運勁奪鞭，對方足尖已將及身，只得撤鞭倒退，不想踏了個空，跌下屋去。袁承志搶住鞭柄，笑問：「金蛇郎君的弟子怎麼樣？」

但聽得何鐵手柔媚的聲音叫道：「很好！」她身法好快，剛一著地，又即竄上屋頂，饒是袁承志身有絕頂輕功，也不禁佩服。

何鐵手右手又在腰間，身子微晃，腰肢款擺，似乎軟綿綿地站立不定，笑道：「還要領教袁相公的暗器功夫，我們五仙教有一門含沙射影……」袁承志聽她嬌聲軟語的說著話，也不見她身轉手揚，突然間眼前金光閃動，大驚之下，知道不妙，百忙中「一飛沖天」，躍起尋丈，只聽得一陣細微的錚錚之聲，數十枚暗器都打在屋瓦之上。

原來這門暗器是無數極細的鍍金鋼針，機括裝在胸前，發射時不必先取準頭，只須身子對正敵人，隨手在衣內腰間一按，一股鋼針就由強力彈簧激射而出。眞是神不知，鬼不覺，何況鋼針既細，爲數又多，一枚沾身，便中劇毒。武林中任何暗器，不論是鋼鏢、袖箭、彈丸、鐵蓮子，發射時總得動臂揚手，對方如是高手，一見早有防備。但這毒針之來，事先絕無半點朕兆，教外人知者極少，等到見著，十之八九非死即傷，而傷者不久也必送命。這暗器他們稱之爲「含沙射影」，端的武林獨步，人間無雙。

袁承志身子未落，三枚銅錢已向她要穴打去，怒喝：「我跟你無怨無仇，爲甚麼下此毒手？」何鐵手側身避開兩枚銅錢，右手翻轉，接住了第三枚，輕叫一聲：「啊喲，好大的勁兒，人家的手也給你碰痛啦。」一看準袁承志落下的方位，還擲過來。

聽聲辨形，這枚銅錢擲來的力道也頗不弱，袁承志剛想伸手去接，突然心裏一動：「這人手上有毒，別上她當。」長袖揮動，又把銅錢拂了回去。這一下勁力就沒手擲的大，何鐵手伸出兩指，輕輕拈住，放入衣囊，笑道：「多謝！可是只給我一文錢，不太小氣了些嗎？」手掌伸出來時迎風一抖，十多條非金非絲的繩索向他頭上罩來。

袁承志惱她適才偷放毒針手段陰毒之極，當下再不客氣，揚起蝎尾鞭，往她繩上纏去。何鐵手斗然收索，笑道：「蝎尾鞭是我的呀。你使我兵器，害不害臊呀？」說的是一口雲南土音，又糯又脆，加了不少嗲聲嗲氣，手上卻毫不延緩。

袁承志把蝎尾鞭遠遠向後擲出，叫道：「我再奪下你這幾根繩索兒，你們五毒教從此不能再來糾纏，行不行？」何鐵手嬌笑道：「這不叫繩索兒，這是軟紅蛛索。你愛奪，倒試試看。」說著蛛索橫掃，攔腰捲來。這蛛索細長多絲，四面八方同時打到。

袁承志側身閃避，想搶攻對手空隙，那知她十多根蛛索有的攻敵，有的防身，攻出去的剛收回守禦，原來縮回的又反擊而出，攻守連環，並無破綻。

拆了十餘招後，袁承志已看出蛛索的奧妙，心想：「這蛛索功夫是從蜘蛛網中變化出來的。」乘她一招使老，進攻的索子尚未收回、而守禦的索子已蓄勢發出之際，身形微斜，陡然欺近她背心，伸手向她脅下點去。這招快極險極，何鐵手萬難避開，忽然間身子側過。袁承志見這一下如點實了，手指非碰到她胸部不可，臉上發熱，凝指不發，心想：「你這招太也無賴！」

何鐵手左手鉤疾向右劃。袁承志急忙縮手，嗤的一聲，袖口已給鐵鉤子劃了一條縫。何鐵手道：「啊喲，把袁相公袖子割破啦。請您除下長衫，我去給你補好。」

袁承志見她狡計百出，心中愈怒，乘勢一拉，扯下了右臂破袖，使得呼呼風響，不數招，袖子已與蛛索纏住，用力揮出，破袖與蛛索雙雙脫手，都掉到地下去了。

袁承志道：「怎麼樣？」何鐵手格格笑道：「不怎麼樣。你的兵刃不也脫手了麼？還不是打了個平手？」反手在背上一抽，右手中多了一柄金光閃閃的鉤子。

袁承志見她周身法寶，層出不窮，也不禁頭痛，說道：「我說過奪下你蛛索之後，你們可不能再來糾纏。」何鐵手笑道：「你說你的，我幾時答允過啊？」袁承志心想果然不錯，她確沒答允過，但這般一件一件比下去，何時方了？哼了一聲，說道：「瞧你還有多少兵器？」心想把她每件兵器都奪下來，她總要知難而退了。

何鐵手道：「這叫做金蜈鉤。」左手前伸，露出手上鐵鉤，說道：「這是鐵蜈鉤，爲了練這勞什子，爹爹割斷了我一隻手。他說兵器拿在手裏，總不如乾脆裝在手上靈便。我練了十三年啦，還不大成。袁相公，這鉤上可有毒藥，你別用手來奪呀！」

只見她連笑帶說，慢慢走近，袁承志外表淡然自若，內心實深戒懼，只怕她又使甚麼奸謀，正自嚴加提防，忽聽遠處隱隱有唿哨之聲，猛然心動，暗叫：「不好！莫非此人絆住了我，卻命她黨羽去加害青青他們？」也不等她話說完，回身就走。

何鐵手哈哈大笑，叫道：「這時再去，已經遲了！」金鉤空晃，鐵鉤疾伸，猛向他後心遞到。袁承志側過身子，左腿橫掃。何鐵手縱身避過，雙鉤反擊。這時曙光初現，只見一道黑氣，一片黃光，在他身邊縱橫盤旋。這女子兵刃上功夫之凌厲，僅比在盛京所遇的玉眞子稍遜而已。承志掛念青青等人，不欲戀戰，數次欺近要奪她金鉤，總是給她迴鉤反擊，或以鐵鉤護住。這鐵鉤裝在手上，運用之際的是靈動非凡，宛似活手。

袁承志拆到三十餘招，兀是打她不退，探手腰間，金光閃動，拔出了金蛇寶劍。何鐵手笑容立斂，喝道：「這金蛇劍是我們五仙教的啊！你怎麼偷去了？」袁承志唰唰數劍，何鐵手武功雖高，怎抵擋得住？噹的一聲，金鉤給金蛇劍削去半截。袁承志喝道：「你再糾纏，把你的鐵手也削斷了。」她臉上微現懼色，果然不敢逼近，隨即微笑，屈膝行禮，正色道：「袁相公，昨天我見到你後，一晚睡不著，今晚更加睡不著了。我……我……好想拜你爲師，叫你一聲師父，師……父……」

袁承志正色道：「那可不敢當！」收劍回腰，疾奔回家，剛到胡同口，見洪勝海躺在地下，頸中流血，忙搶上扶起，幸喜尙有氣息。洪勝海咽喉受傷，不能說話，伸手向著宅子連指。袁承志抱他入內，只見宅中桌翻椅折，門破窗爛，顯是經過一番劇戰。

袁承志越看越心驚，撕下衣袖替洪勝海紮住了咽喉傷口，奔進內堂，裏面也是處處破損，胡桂南與程青竹躺在地下呻吟。袁承志忙問：「怎麼？」胡桂南道：「青姑娘……給……五毒教擄去啦。」袁承志大驚，問道：「沙天廣他們呢？」胡桂南伸手指向屋頂。袁承志不及多問，急躍上屋，只見沙天廣和啞巴躺在瓦面，都受傷中毒。雖幸喜無人喪命，但滿屋同夥個個重傷，眞是一敗塗地，青青更不知去向。袁承志憤怒自責：「我恁般胡塗，讓這女子纏住了也沒警覺。」

宅中僮僕在惡鬥時盡皆逃散，這時天色大明，敵人已去，才慢慢分別回來。

袁承志把啞巴和沙天廣抱下地來，寫了張字條，命僕人急速送去金龍幫寓所，請焦宛兒取回朱睛冰蟾，前來救人。他爲沙天廣、胡桂南等包紮傷口，詢問敵人來襲情形。

鐵羅漢上次受傷臥床未起，幸得未遭毒手，說道：「三更時分，胡桂南首先發覺敵蹤，把啞巴老兄扯上屋去。兩人一上屋，立讓十多名敵人圍住了。我在窗口中看得清楚，就是全身沒力，動彈不得，只有乾著急的份兒。眼見啞巴老兄、沙老兄和程老夫子都傷了好幾名敵人，但對方實在人多。大家邊打邊退，在每一間屋裏都拚了好一陣，最後個個受傷，青姑娘也給他們擄了去。袁相公……我們實在對你不起……」

袁承志道：「敵人好狠毒，是我胡塗，怎怪得你們？眼下救人要緊。」

他到馬厩牽了匹馬，向城外馳去，將到惠王府時下了馬，將馬縛在樹上，走到府前，大叫：「何教主，請出來，我有話說。」一邊門開處，一陣狺狺狂吠，撲出十多頭兇猛巨犬，後面跟著數十人。他想：「這次可不能再對他們客氣了！」左手連揮，十多枚金蛇錐激射而出，金光閃閃，每隻巨獒腦門中了一枚，隻隻倒斃在地。他繞著衆犬轉了個圈子，雙手將金蛇錐一一收入囊中。

五毒教人眾本待乘他與巨獒纏鬥，乘隙噴射毒汁，那知他殺獒眾犬竟如此神速，不由得都驚呆了，待他收回暗器，當先一人發一聲喊，轉身便走。餘人一擁進內，待要關門，那裏還來得及？袁承志已從各人頭頂躍過，搶在頭裏。

他深入敵人腹地之後，反而神定氣閒，叫道：「何教主再不出來，莫怪我無禮了。」

只聽噓溜溜的一陣口哨，五毒教眾人排成兩列，中間屋裏出來十多人。當先一人是何紅藥，後面跟著左右護法潘秀達、岑其斯，以及錦衣毒丐齊雲璈等一批教中高手。

袁承志道：「在下跟各位素不相識，既無宿怨，也無新仇，各位卻來到舍下，將我朋友個個打得重傷，還將我兄弟擄來，那是甚麼緣由，要向何教主請教。」

何紅藥道：「你家裏旁人跟我們並沒冤仇，那也不錯，因此手下留情，沒當場要了他們性命。至於那姓夏的小子呢，哼，我們要慢慢的痛加折磨。」袁承志道：「她年紀輕輕，甚麼事情對你們不住了？」何紅藥冷笑道：「誰教他是金蛇郎君的兒子？哼，這也罷了，誰教他是那個賤貨生的？」袁承志一怔，心想她跟青青的母親又有甚麼仇嫌了？何紅藥見他沉吟不語，陰森森的道：「你來胡鬧些甚麼？」袁承志道：「你們如跟金蛇郎君有樑子，幹甚麼不自去找他報仇？」何紅藥道：「老子要殺，兒子也要殺！你既是他弟子，連你也要殺！」

袁承志不願再與她糾纏不清，高聲叫道：「何教主，你到底出不出來？放不放人？」屋中寂然無聲，袁承志掛念青青，斜身疾從何紅藥身旁穿過，向廳門衝去。兩名教徒來擋，袁承志雙掌起處，將兩人直攢出去。他衝入廳內，見空空蕩蕩的沒有人影，轉身直奔東廂房，踢開房門，見兩名教衆臥在床上，卻是日前給他扭傷了關節之人，見他入來，嚇得跳起身來。

袁承志東奔西竄，四下找尋，五毒教衆亂成一團，處處兜截。五毒教教衆所住的招賢館賓館是在偏屋，與惠王府正屋有厚牆隔開。過不多時，袁承志已把招賢館偏屋的每間屋子都找遍了，不但沒見到青青，連何鐵手也不在屋裏。他焦躁異常，把缸甕箱籠亂翻亂踢，裏面飼養著的蛇蟲毒物都爬了出來。五毒教衆大驚，忙分人捕捉毒物。賓館還住有其他江湖人衆，眼見局面兇險，登時逃避一空。

潘秀達叫道：「是好漢到外面來決個勝負。」袁承志知他在教中頗有地位，決意擒住他逼問青青下落，叫道：「好，我領教閣下的毒掌功夫！」施展神行百變輕身功夫，雙足一頓，已躍到他面前。潘秀達見他說到便到，大吃一驚，呼呼兩掌劈到。袁承志道：「別人怕你毒掌，我偏不怕！」潘秀達叫道：「好，你就試試。」袁承志右掌挺出，往他掌上抵去。

潘秀達大喜，心想：「你竟來和我毒掌相碰，這可是自尋死路，怨我不得。」雙掌運力，猛向前推，眼見要和敵掌相碰，相距不到一寸，突見對方手掌急縮，腦後風聲微動，這時勁力在前，待要縮身回掌，頸中一緊，身子已給提起。五毒教衆齊聲吶喊，奔來相救。袁承志抓起潘秀達揮了個圈子。衆人怕傷了護法，不敢逼近。

袁承志喝道：「你們擄來的人在那裏？快說。」潘秀達閉目不理。袁承志潛運混元功，伸指在他脊骨旁穴道戳去。潘秀達登時背心劇痛，有如一根鋼條在身體內絞來攪去。袁承志鬆手把他摔落。潘秀達痛得死去活來，在地下滾來滾去，卻不吐聲息。

袁承志道：「好，你不說，旁人呢？」靈機一動：「我的混元功點穴法除了本門中人，天下無人能救。且都給他們點上了，諒來何鐵手便不敢加害青弟。」當下身形晃動，在衆人身旁穿來挿去。教徒中武功高強之人還抵擋得了三招兩式，其餘都是還沒看清敵人身法，穴道已給閉住。片刻之間，院子中躺下了二三十人。本來穴道受閉，儘管點穴手法特異，旁人難解，幾個時辰後氣血流轉，穴道終於會慢慢自行通解。但他這次使上了混元功，眞力直透經脈，穴道數日不解，此後縱然解開，也要酸痛難當，十天半月不愈，甚或終身受損。那日他在衢州靜岩點倒溫氏四老，使的便是這門手法。

何紅藥見勢頭不對，大聲呼嘯，奪門而出。餘衆跟著擁出，不一刻，一座大屋中空蕩蕩的走得乾乾淨淨，只剩下地上動彈不得的幾十人，有的呻吟低呼，有的怒目而視。

袁承志大叫：「青弟，青弟，你在那裏？」除了陣陣回聲之外，毫無聲息。他仍不死心，又到偏屋的每個房間查看一遍，終於廢然退出，提起幾名教眾逼問，各人均閉目不答。他無法可施，只得回到正條子胡同。見宛兒已取得冰蟾，率領了金龍幫的幾名大弟子來到相助，將沙天廣等身上毒氣吸淨、傷口包好。承志見各人性命無礙，但青青落入敵手，不禁愁腸百結。宛兒軟語寬慰，派出幫友四處打聽消息。

過了大半個時辰，忽然蓬的一聲，屋頂上擲下一個大包裹。眾人吃了一驚。袁承志焦急異常，雙手力扯，拉斷包上繩索，還未打開，已聞到一陣血腥氣，心中怦怦亂跳，雙手出汗，揭開包袱，赫然是一堆給切成八塊的屍首，首級面色已成烏黑，但白鬚白髮宛然可辨，看清楚是獨眼神龍單鐵生。

他躍上屋頂，四下張望，只見西南角上遠處有條黑影飛跑疾奔，料知必是送屍首來之人，當下提氣急追，趕出里許，只見他奔入一座林子中去了。

袁承志直跟了進去。只見那人走到樹林深處，數十名五毒教教眾圍著一堆火，正在高聲談論。一人偶然回頭，突見袁承志掩來，驚叫道：「惡傢伙來啦！」四散奔逃。

袁承志先追逃得最遠最快的，舉手踢足，將各人穴道一一點了，回過身來，近者手點肘撞，遠者銅錢擲打，只聽得林中呼嘯奔逐，驚叫斥罵之聲大作。過了一盞茶時分，林中聲息俱寂，袁承志垂手走出，拍了拍身上灰塵。

這一役把岑其斯、齊雲璈等五毒教中高手一鼓作氣的盡數點倒，只何鐵手和何紅藥兩人不在其內。他心中稍定，尋思：「只要青弟此時還不遭毒手，他們便有天大仇恨，也不敢加害。」

回到住宅，焦心等候，傍晚時分，出去打探的人都回報說沒找到線索。天交二更，袁承志吩咐吳平與羅立如，將單鐵生的屍首送往順天府衙門去，公門中人見到他的模樣，自知是五毒教所下毒手。焦宛兒領著幾名幫友，留在宅裏看護傷者，防備敵人。

袁承志焦慮掛懷，那裏睡得著？盤膝坐在床上，籌思明日繼續找尋青青之策。約莫坐了一個更次，四下無聲，只聽得遠處深巷中有一兩聲犬吠，打更的竹柝由遠而近，又由近而遠。他思潮起伏，自恨這一次失算中計，遭到下山以來的首次大敗，靜寂中忽聽得圍牆頂上輕輕一響，心想：「如是吳羅二人回來，輕身功夫無此高明，必是來了敵人。」當下安坐床上，靜以待變。只聽窗外如一葉落地，接著一人格格嬌笑，柔聲道：「袁相公，客人來啦。」袁承志道：「有勞何教主枉駕，請進來吧！」取出火摺點亮蠟燭，開門迎客。

何鐵手飄然而入，見袁承志室中陳設簡陋，除了一床一桌之外，四壁蕭然，笑道：「袁相公好清高呀。」袁承志哼了一聲。

何鐵手道：「我這番來意，袁相公一定知道的了。」袁承志道：「要請何教主示下。」何鐵手道：「你有求於我，我也有求於你，咱們這回合仍沒輸贏。」袁承志道：「我想不必再較量了。何教主有智有勇，兄弟十分佩服。」何鐵手笑道：「這是第一個回合，除非你把我們五仙教一下子滅了，否則還有得讓你頭疼的呢。」

袁承志一凜，心想他們糾纏不休，確是不易抵擋，說道：「何教主既跟我那兄弟的尊人有仇，還是逕去找他本人爲是，何必跟年輕人爲難？常言道得好：冤家宜解不宜結……」何鐵手嫣然一笑，說道：「倘若那人眞是你的兄弟，事情倒不易辦了。這般花容月貌的大姑娘，連我見了也不禁動心，袁相公只怕不能任由她落入一批心狠手辣之輩的毒手罷？客人到來，你酒也不請人喝一杯麼？」

袁承志心想此人眞怪，於是命僮僕端整酒菜。宛兒不放心，換上了書僮的裝束，親端酒菜，送進房來。何鐵手笑道：「眞是強將手下無弱兵，袁相公的書僮，生得也這般俊。」

袁承志斟了兩杯酒。何鐵手舉杯飲乾，接著又連飲兩杯，笑道：「袁相公不肯賞臉喝我們的酒，小妹卻生來鹵莽大膽。」宛兒接口道：「我們的酒永遠不會有毒。」何鐵手笑道：「好，好，眞是一位伶牙利齒的小管家。乾杯！」

袁承志和她對飲了一杯，燭光下見她星眼流波，桃腮欲暈，含羞帶笑，神態嬌媚，暗忖：「所識女子之中，論相貌美麗，言動可愛，自以阿九爲第一，無人可及。小慧誠懇眞摯。宛兒豪邁可親。靑弟雖愛使小性子，但對我全心全意，一片眞情，令人心感。那知還有何鐵手這般艷若桃李、毒如蛇蝎的人物，眞是天下之大，無奇不有。」何鐵手見他出神，也不言語，只淡淡而笑，過了一會，低聲道：「袁相公的武功，小妹拜服之極。似乎尊師金蛇郎君也不會這點穴手段。這門功夫，袁相公是另有師承的了。」袁承志道：「不錯，我是華山派門下弟子。」何鐵手道：「袁相公武功集諸家所長，難怪神乎其技。小妹今晚是求師來啦。」

袁承志奇道：「這話我可不明白了。」何鐵手笑道：「袁相公倘若不嫌小妹資質愚魯，就請收歸門下。」袁承志道：「何教主一教之長，武功出神入化，卻來開這玩笑。」何鐵手道：「你如不傳我解穴之法，難道我們教中幾十個人，就眼睜睜讓他們送命不成？」袁承志道：「只要你把我朋友送回，再應承以後永遠不來糾纏，我當然會給他們解救。」何鐵手道：「這麼說來，袁相公是不肯收我這個弟子了？」

袁承志道：「兄弟學藝未精，求師還來不及，那敢教人？咱們好言善罷，既往不咎，你道怎樣？」何鐵手笑道：「你把我的部屬治好，咱們就兩家言和，化敵爲友。不過，你的夏姑娘是我姑姑請去的，雖跟我不相干，我卻混水摸魚，另有用意，那是要挾，要你收我爲徒，我才肯放人。像你這等明師，千載難逢，我陰魂不散，非拜你爲師不可。師父！你答應了吧！」說到後來，軟語相求，嬌柔婉轉，聽來簡直有些銷魂蝕骨，倒似是以女色相誘一般。宛兒聽到這裏，走出房外。

袁承志見她嬌媚百端，不敢稍假辭色，板起了臉，默不作聲。何鐵手盈盈站起，笑道：「啊喲，咱們的袁大盟主生氣啦。」襝衽萬福，笑道：「好啦，好啦，我給你賠不是。」袁承志還了一揖。何鐵手道：「夏姑娘在我們這裏，我擔保決不敢有一分一毫無禮相待，我就當她是師娘一般恭恭敬敬，總要感動得你做成我師父，徒兒自然把我師娘好好送回給師父。此後也決不再騷擾你別的朋友。明兒便請你大駕光臨，救治我的朋友。」袁承志道：「救你部屬，一言爲定。其餘卻免談了。」何鐵手微微躬身，轉身走出。她並不上屋，逕往大門走去。袁承志只得跟著送出，僮僕點燭開門。

焦宛兒跟在袁承志身後，暗想：「這女子行動詭秘，別在大門外伏有徒黨，誘袁相公出去襲擊，我先去瞧瞧。」於是慢慢落後，身上藏好蛾眉鋼刺，越牆而出，躲在牆角邊向外望去，只見大門口停了一乘暖轎，四名轎夫站在轎前，此外卻無別人。宛兒矮了身子，悄悄走到轎後，雙手把轎子輕輕一托，知道轎內無人，這才放心，正要走回，大門開處，僮僕手執燈籠，袁承志把何鐵手送了出來。

宛兒尋思：「袁相公對夏姑娘鍾情極深，她給敵人擄了去，袁相公躭心之極。我要查到夏姑娘的所在，好讓袁相公去救人。我要拚了命報答袁相公的大恩。」她存了報恩之心，也不怕艱險，縮身鑽入轎底，手腳攀住轎底木架。那暖轎四周厚呢轎障圍住，又在黑夜，無人發覺。只聽得何鐵手一陣輕笑，踏入轎中。四名轎夫抬起轎子，快步而去。

只覺四名轎夫健步如飛，原來抬轎的人也都身有武功，她不禁害怕起來。這時正當隆冬，寒風徹骨，暖轎底下都結了冰，爲她口中熱氣一呵，化成了冷水一滴滴的落下。宛兒只得任由冷水落在臉上，不敢拂拭，只怕身子一動，給何鐵手發覺。

走了約莫半個時辰，忽聽一聲呼叱，轎子停住。一個男人聲音喝道：「姓何的賤婢，快出來領死。」焦宛兒心中奇怪：「這聲音好熟，那是誰啊？嗯，那是閔子華！」只聽得四周腳步聲響，許多人圍了上來。轎夫放下轎子，抽出兵刃。焦宛兒拉開轎障一角向外張望，見東邊站著四五人，都是身穿道袍、手執長劍的道士，心想：「西、北、南三邊必都有人，仙都派大舉報仇來了。」只覺轎身微微一晃，何鐵手已躍出轎外，嬌聲喝道：「水雲賊道死了沒有？你們膽子也眞大，想幹甚麼？」一名長鬚道人喝道：「我們師父黃木道長到底在那裏，快說出來，免你多受折磨。」

何鐵手格格嬌笑，柔聲道：「你們師父難道是三歲娃娃，迷路走失了，卻來問我要人？你們把師父交給我照管了？好吧，我幫你們找找吧，免得他可憐見兒的，流落在外，沒人照顧。也不知是給人拐去了呢，還是給人賣到了番邦。」宛兒心道：「原來這女人說話，總是這麼嬌聲媚氣的，我先前還道她故意向袁相公發嗲。」

那長鬚道人怒道：「五毒教逞兇橫行，今日教你知道惡有惡報！」何鐵手笑道：「仙都派平時不敢來找我，現今知道我們教裏多人受傷，就來鬧鬼。哈哈，呵呵，嘻嘻，嘿嘿！」她笑聲未畢，只聽一人「啊」的一聲慘叫，想是中了她毒手，一時只聽得呼叱怒罵、兵刃碰撞之聲大作。這次仙都派傾巢而出，來的都是高手，饒是何鐵手武功高強，卻始終闖不出去。鬥不到一盞茶時分，四名轎夫先後中劍。

宛兒在轎下不敢動彈，眼見仙都門人劍法迅捷狠辣，果有獨得之秘，心想當日袁相公一舉而破兩儀劍法，那是他們遇上了特強高手，才受剋制，尋常劍客卻決非仙都門人對手。她怕黑夜之中貿然露面，給仙都門徒誤會是五毒教衆，不免枉死於劍下，只得屏息不動。這時二十多柄長劍把何鐵手圍在垓心，青光霍霍，冷氣森森，只看得她驚心動魄。何鐵手在數十名好手圍攻下沉著應戰。一個少年道人躁進猛攻，給她鐵鉤橫劃，劃傷肩頭，登時痛暈在地，由同伴救了下去。再拆數十招，何鐵手力漸不支。閔子華長劍削來，疾攻項頸，她側頭避過，旁邊又有雙劍攻到。

只聽錚的一聲，一件細物滾到轎下。焦宛兒拾起一看，原來是半枚女人戴的耳環。她心中又喜又憂，喜的是何鐵手這一役難逃性命，可給袁相公除了個大對頭；憂的是她若喪命，青青不知落在何處，她手下教衆肯否交還，實在難說；突然心中轉過一個念頭：「夏姑娘倘然就此永不回來，袁相公卻又如何？」臉上一熱，一顆心怦然而動，覺得此事不宜多想，忙側頭去瞧轎外的惡鬥。

只見何鐵手頭髮散亂，已無還手之力。長鬚道人一聲號令，數十柄長劍忽地回收，組成一張爛銀也似的劍網，圍在她四周。長鬚道人喝道：「我師父他老人家在那裏？他是生是死，快說。」何鐵手把金鉤夾在脅下，慢慢伸手理好散髮，忽然一陣輕笑，鐵鉤迅如閃電，傷了一名道人。衆人大怒，長劍齊施，這一次下手再不容情，眼見何鐵手形勢危急萬分，突然遠處傳來噓溜溜一聲唿哨。何鐵手百忙中笑道：「我幫手來啊，你們還是快走的好，否則要吃虧的呀。」宛兒心想：「如不知他們是在拚死惡鬥，聽了她這幾句又溫柔又關切的叮囑，還以爲她是在跟情郎談情說愛哩！」

那長鬚道人叫道：「料理了這賤婢再說！」各人攻得更緊。轉眼間何鐵手腿上連受兩處劍傷，但她還是滿臉笑容。一名年輕道人心中煩躁，不忍見這麼一個千嬌百媚、笑靨迎人的姑娘給亂劍分屍，喝道：「你別笑啦，成不成？」何鐵手笑道：「你這位道長說甚麼？」那道人一呆，正待回答，眼前忽然金光閃動。閔子華急呼：「留神！」但那裏還來得及，波的一聲，金鉤已刺中他背心。

酣鬥中遠處哨聲更急，仙都派分出八人迎上去阻攔。只聽金鐵交鳴，不久八人敗了下來，仙都門人又分人上去增援。這邊何鐵手登時一鬆，但仙都派餘人仍是力攻，她想衝過去與來援之人會合，卻也不能。

雙方勢均力敵，高呼鏖戰。又打了一盞茶時分，閔子華高叫：「好，好！太白三英，你們三個賣國賊也來啦。」一人粗聲粗氣的道：「怎麼樣！你知道爺爺厲害，快給我滾。」

焦宛兒尋思：「太白三英挑撥離間，想害我爹爹，明明已給袁相公他們擒住。爹爹後來將三人送上應天府衙門，怎地又出來了？是越獄？還是貪官賣放？」

這時何鐵手的幫手來者愈多，宛兒向外張望，見四個白髮老人尤其厲害。仙都派眼見抵擋不住，長鬚道人發出號令，衆人收劍後退。仙都門人對羣戰習練有素，誰當先，誰斷後，陣勢井然。何鐵手身上受傷，又見敵人雖敗不亂，倒也不敢追趕，嬌聲笑道：「暇著再來玩兒，小妹不送啦。」

仙都派衆人來得突然，去得也快，霎時之間，刀劍無聲，四下裏但聽得朔風虎虎。

宛兒從轎障孔中悄悄張望，見場上東一堆西一堆的站了幾十個人。一個老乞婆打扮的女人道：「他們消息也眞靈通，知道咱們今兒受傷的人多，就來掩襲。教主，你的傷不礙事吧？」何鐵手道：「還好。幸虧姑姑援兵來得快，否則要打跑這羣雜毛，倒還不大容易呢。」一個白髮老人問道：「仙都派跟華山派有勾結嗎？」一個嗓音嘶啞的人道：「金龍幫跟那個姓袁的小子攪在一起。咱兄弟已使了借刀殺人的離間之計，料想姓袁的必會去跟仙都派為難。」那白髮老人道：「好吧，讓他們自相殘殺最好。」

宛兒在轎下聽到「借刀殺人的離間之計」這幾個字，耳中嗡的一響，一身冷汗，心道：「說這話的，不知是太白三英中的史秉文還是史秉光？是了，害死我爹爹的，原來是這三個奸賊。」她想再聽下去，卻聽何鐵手道：「大夥兒進宮去吧，轎子可不能坐啦。」眾人一擁而去。

宛兒等他們走出數十步遠，悄悄從轎底鑽出。不覺一驚，原來當地竟是在禁城之前，眼見一夥人進宮去了。仙都派圍攻何鐵手，拚鬥時刻不短，居然並無宮門侍衛前來查問干預。她不敢多躭，忙回正條子胡同，將適才所見細細對袁承志說了。袁承志大拇指一豎，說道：「焦姑娘，好膽略，好見識！」

焦宛兒臉上微微一紅，隨即拜了下去。袁承志側身避過，慨然道：「令尊的血海深仇，自當著落在我身上。焦姑娘再行大禮，那可是瞧不起我了。」沉吟片刻，說道：「事不宜遲，我這就進宮去找他們。」焦宛兒道：「這些奸賊在皇宮中必有內應。皇宮禁衛森嚴，袁相公貿然進去，只怕不便。」

袁承志道：「不妨，我有一件好東西。本來早就要用，那知一到京師之後，諸般事務煩忙，竟沒空去。」說著取出一封書信，便是滿清睿親王多爾袞寫給宮裏司禮太監曹化淳的密函，本是要洪勝海送去的。袁承志知道這信必有後用，一直留在身邊。

焦宛兒喜道：「那好極了，我隨袁相公去，扮作你的書僮。」袁承志知她要手刃仇人，那是一片孝心，勸阻不得，點頭允了。

焦宛兒在轎下躲了半夜，弄得滿身泥污，忙入內洗臉換衣，裝扮已畢，又是個俊俏的小書僮。袁承志笑道：「可不能再叫你焦姑娘啦！」焦宛兒道：「你就叫我宛兒吧，別人還當是甚麼杯兒碗兒呢。」心中升起一個念頭：「要是我眞能變作一隻杯兒碗兒，一生一世伴在你身邊，陪伴你喝茶吃飯，那才叫好呢！」不由得紅暈上頰，瞧向袁承志的眼光之中，映出了一股脈脈柔情。

正要出門，吳平與羅立如匆匆進來，說順天府尹衙門戒備很嚴，等了兩個多時辰，直到捕快換班，才把單鐵生的屍首丟了下去。袁承志點頭道：「好！」焦宛兒說起要隨袁承志入宮尋奸，爲父報仇。羅立如忽道：「袁相公，師妹，我跟你們一起去，好麼？」

焦宛兒眼望袁承志，聽他示下。袁承志心想：「這次深入禁宮，本已危機四伏，加之尚有不少高手在內。要保護焦姑娘周全已甚不易，多一人更礙手腳。」正要出口推辭，忽見吳平伸手暗扯羅立如衣角，連使眼色，說道：「羅師弟，你傷臂之後身子還沒完全復原，還是讓袁相公帶師妹去吧。」袁承志心中一動：「他似乎有意要我跟焦姑娘單獨相處。昨晚我和她去見水雲道人，青年男女深夜結伴出外，只怕已引起旁人疑心。

雖然大丈夫光明磊落，但還是避一下嫌疑的好。」於是對羅立如道：「羅大哥同去，我多一個幫手，那再好沒有。委屈你一下，請也換上僮僕打扮。」

羅立如大喜，入內更衣。吳平跟著進去，笑道：「羅師弟，你這次做了儍事啦！」羅立如愕然道：「甚麼？」吳平道：「袁相公對咱們金龍幫恩德如山，師妹對他顯然又傾心之至……」羅立如顫聲道：「你說讓師妹配……配給袁相公？」吳平道：「恩師在天有靈，必定也十分歡喜。你跟了去幹甚麼？」羅立如道：「大師哥說得對，那我不去啦！」吳平道：「現今不去，又太著痕跡。你相機行事，最好能撮成這段姻緣。」

羅立如點頭答應，心中一股說不出的滋味。他對這小師妹暗寄相思已有數年，只是她品貌既美，又不苟言笑，協助焦公禮處理幫中事務頗具威嚴，一番深情從不敢吐露半點；斷臂後更自慚形穢，連話也不敢和她多說一句，這時聽吳平一說，不禁悵惘，但隨即轉念：「袁相公如此英雄，和師妹正是一對。她終身有託，我自當代她歡喜。」言念及此，心情登時豁然，便即換上了僕從服色。

袁承志和公主四目交投，登時都驚得呆了。原來那公主便是曾在山東、河北道上相遇的少女阿九。她過了片刻，才想到自己衣衫不整，忙躍入床中，拉起被子遮住下身。

第十七回　青衿心上意　彩筆畫中人

袁承志從鐵箱中挑出不少特異貴重的珍寶，包了一大包，命羅立如負在背上。三人一早來到宮門。袁承志將暗語一說，守門的禁軍侍衛早得到曹太監囑咐，當即分人引了進去。來到一座殿前，禁軍侍衛退出，另有小太監接引入內，一路連換了三名太監。袁承志默記道路，心想這曹太監也眞工於心計，生怕密謀敗露，連帶路人也不斷掉換。最後沿著御花園右側小路，彎彎曲曲走了一陣，來到一座小屋子前。小太監請三人入內，端上清茶點心。約莫等了一個多時辰，曹太監始終不來，三人也不說話，坐著枯候。直到午間，才進來一名三十歲左右的太監，向袁承志問了幾句暗語。袁承志照著洪勝海所言答了，那太監點頭而出。

又過了好一會，那太監引了一名肥肥白白的中年太監入來。袁承志見他身穿錦繡，氣派極大，心想這多半是宮中除了皇帝之外、第一有權有勢的司禮太監曹化淳了，果然那先前進來的太監說道：「這位是曹公公。」袁承志和羅立如、焦宛兒三人跪下磕頭。曹化淳笑道：「別多禮啦，請坐，睿王爺安好？」袁承志道：「王爺福體安好。王爺命小人問公公好。」曹化淳呵呵笑道：「我這幾根老骨頭，卻也多承王爺惦記。洪老哥遠道而來，不知王爺有甚麼囑咐。」袁承志道：「王爺要請問公公，大事籌劃得怎樣了？」

曹化淳嘆道：「我們皇上的性子，眞是固執得要命。我進言了好幾次，皇上總說借兵滅寇，後患太多，只求兩國議和罷兵，等大明滅了流寇，重重酬謝睿王爺。」

袁承志不知多爾袞與曹化淳有何密謀。洪勝海在多爾袞屬下地位甚低，不能預聞機密，只不過是傳遞消息的信使而已。洪勝海不知，袁承志自然也不知了。這時聽了曹化淳之言，不由得心裏怦怦亂跳，耳中只是響著「借兵滅寇」四字，心想：「皇帝不肯借兵，滿洲人卻心急要借，顯是不懷好意了。」他雖鎭靜，但這個大消息突如其來，不免臉有異狀。

曹化淳會錯了意，還道他因此事不成，心下不滿，忙道：「兄弟，你別急，一計不成，二計又生呀！」袁承志道：「是，是。曹公公足智多謀，我們王爺讚不絕口，常說有曹公公在宮中主持，何愁大事不成。」曹化淳笑而不言。

袁承志道：「王爺有幾件薄禮，命小人帶來，請公公笑納。」說著向羅立如一指。

焦宛兒接下他揹著的包裹，放在桌上，解了開來。

包裹一解開，登時珠光寶氣，滿室生輝。曹化淳久在大內，珍異寶物不知見過多少，尋常珠寶還眞不在他眼裏，但這股寶氣迥然有異，走近看時，不覺驚得呆了。原來包袱中珍寶無數，單是一串一百顆大珠串成的朝珠，顆顆精圓，便已世所罕見。另有一對翡翠獅子，前腳盤弄著一個火紅的紅寶石圓球，這般晶瑩碧綠的成塊大的翡翠固然從未見過，而紅寶石之瑰麗燦爛，更是難得。曹化淳看一件，讚一件，轉身對袁承志道：「王爺怎麼賞了我這許多好東西？」

袁承志要探聽他的圖謀，接口道：「王爺也知皇上精明，借兵滅寇之事很不好辦，那務必仰仗公公的大力。」曹化淳給他這樣一捧，甚是得意，笑吟吟的一揮手，對羅立如和焦宛兒道：「你們到外面休息去吧。」袁承志向二人點點頭，便有小太監來陪了出去。曹化淳親自關上了門，握住袁承志的手，低聲道：「你可知王爺出兵，有甚麼條款？」

袁承志心想：「那晚李岩大哥說到處事應變之道，曾說要騙出旁人的機密，須得先說些機密給他聽。我信口胡謅些便了。」說道：「公公是自己人，跟您老人家當然要說，不過這事機密之至，除了王爺，連小人在內，也不過兩三人知道。」他向來坦率，殊乏機變，心念急轉，想不出甚麼有關滿清的邦國大事，只好隨口說些自己的事。

曹化淳眼睛一亮。袁承志挨近身去說道：「小人心想，王爺雖然瞧得起小人，但總是番邦外國，要是曹公公恩加栽培，使小人得以光宗耀祖……」曹化淳心中了然，知他要討官職，呵呵笑道：「洪老弟要功名富貴，那包在老夫身上。」袁承志心想：「要裝假就假到底。」忙跪下去磕頭道謝。曹化淳笑道：「事成之後，委你一個副將如何？包你派在油水豐足的地方。」袁承志滿臉喜色，忙又道謝，道：「公公大恩大德，小人甚麼事也不能再瞞公公。王爺的意思是……」左右一張，悄聲道：「公公可千萬不能洩露，否則小人性命難保。」曹化淳道：「你放心，我怎會說出去？」

袁承志心想：「我不妨漫天討價，答不答應在他。」低聲道：「大淸兵進關之後，闖賊是一定可以蕩平的。王爺的意思，是要朝廷割讓北直隸和山東一帶的地方相謝。兩國以黃河爲界，永爲兄弟之邦。」

袁承志信口胡謅。曹化淳卻毫不懷疑，一則有多爾袞親函及所約定的暗號，二則有如此重禮，三來滿洲人居心叵測，他又豈有不知？他微微沉吟，點頭說道：「眼前天下大亂，數月之前，潼關已給闖賊攻破，又已得了襄陽、西安，大淸再不出兵，眼見闖賊旦夕之間就兵臨城下。北京一破，甚麼都完蛋了，還有甚麼直隸、山東？」

袁承志聽說闖軍不久便可兵臨城下，不禁大喜，他怕流露歡悅之情，忙低頭眼望地下。曹化淳卻已見到，只道他因自己答允條款而喜，說道：「我今晚再向皇上進言，如他仍固執不化，咱們以國家社稷爲重，只好……」說到這裏，沉吟不語，皺起了眉頭。袁承志心中怦怦亂跳，盼他便即吐露陰謀，反激一句：「今上英明剛毅，公公可得一切小心。」曹化淳道：「哼，剛是剛了，毅就不見得。英明兩字，可差得太遠。大明江山亡在他手裏不打緊，難道咱們也陪著他一起送死？」

這幾句話可說得上「大逆不道」，倘若洩漏出去，已是滅族的罪名，他竟毫不顧忌的說了出來，可見對袁承志已全無忌憚之意。袁承志道：「不知公公有何良策，好教小人放心。」曹化淳道：「嗯，就算以黃河爲界，也勝過整座江山都斷送在流寇手裏。皇上不肯，難道……」說到這裏，突然住口，呵呵笑道：「洪老弟，三日之內，必有好音回報王爺。你在這裏等著吧。」雙掌一擊，進來幾名小太監，捧起袁承志所贈的珠寶，擁著曹化淳出去了。

過不多時，四名小太監領著袁承志、焦宛兒、羅立如三人到左近一間小房歇宿。晚間開上膳食，甚是豐盛，用過飯後，天色已黑，小太監道了安，退出房去。本來禁宮之中，決不能容不相干的外人歇宿，但此刻兵荒馬亂，宮禁廢弛，曹化淳在皇宮中隻手遮天，自也無人敢來多嘴。

袁承志低聲道：「那曹太監正在籌劃一個大奸謀，事情非同小可，我要出去打探一下。」宛兒道：「我跟你同去。」承志道：「不，你跟羅大哥留在這裏，說不定那曹太監不放心，又會差人來瞧。」羅立如道：「我一個人留著好了，袁相公多一個幫手好些。」

承志見宛兒一副躍躍欲試的神情，不便阻她意興，點了點頭，走到鄰室，雙手一伸，已點了兩名小太監的啞穴。另外兩名太監從床上跳起，睜大了眼睛，不明所以。宛兒拔出蛾眉鋼刺，指在兩人胸前，低聲喝道：「出一句聲，教你們見魏忠賢去！」說著鋼刺微微前伸，刺破兩人衣服，刺尖抵入了胸前肉裏。承志暗笑，心想這當口她還說笑話。魏忠賢是熹宗時的奸惡太監，敗壞天下，這時早已伏誅。

他把兩名太監的衣服剝了下來，自己換上了。宛兒吹滅蠟燭，摸索著也換上了太監服色。承志把一名太監也點上了啞穴，左手揑住另一人的脈門，拉出門來，喝道：「領我們去曹公公那裏。」那太監半身酥麻，不敢多說，便即領路，在宮中轉彎抹角的行了里許，來到一座大樓之前。那小太監道：「曹公公……住……住在這裏。」承志不等他說第二句話，手肘輕輕撞出，已閉住他胸口穴道，將他丟在花木深處。

兩人伏下身子，奔到樓邊。承志正要拉著宛兒躍上，忽聽身後腳步聲響，一人遠遠問道：「曹公公在樓上麼？」承志答道：「我也剛來，是在樓上吧。」回頭看時，見來者共有五人，前面一人提著一盞紅紗燈，燈光掩映下見都是太監。那提燈的太監笑罵：「小猴兒崽子，說話就是怕擔干係。」說著慢慢走近。承志和宛兒低下了頭，不讓他們看清楚面貌。

五名太監進門時，燈光射上門上明晃晃的朱漆，有如鏡子，照出了五人的相貌。承志吃了一驚，輕扯宛兒衣袖，等五人上了樓，低聲道：「是太白三英！」宛兒大驚，低聲道：「殺我爸爸的奸賊？他們做了太監？」

承志低聲道：「跟咱們一樣，喬裝改扮的，上去！」兩人緊跟在太白三英之後，一路上樓，守衛的太監只道他們是一路，也不查問。到得樓上，前面兩名太監領著太白三英走進一間房裏去了。承志與宛兒不便再跟，候在門外，隱隱約約只聽得那提燈的太監說道：「請在這裏……曹公公馬上……」其餘的話聽不清楚。兩名太監隨即退了出來，下樓去了。

承志一拉宛兒的手，走進房去，只見四壁圖書，原來是間書房。太白三英坐在一旁椅子，見進來兩名太監，也不在意。承志和宛兒逕自向前。宛兒冷笑道：「史叔叔，黎叔叔，我爹爹請三位去吃飯。」太白三英斗然見到宛兒，一驚非同小可。

黎剛立即跳起，叫道：「你……你爹爹不是死了麼？」宛兒道：「不錯，他請三位叔叔去吃飯！」史秉文眉頭一皺，嚓的一聲，長刀出鞘。承志雙手疾伸，一手一個，抓住史氏兄弟的後領提起，同時左腳飛出，踢在黎剛後心胛骨下三寸「鳳尾穴」上。史秉光反手一拳，承志毫不理會，任他打在自己胸口，雙手合攏迴撞，史氏兄弟兩頭相碰，都撞暈了過去。宛兒還沒看清楚怎的，太白三英都已人事不知。她拔出蛾眉鋼刺，猛向史秉光胸口戳去。承志伸手拿住她的手腕，低聲道：「有人。」

只聽樓梯上腳步聲響，袁承志提起史氏兄弟，放在書架之後，再轉身提了黎剛，和宛兒都躲在書架背後，剛剛藏好，幾個人走進室來。

一人說道：「請各位在這裏等一下，曹公公馬上就來。」一個嬌媚的女子聲音道：「辛苦你啦！」承志和宛兒聽出是五毒教主何鐵手的聲音，雙手互相一揑。過了片刻，又進來幾人，由惠王的總管魏濤聲帶進來，都是惠王招賢館所招來的好手，聽著各人稱呼，有衢州靜岩棋仙派的溫氏四老，還有方岩的呂七先生等人，與何鐵手等互道寒暄。承志尋思：「衢州棋仙派的溫氏四老也來了。原來宛兒昨晚瞧見的四個老頭子，便是他們，怪不得仙都派抵擋不住。他們來幹甚麼？」眾人客套未畢，曹化淳已走進室來。袁承志心想：「溫方施害死青弟的母親，給我以混元功踹中穴道，成了廢人，溫氏的五行陣雖然施展不出了，但加上五毒教的高手和其他人衆，我一人就抵敵不過。」

只聽曹化淳道：「太白三英呢？」一名太監答道：「史爺他們已來過啦，不知到那裏去了。」曹化淳派人出去找尋，幾批太監找了好久回來，都說不見三人影蹤。餘人悄悄議論，顯然都不耐煩了。曹化淳道：「咱們不等了，他們自己棄了立功良機，也怨不得旁人。」只聽衆人挪動椅子之聲，想是大家坐近了聽他說話。

只聽他悄聲說起西線軍情，李自成攻破潼關，兵部尚書孫傳庭殉難，李自成得了西安，自立爲帝，國號大順，年號永昌。衆人噫哦連聲，甚是震動。曹化淳道：「咱們如不快想法子，賊兵指日迫近京師。要是皇上再不借兵滅寇，剛愎自用，大明數百年的基業，便要斷送在他手裏。咱們以國家朝廷爲重，只得另立明君，護持社稷。」何鐵手道：「那就立惠王爺了。」曹化淳道：「不錯，今日要借重各位，爲新君效勞。一切大事，有兄弟承當。立了大功，卻是大家的。」見衆人並無異議，當下分派職司，各人踴躍奉命，神情興奮。

曹化淳道：「再過一個半時辰，溫家四位老先生帶領得力弟兄，在皇上寢宮外四周埋伏，阻攔旁人入內。何教主的手下伏在書房外面，由惠王爺入內進諫。」

呂七先生道：「五城兵馬使周大將軍統率京營兵馬，他是忠於今上的吧？要不要先除了去，以免不測？」曹化淳笑道：「周大將軍跟傅尙書那兩個傢伙，早給我略施小計除去了。何教主，你說給他聽吧。」何鐵手笑道：「曹公公要擁惠王登基，早知周大將軍跟傅尙書忠於皇上，一個手裏有兵，一個手裏有錢，是兩個大患，因此命小妹連日派人去戶部偷盜庫銀。皇帝愛斤斤計較，最受不了這些小事。今日下午已下旨把周傅二人革職拿問了。」衆人壓低了嗓子，一陣嘻笑，都稱讚曹化淳神機妙算。

袁承志這時方才明白，原來何鐵手的手下人偷盜庫銀，不是爲了錢財，實是個通敵禍國的大陰謀，可嘆崇禎自以爲精明，落入圈套之中兀自不覺。

曹化淳道：「各位且去休息一會，約莫一個半時辰之後，再來奉請。各位千萬要沈著冷靜，不可談論大事，洩漏風聲。」衆人輕聲答應。呂七先生與溫氏四老等告辭了出去。何鐵手留在最後，將到門口時，忽道：「太白三英爲甚麼不來？莫非是去向皇帝告密？」曹化淳道：「究竟何教主心思精細。這件事索性便瞞過他們。不過太白三英是滿洲九王的心腹，最近還立了大功，倒決不至於背叛九王。」何鐵手道：「甚麼大功？」曹化淳道：「他們盜了仙都派一個姓閔的匕首，去刺殺了金龍幫幫主，這麼一來，南方武林人物勢必自相殘殺，爭鬥不休。咱們將來避去金陵，就舒服得多啦。」

宛兒早有九成料定是太白三英害她父親，這時更無懷疑。承志怕她傷痛氣惱之際發出聲響，何鐵手耳目靈敏，一點兒細微動靜都瞞她不過，忙伸手輕輕按住宛兒的嘴。宛兒秀美溫柔，這時偎在他身邊，手指碰到她嘴邊柔嫩肌膚，承志方當年少，血氣方剛，心中微覺盪漾。

只聽何鐵手笑道：「公公身在宮廷之內，對江湖上事情卻這般清楚，也眞難得。」曹化淳乾笑兩聲，說道：「朝廷裏的事我見得多了，那一個不是貪圖功名利祿，反覆無常？那一個講甚麼信用道義？爲了升官發財，出賣朋友是家常便飯。還是江湖上朋友說一是一，說二是二，靠得住得多。兄弟這次圖謀大事，不敢跟朝廷大臣商議，不敢動用侍衛武將，卻禮聘各位拔刀相助，便是這道理……」兩人說著走出了書房。

承志知事在緊急，可是該當怎麼辦卻打不定主意，一時國難家仇，百感交集。宛兒輕輕撥開他手掌，低聲問道：「這三個奸賊怎樣處置？小妹可要殺了。」承志道：「好，但別見血，以免給人發覺。」捧起史秉光的腦袋，指著他兩邊「太陽穴」道：「你會使『鐘鼓齊鳴』這一招麼？」宛兒點點頭。承志道：「拇指節骨向外，這樣握拳，對啦，發招！」宛兒應聲出拳，噗的一聲，雙拳同時擊在史秉光兩邊「太陽穴」上。史秉光一聲沒哼，登時氣絕。她如法施爲，又將史秉文和黎剛兩人打死，這時大仇得報，想起父親，不禁伏在承志肩頭吞聲哭泣。承志左手輕抱她溫軟的身子，在她耳畔低聲道：「咱們快出去，瞧那何鐵手到那裏去。」宛兒給他擁在懷裏，不捨得就此分開，但隨即覺得不妥，收淚隨著承志出房。

只見曹化淳和何鐵手在前面岔道上已經分路，兩名太監手提紗燈，引著何鐵手一行向西走去。承志和宛兒遠遠跟著何鐵手，穿過幾處庭院，望著她走進一座屋子。

兩人跟著進去，一進門，便聽得東廂房中有人大叫：「何紅藥你這醜老太婆，你還不放我出去？」聲音清脆，卻不是青青是誰？

承志一聽之下，驚喜交集，再也顧不得別的，直闖進去，只見青青臥在床上，兩名小太監在旁煎藥添香。承志伸手點了兩名太監的穴道。青青方才認出，心中大喜，顫聲叫道：「大哥！」承志走到床邊，問道：「你的傷怎樣？」青青道：「還好！」見宛兒站在承志後面，問道：「你也來了？」宛兒道：「嗯，夏姑娘原來也在這裏，那眞好極了。袁相公急得甚麼似的。」

青青哼了一聲沒回答，說道：「那何紅藥就會過來啦，大哥，你給我好好打她一頓。」承志心想：「他們另有奸謀，我還是暫不露面爲妙。」急道：「青弟，眼下暫時不能跟她動手。你引她說話，問明白她劫你到宮裏來幹甚麼？」青青奇道：「甚麼宮裏？」

承志心想：「原來你還不知這是皇宮。」只聽房外腳步聲近，不及細說，提起兩名太監塞入衣櫥之中。拉著宛兒的手，正想覓藏身之處，門口人形一閃，一個白衫女子搶了進來，正是何鐵手。

她身法好快，對承志笑道：「好啊，師父，你也來了！」順手拉住宛兒的手臂，一摔便將她摔開幾步，搶到承志面前，和他相距不到一尺，幾乎鼻子要碰到鼻子。承志只聞到一股濃香，知她周身是毒，給她如此欺進，委實大大不妥，忙向床邊退了一步，何鐵手撲上身來，左手搭上他肩頭。承志右手反轉，抓住了她左手手腕，正要將她身子甩出，何鐵手叫道：「含沙射影！」承志手上便不敢使勁，眼見她右手伸在衣內小腹處，她只須一按衣內機括，幾十枚毒針便激射而出。何鐵手身子前衝，向承志身上撲去，承志左掌伸出，想去抓她衣內的右手手腕，要阻止她按動暗器機括，兩人幾乎肌膚相接，這幾十枚毒針激射出來，便有天大本事也閃避不了。何鐵手左手迴轉，攬住承志背心，全身倒在他的懷裏，膩聲叫道：「師……父，師……父……」承志忙道：「你……你別這樣！」青青瞧在眼裏，大怒喝道：「你兩個幹……幹甚麼？」

承志心知局勢危急，只盼儘快將何鐵手的右手拉了出來，但在青青眼中，卻只見到承志伸手到何鐵手的衣衫內不住掏摸，似乎猥褻不堪，又急又怒，又是傷心，大聲罵道：「無恥！下流！」

何鐵手膩聲道：「師父，你不答允，含沙射影，同歸於盡……」承志無奈，只得道：「好，我答允，我有話吩咐！」何鐵手叫道：「師父啊！」承志應道：「嗯。」何鐵手喜道：「大丈夫言而有信。」站直身子，退開了幾步。承志坐倒在床邊，適才生死懸於一線，不由得滿頭是汗，反手拉住青青的手，揑在掌中，對何鐵手正色道：「我有吩咐，你如聽話，便收你爲徒。」何鐵手心花怒放，笑嘻嘻的道：「請師父吩咐。」

承志道：「你快去查明曹公公改立皇帝的陰謀，你帶同手下，要阻止他謀朝篡位，借滿洲兵來打闖王，這是眼前的大事！」何鐵手點頭道：「徒兒遵命！」承志道：「第二件，你派人把夏姑娘送回我正條子胡同，你只要傷了她一根手指，我永遠不會教你一招功夫。」何鐵手伸伸舌頭，說道：「徒兒絕不會傷她。師父，這位夏姑娘以後要做我師娘嗎？」承志道：「差不多！你保著她平安回去就是了。」何鐵手道：「甚麼差不多，我瞧沒差甚麼啦。她醋勁兒好大啊！不過我們教裏那個何紅藥姑姑跟她有深仇大恨。夏姑娘是她抓來的，她怕你來搶回去，因此關在這裏，這可穩妥之極啦，不料還是給你找了來。是我姑姑抓來的人，我雖是教主，可也不能隨便放人。」

承志道：「到底有甚麼深仇大恨，為甚麼結怨，我一直不明白，這事須得查個清楚，我很多武功，是從金蛇郎君那裏學來的。」何鐵手道：「好！我幫師父問個明白就是了。師命有三，第一，阻止改立皇帝、借兵滅寇的陰謀；第二，送師娘回家；第三，問明你岳父大人金蛇郎君的事蹟和下落。徒兒一一遵辦。」青青聽她叫自己做「師娘」，叫自己爹爹是承志的「岳父大人」，心下甚喜，對何鐵手便無芥蒂，抓著承志的手掌輕輕捏了幾下，對於他先前伸手入何鐵手衣內之事便暫不追究了。

只聽得門外腳步聲響，有人問道：「教主，是你在這裏麼？」正是何紅藥的聲音。另一個沙嗄刺耳的蒼老聲音說道：「何教主，曹公公請您過去，該預備了。」承志認得是呂七先生的聲音。何鐵手應了一聲：「是了！」低聲對承志道：「師父，請你們兩位躲一躲。」承志見房中更無別的藏身之所，只怕呂七先生和何紅藥見到自己，聲張起來，曹化淳的奸謀有變，另起風波，只得拉了宛兒的手，鑽入了床底。

青青一怔之間，呂七先生和何紅藥已走進房來。呂七先生道：「何教主，咱們就在這裏等曹公公吧。」何鐵手笑道：「好啊！」左手鐵鉤反手一擊，正中呂七先生背心。

鐵鉤上餵有劇毒，一擊之下深入肌膚，呂七先生猝不及防，仰天便倒。何鐵手右手搶前抓起他長衫下襬，按在他嘴上，防他呼叫出聲，驚動旁人。呂七先生抽搐了幾下，荷荷幾聲，便躺在地下不動了。何鐵手笑道：「老先生別忙，你在這裏等罷。」把他屍身踢入床後。

何紅藥大爲驚奇，問道：「教主，曹公公的事，咱們不一起幹了嗎？」何鐵手道：「咱們五仙教獨來獨往，怎能讓這太監頭兒呼來喝去？」何紅藥應道：「正是！」她見教主大事臨頭，忽然變卦，雖十分詫異，但她急於查明青青的身世，謀朝篡位雖是天大的大事，於她卻渾不在意，只當小事一樁。

青青見承志和宛兒兩人手拉手的躲入床底，神情頗爲親密，不由得大怒，罵道：「你們鬼鬼祟祟的，當我不知道麼？」何鐵手笑道：「鬼鬼祟祟甚麼啊？」

青青叫道：「你們欺侮我，欺侮我這沒爹沒娘的苦命人！沒良心的短命鬼！」

承志一怔：「她在罵誰呀？」宛兒女孩兒心思細密，早瞧出青青有疑己之意，這時聽她指桑罵槐，不由得氣苦，不覺身子發顫。承志隨即明白了她心意，苦於無從解釋，只得輕拍她肩膀，示意安慰。

何紅藥忽然陰森森地道：「女娃兒，你既落入我們手裏，那能再讓你好好回去？你爹爹在那裏，生你出來的那個賤貨在那裏？」

青青本就在大發脾氣，聽她侮辱自己的母親，那裏還忍耐得住，伸手拿起床頭小几上的一碗藥，劈臉向她擲去。何紅藥側身讓開，噹的一聲，藥碗撞在牆上，但臉上還是熱辣辣的濺上了不少藥汁。她怒聲喝道：「賤女娃，你不要命了！」

承志在床底下凝神察看，見何紅藥雙足一登，作勢要躍起撲向青青，也在床底蓄勢待發，只待何紅藥躍近施展毒手，立即先攻她下盤。忽地白影一晃，何鐵手的雙足已攔在何紅藥與臥床之間。

只聽何鐵手道：「姑姑，我答應了那姓袁的，要送這姑娘回去，不能失信於人。」何紅藥冷笑道：「爲甚麼？」何鐵手道：「咱們這許多人給點了穴，非那姓袁的施救不可。」何紅藥一沉吟，說道：「好，不弄死這女娃便是，但總得讓她先吃點苦頭。先毀了她容貌，挖了她一隻眼珠！喂，姓夏的女娃，你瞧我美不美？」青青「啊」的一聲，叫了出來，聲中滿含驚怖，想是何紅藥醜惡的臉上做出可怕神情，直逼到她面前。

何鐵手道：「姑姑，你又何必嚇他？」語音中頗有不悅之意。何紅藥哼了一聲道：「是了，你護著她，想討好那姓袁的，這主意大錯而特錯。」何鐵手怒道：「你說甚麼話？」何紅藥冷笑道：「你仔細瞧瞧，你美還是她美？」青青雖穿著男裝，但鳳目櫻口，雙頰白嫩，不掩其嫵媚美色。何鐵手道：「這姑娘挺美，姑姑，我也不輸給她吧？」何紅藥道：「你想嫁那姓袁的，討好這姑娘沒用，要毀了她容貌才有用。」何鐵手道：

「胡說八道，誰說想嫁那姓袁的了。」何紅藥道：「年輕姑娘的心事，當我不知道麼？我自己也年輕過的。你瞧，你瞧，這是從前的我！」

只聽一陣悉卒之聲，似是從衣袋裏取出了甚麼東西。何鐵手與青青都輕輕驚呼一聲：「啊！」又是詫異，又是讚嘆。何紅藥苦笑道：「你們很奇怪，是不是？哈哈，哈哈，從前我也美過來的呀！」用力一擲，一件東西丟在地下，原來是一幅畫在粗蠶絲絹上的肖像。

承志從床底下望出來，見那肖像是個二十歲左右少女，雙頰暈紅，穿著擺夷人花花綠綠的裝束，頭纏白布，相貌俊美，眉目與何紅藥依稀有三分相似，但說這便是這醜老婆子當年的傳神寫照，可就當眞難以相信了。

只聽何紅藥嗚咽道：「我爲甚麼弄得這樣醜八怪似的？爲甚麼？爲甚麼？……都是爲了你那喪盡了良心的爹爹哪。」青青道：「咦，我爹爹跟你有甚麼干係？他是好人，決不會做對不起人的事！」何紅藥怒道：「你這小女娃那時還沒出世，怎會知道？要是他有良心，沒對我不起，我怎會弄成這個樣子？怎會有你這小女娃生到世上來？」

青青道：「你越說越希奇古怪啦！你們五毒教在雲南，我爹爹媽媽是在浙江結的親，相差了十萬八千里，跟你又怎拉扯得上？」

何紅藥大怒，揮拳向她臉上打去。何鐵手伸手格開，勸道：「姑姑別發脾氣，有話慢慢說。」何紅藥喝道：「你爹爹就是給金蛇郎君活活氣死的，現在反而出力迴護這女娃子，羞也不羞？」何鐵手怒道：「誰迴護她了？你若傷了她，便是害了咱們教裏四十多人的性命。我見你是長輩，讓你三分。但如你犯了教規，我可也不能容情。」

何紅藥見她擺出教主身分，氣燄頓煞，頹然坐入椅中，兩手捧頭，過了良久，低聲問青青道：「你媽媽呢？你媽媽定是個千嬌百媚的美人兒、江南美女狐狸精，才將你爹迷住了，是不是？」她嘆了口氣，說道：「我做過許多許多夢，夢到你的媽媽，可是她相貌總是模模糊糊的，瞧不清楚……我眞想見見她……她像不像你？」

青青嘆道：「我媽死了。」何紅藥一驚，道：「死了？」青青道：「死了！怎麼樣？你好開心，是不是？」何紅藥聲音淒厲，尖聲道：「我逼問他你媽媽住在甚麼地方，不管怎樣，他總不肯說，原來已經死了。當眞是老天爺沒眼，我這仇是不能報的了。這次放你回去，你這女娃子總有再落到我手裏的時候……你媽媽是不是很像你呀？」青青惱她出言無禮，翻了個身，臉向裏床，不再理會。

何紅藥道：「教主，要讓那姓袁的先治好咱們的人，再放這賤人。」何鐵手道：「那還用說？」何紅藥站起身來向門外走去。袁承志見她雙足正要跨出門限，忽然遲疑了一下，回身說道：「我定要問出來，她爹爹在那裏。」何鐵手道：「當然，不過……不過咱們不能失信於人啊。」何紅藥道：「你爲甚麼儘護著她？哼，你定是想去勾引那姓袁的少年，我教你個乖，你要那姓袁的喜歡你，你就得讓我殺了這女娃子，蜈蚣要成蠱王，先得咬死青蛇，懂不懂，傻女孩兒！」氣沖沖的回轉，坐在椅上，室中登時寂靜無聲。袁承志和宛兒更是不敢喘一口大氣。

青青忽在床上猛搥一記，叫道：「你們還不出來麼，幹甚麼呀？」

宛兒大驚，便要竄出，承志忙拉住她手臂，青青聽何紅藥勸何鐵手殺了自己，好引承志來愛她，更是著惱，握拳在床板上蓬蓬亂敲，灰塵紛紛落下。承志險些打出噴嚏，努力調勻呼吸，這才忍住。

青青心想：「那何鐵手和老乞婆又打你不過，何必躲著？你二人在床底下到底在幹甚麼？」卻原來承志得悉弒帝另立的奸謀，雖何鐵手已承諾阻止奸謀，但邪教毒女，答應了的事未必可靠，更可能密謀生變，她應付不了，這事關涉到國家存亡，爲求萬無一失，須得堅忍不出，要聽個明白。青青自不明其間原由，不由得恚怒難當。

何紅藥對何鐵手道：「你是教主，教裏大事自是由你執掌。教祖的金鉤既傳了給你，你便有生殺大權。可是我遇到的慘事，還不能教你驚心麼？」何鐵手道：「我是以教中大事爲重，誰又對那姓袁的少年有意思了？」

何紅藥長嘆一聲，道：「你跟那姓袁少年動手之時，眉花眼笑，嬌聲嗲氣，那裏是生死拚鬥，倒似是打情罵俏、勾勾搭搭一般，可讓人瞧得直生氣。」何鐵手道：「姑姑，那金蛇郎君到底怎樣對你不住，你這生恨他？」何紅藥道：「金蛇郎君？他在那裏，我要見他。喂，小賤人，你說了出來，我立刻放你！」最後兩句話是對青青說的。青青面向裏床，不加理會。

何鐵手道：「你跟她說，金蛇郎君怎麼樣對你不住，夏姑娘明白是非，良心發現，就肯帶你去見她爹爹了。反正她媽媽也死了，你們老情人重會，豈不甚好。」青青轉過身來，叫道：「你瞎說！我爹爹英俊瀟灑，是大英雄大豪傑，怎會來喜歡你這醜老太婆！」

何紅藥幽幽的道：「我在從前可不是醜老太婆呢。你爹爹現下在那裏，我要去見他，倒不是想他再來愛我這醜老太婆，我要問他，他這麼害了我一生一世，心裏可過意得去嗎？夏姑娘，我跟你說，怎麼識得你爹爹，他怎麼樣待我，只要我有一字半句虛言假話，教我第二次再受萬蛇噬身之苦。盼你明白是非，對我這醜老太婆有三分惻隱之心。你現下命在我手，我原本不用來求你，不過我要你明白，我們五仙教雖然無惡不作，殺人不眨眼，講到男女情愛，對待情哥哥、情妹子，決不能有半點負恩忘義，否則的話，老天爺也不容我們五仙教興旺到今天。」

青青道：「我不愛聽！」伸手拉過被子蒙住了頭，不想聽何紅藥的話，可是終於禁不住好奇心起，拉開被子一角，聽她述說她父親當年的故事。

何紅藥全不明白何鐵手想拜袁承志爲師以學上乘武功的熱切心情，以己度人，只道何鐵手看中了袁承志，這些事情她也不放在心上，二十年來遍尋夏郎不得，終於見到他的女兒，一線的機會，全繫於此，不由得心中熱切異常。反正曹太監要大家再等一個多時辰，不妨對姪女述說自己身世，讓青青聽了，只盼能打動她心，終於肯帶自己去見她父親，便對何鐵手緩緩的道：「那是二十多年前的事了，那時候我還沒你現今年紀大。你爹爹剛接任做教主，他派我做萬妙山莊莊主，經管蛇窟。這天閒著無事，我一個人到後山去捉鳥兒玩。」何鐵手插口道：「姑姑，你做了莊主，還捉鳥兒玩嗎？」

何紅藥哼了一聲，道：「我說過了，那時候我還年輕得很，差不多是個小孩子。我捉到兩隻翠鳥，心裏很高興。回來的時候，經過蛇窟旁邊，忽聽得樹叢裏颼颼聲響，知道有蛇逃走了，忙遁聲追過去。果見一條五花正向外遊走。我很奇怪，咱們蛇窟裏的蛇養得很乖，從來不逃，這條五花到外面去幹甚麼？我也不去捉拿，一路跟著。只見那五花到了樹叢後面，逕向一個人遊過去，我抬頭一看，不覺心裏一凜。那便是前生的冤孽了，他是我命裏的魔頭。」何鐵手問道：「便是那金蛇郎君麼？」

何紅藥道：「那時我也不知他是誰，只見他眉清目秀，是個很俊的漢人少年。手裏拿著一束點著火的引蛇香艾。原來五花是聞到香氣，給他引出來的。他見了我，向我笑了笑。」何鐵手笑道：「姑姑那時候長得好美，他一定著了迷。」何紅藥呸了一聲，道：「我和你說正經的，別鬧著玩！我當時見他是生人，怕他給蛇咬了，忙道：『喂，這蛇有毒。你別動，我來捉！』他又笑了笑，從背上拿下一隻木箱，放在地下，箱子角兒上有根細繩縛著隻活蛤蟆，一跳一跳的。那五花當然想去吃蛤蟆啦，慢慢的遊上了木箱，正想伸頭去咬，那少年一拉繩子，箱子蓋翻了下去。五花一滑，想穩住身子，那少年左手急探，兩根手指已鉗住了五花的頭頸。我見他手法雖跟咱們不同，但手指所鉗的部位不差分毫，五花服服貼貼的動彈不得，知道他是行家，就放了心。」

何鐵手笑道：「嘖嘖嘖，姑姑剛見了人家的面，就這麼關心。」

青青插口道：「喂，你別打岔成不成？聽她說呀。」何鐵手笑道：「你說不愛聽呀！」青青道：「我忽然愛聽了，可不可以？」何鐵手笑道：「好吧，我不打岔啦！」

何紅藥橫了她一眼，說道：「那時我又起了疑心，這人是誰呢？怎敢這般大膽，到這裏來捉我們的蛇？難道不知五仙教的威名嗎？又見他右手拿出一根短短的鐵棒，伸到五花口邊。五花便一口咬住。我走近細看，原來鐵棒中間是空的，五花口裏的毒液不住流出來，都給鐵管子盛住了。我這才知道，哼，原來他是偷蛇毒來著。怪不得這幾天來，蛇窟裏許多蛇兒不吃東西，又瘦又懶。我叫了起來：『喂，快放下！』同時取出蛇管一吹。他聽得聲音古怪，抬頭看時，五花頭頸一扭，在他手指上咬了一口。他忙把五花丟開，想打開木箱拿解藥。我說：『你好大膽子！』搶上前去。那知他武功好得出奇，只輕輕一帶，就把我摔了一交……」青青插嘴道：「當然啦，你怎能是他對手？」

何紅藥白眼一翻，道：「可是我們的五花毒性何等厲害，他來不及取解藥，便已蛇毒發作，暈了過去。我走近去看，忽然心裏不忍起來，心想這般年紀輕輕的便送了性命，太可惜了，何況又是這麼一身武功。」何鐵手道：「何況又這麼俊！於是你就將他救了回去，藏在莊子裏，拿藥給他解了毒，等他傷好，你就愛上他了？」

何紅藥嘆道：「不等他傷好，我已經把心許給他了。那時教裏的師兄弟們個個對我好，但不知怎的，我都沒把他們瞧在眼裏，對這人卻神魂顛倒，不由自主。過了三天，那人身上的毒退了，吃了我給他的飲食。我問他到這裏來幹甚麼。他說我救了他性命，不能瞞我。他說他姓夏，是江南的漢人，身上負了血海深仇，對頭功夫既強，又人多勢衆，報仇沒把握，聽說五仙教精研毒藥，天下首屈一指，因此趕到雲南來，想學五仙教的功夫……」她說到這裏，承志和青青方才明白，原來金蛇郎君和五毒教如此這般才打起交道來，而他所以要取蛇毒，自然旨在對付棋仙派溫家。

只聽何紅藥又道：「他說，他暗裏窺探了許久，學到了些煉製毒藥的門道，便來偷我們蛇窟裏毒蛇的毒液，要煉在暗器上去對付仇人。又過了兩天，他傷勢慢慢好了，謝了我要走。我心裏很捨不得，拿了兩大瓶毒蛇的毒液給他。他就給我畫了這幅肖像。我問他報仇的事還有甚麼爲難，要不要我幫他。他笑笑，說我功夫還差得遠，幫不上忙。

我叫他報了仇之後再來看我，他點頭答應了。我問他甚麼時候來。他說那就難說了，他要報大仇，還少了件利刃，聽說峨嵋派有一柄鎮山之寶的寶劍，須得先到四川峨嵋山去盜劍。但不知是否眞有此劍，就算有，能否盜到，甚麼時候能成事，也說不上來。」

承志心想：「金蛇郎君做事當眞不顧一切，爲了報仇，甚麼事都幹。」

何紅藥嘆道：「那時候我迷迷糊糊的，只想要他多陪我些日子。我好似發了瘋，甚麼事都不怕，明知是最不該的事，卻忍不住要去做。我覺得爲了他而去冒險，越是危險，心裏越快活，就是爲他死了，也是情願的。唉，那時候我眞像給鬼迷住了一樣。我對他說，我知道有柄寶劍，鋒利無比，甚麼兵器碰到了立刻就斷。他歡喜得跳起來，忙問在甚麼地方。我說，那就是我們五仙教代代相傳的金蛇劍！」

承志聽到這裏，心頭一震，不由得伸手一摸貼身藏著的金蛇劍，想起何鐵手曾說這金蛇劍是她五仙教的，當時跟她劇鬥方酣，只道她隨口亂說，原來此劍確與五仙教頗有干係。

何紅藥續道：「我對他說，這劍是我們教裏的三寶之一，藏在雲南麗江府玉龍雪山的毒龍洞裏，那是我教的聖地，洞外把守得甚是嚴密。他求我領他去偷出來。他說只借用一下，報了大仇後一定歸還。他不斷的相求，我心腸軟了，於是去偷了哥哥的令牌，帶他到毒龍洞去。看守的人見到令牌，又見我帶著他，便放我們進去。」

何鐵手道：「姑姑，你難道敢穿了衣服進毒龍洞？」何紅藥道：「我自然不敢……」青青插口問道：「為甚麼不敢穿了衣服進那個……那個毒龍洞？」

何紅藥哼了一聲不答。何鐵手道：「那毒龍洞裏養著成千成萬條鶴頂毒蛇，進洞之人只要身上有一處蛇藥不抹到，給鶴頂蛇咬上一口，如何得了？這些毒蛇異種異質，咬上了三步斃命，最是厲害不過。因此進洞之人必須脫去衣衫，全身抹上蛇藥。」青青道：「哦，你們五毒教的事當真……當真……」

何紅藥道：「當眞甚麼？若不是這樣，又怎進得毒龍洞？於是我脫去衣服，全身抹上蛇藥，叫他也搽蛇藥。他背上擦不到處，我幫他搽抹。唉，兩個少年男女，身上沒了衣衫，在山洞中你幫我搽藥，我幫你搽藥，最後還有甚麼好事做出來？何況我早已對他傾心，就這麼胡裏胡塗的把身子交了給他。」

青青聽得雙頰如火，忽地想起床底下的二人，當即手腳在床板上亂搥亂打。何鐵手忙道：「這是陳年舊事了，你別生氣。」青青怒道：「我恨他們好不怕醜。」

承志只感到宛兒軟軟的偎倚在自己胸前，覺著她身子漸漸熱了起來，心中忽想：「宛兒對我溫柔體貼，從來不像青弟那樣動不動就大發脾氣。」為甚麼這時忽然生此念頭，卻也說不上來。宛兒卻想：「我爹爹死了，沒人對我憐惜照顧，世上唯一的依靠，便是身邊這個胸膛。可是，可是……那不成的！」

何紅藥幽幽嘆道：「你說我不怕醜，那也不錯，我們夷家女子，本來沒你們漢人這許多臭規矩。唉，後來我就推開內洞石門，帶了他進去。這金蛇劍和其餘兩寶放在石龍的口裏，他飛身躍上石龍，就拿到了那把劍。那知他存心不良，把其餘兩寶都拿了下來。那便是二十四枚金蛇錐和那張藏寶地圖了。」她說到這裏，閉目沉思往事，停了片刻，輕輕嘆了口氣，說道：「我見他把三寶都拿了下來，就知事情不妙，定要他把金蛇錐和地圖放回龍口。」青青早知那便是建文皇帝的藏寶之圖，故意問道：「甚麼地圖？我爹爹一心只想報仇，要你們五毒教的舊地圖來有甚麼用？」

何紅藥道：「我也不知是甚麼地圖，這是本教從前傳下來的。哼，這人就不存好心。他也不答我話，只望著我笑，忽然過來抱住了我。後來，我也就不問他甚麼了。他說報仇之後，一定歸還三寶。他去了之後，我天天念著他，兩年來竟沒半點訊息。後來江湖上傳言，說江南出了個怪俠，使把怪劍，善用金錐傷人，得了個綽號叫作『金蛇郎君』。我知道定然是他，心裏掛念他不知報了大仇沒有。過不多久，教主起了疑心，查到三寶失落、我曾帶人入洞，要我自己了斷，終於落成了這個樣子。」

青青道：「為甚麼是這個樣子？」何紅藥含怒不答。

何鐵手低聲道：「那時我爹爹當教主，雖是自己親妹子犯了這事，可也無法迴護。姑姑依著教裏的規矩，服了解藥，身入蛇窟，受萬蛇咬齧之災。她臉上變成這個樣子，那是給蛇咬的。」青青不禁打了個寒戰，心中對這個老乞婆頓感歉仄。說道：「這……這可真對你不住了。我先前實在不知道……」何紅藥橫了她一眼，哼了一聲。

何鐵手又道：「她養好傷後，便出外求乞，依我們教規，犯了重罪之人，二十年之內必須乞討活命，不許偷盜一文一飯，也不許收受武林同道的周濟。」

青青低聲對何紅藥道：「要是我爹爹真的這般害了你，那確是他不好。」

何紅藥鼻中一哼，說道：「我給成千成萬條蛇咬成這個樣子，受罰討飯二十年，那都是我自己心甘情願的。那日我帶他去毒龍洞，這結果早就想到了，也不能說是他害我的。他對我不起，卻是他對我負心薄倖。那時我還真一往情深，一路乞討，到江南去找他，到了浙江境內，就聽到他在衢州殺人報仇的事。我想跟他會面，但他神出鬼沒，始終沒能會著。等到在金華見到他時，他已給人抓住了。你知道抓他的人是誰？」

何鐵手道：「是衢州的仇家麼？」何紅藥道：「正是。就是剛才你見到的溫家那四個老頭子。」何鐵手和青青同時「啊」的一聲。何鐵手想不到溫氏四老竟與此事會有牽連，青青聽到外公們來到北京而感驚詫。

何紅藥道：「我幾次想下毒害死敵人。但這些人早就在防他下毒，茶水飲食，甚麼都要他先試過，這一來我就沒法下手。他們押著他一路往北，後來才知是要逼他交出那張地圖。有一次，我終於找到機會，跟他說了幾句話。他說身上的筋脈都給敵人挑斷了，已成廢人，對頭武功高強，憑我一人決計抵敵不了，眼下只有一線生機，他正騙他們上華山去。」何鐵手道：「他到華山去幹甚麼？」何紅藥道：「他說天下只一人能救他，那便是華山派掌門人神劍仙猿穆人清前輩。」

承志在床底聽著這驚心動魄的故事，心裏一股說不出的滋味，對金蛇郎君的所作所爲，不知是痛恨、是惋惜、還是憐憫？這時聽到師父的名字，更凝神傾聽。

青青聽何紅藥提到了承志的師父，也更留上了神，只聽她接著道：「我問他穆人清是甚麼人，他說那是武功奇高的一位大俠。他雖從未見過，但素知這人正直仗義，要是見到他如此受人折磨，定會出手相救。他說溫氏五老的五行陣法厲害，又有崆峒派道人相助，除了這姓穆的，別人也打他們不退。他叫我快去華山，向穆大俠哭訴相求。我答應了。但我上得華山，找到穆大俠的居所，他卻不在家，只留著一個啞巴。我跟他打了半天手勢，也不知穆大俠去了那裏，甚麼時候回來。」承志聽到這裏，心想：「要從啞巴那裏問我師父的訊息，可也眞難得很了。」

只聽何紅藥繼續說道：「我便在華山頂上閒逛空等，一天見到懸崖峭壁上有個大洞，黑黝黝的長得挺怪，我用樹皮搓了根長索，縛在懸崖頂的一棵大松樹上，吊下去瞧瞧。那洞裏面有條山崖的裂縫，像是條過道，走進裏面又有個山洞，像一間房那樣，晚上我就在那裏過夜。過得三天，溫家五個老傢伙抬著他上了山頂，還有兩個崆峒派的道士，你爹爹騙他們說，那張寶藏地圖藏在華山頂上，可偏不肯說到底是在那裏。溫家五人不住對他上刑罰，他東拉西扯，溫家五兄弟大發脾氣，可是財迷心竅，怕下手太重，弄死了他，又怕惹得他拚死不說，終究得不到寶藏。我乘他們吵吵鬧鬧，心神不定的當兒，下了幾劑補藥。崆峒派的兩個臭道士一補就虛火上升，補死了。溫家的老三、老四也補得手足麻痺，半天行走不得……」承志心想：「怎麼吃補藥一補就補死了，哼，她有這麼好心，給敵人進補？甚麼補藥，還不是毒藥！」

只聽得何紅藥好聲好氣的說道：「夏姑娘，你精神還好麼？我配兩劑十全大補湯給你補補身子，好不好啊？」青青道：「呸，你要下毒害我，快快動手好啦！不過我補死之後，你永遠見不到我爹爹啦。」她料知何紅藥心中所企盼的，只是想見她爹爹一面，倘若殺了自己，線索便斷，自己命懸其手，非吊住她胃口不可。

何紅藥續道：「我乘著他們心慌意亂，大起忙頭的當兒，想法兒把那負心鬼背了出來，躲在穆大俠的屋裏，穆大俠還沒回山，可是溫家五老賊卻也不敢進屋搜尋。他們你怪我，我怪你，五兄弟爭吵一番，便下山追趕去了。我搬著那負心鬼進了山洞，又從穆大俠家裏偷了一批乾糧食物，跟他在洞裏過了幾天。我心裏好快活，說要背他去雲南，跟著他過一世。他卻唉聲歎氣，愁眉苦臉，說手足筋絡給挑斷的大仇不報，就此不想做人了。我們沒了糧食，不能在山上多耽，料想溫家五賊必已遠離追人，我便負他下山，在華陰縣躭了下來，我晚間去有錢人家盜了些金銀，找了家小戶人家住了。

「他身上的傷好了些，我便捉蛇取毒，他跟我學使毒進補的功夫，說要補死溫氏五賊報仇。他用心的寫了兩本書，要我幫著將一本書浸透補藥，說要讓溫家五賊好好的補上一補。他使錢去跟一個銀匠師傅打交道，請他喝酒吃飯，結成了朋友，請那銀匠做了大小兩隻鐵盒子，其中裝了機括，可以開蓋射箭。他本來就會得這些門道，不過手上筋脈斷了之後，使不出力，那銀匠依照他的指點，將兩隻鐵盒和暗箭做得十分考究，手工比打造銀器還更精致。我問他這兩隻鐵盒有甚麼用，他說要在其中放了浸有補藥的武功秘笈和寶藏地圖，引得溫氏五賊來開鐵盒，就算毒箭射他們不死，那秘笈和地圖也補死了他們。他說溫家五賊貪財愛武，武功又高，除此之外，沒別的法子可以得報大仇。」

承志聽到這裏，這才明白，金蛇郎君所以安排這浸毒的武功秘笈以及毒箭鐵盒，實是深謀遠慮，用來報復溫氏五老的，想不到竟落入了自己手中，而自己逃過大難，相差也只一線，實是僥倖之極。

何紅藥又道：「他說，這兩隻鐵盒和兩本武功秘笈、地圖，一眞一假，一毒一無毒，對付了溫家大仇人之後，就不必去害無辜之人了。不知道現下這鐵盒、秘本，是不是還在他身邊。溫氏五賊現下還賸四賊，我遲早給他們吃點補藥，割了他們的首級和手腳，去給你爹爹瞧瞧，也好讓他高興。」青青道：「這可多謝你啦！」

何紅藥續道：「又過得幾個月，我在華陰市上見到溫家五賊尋了回來，說道金蛇郎君失了蹤跡，過幾天要再上華山去尋線索。我回去跟他一說，他說良機莫失，次日便帶了鐵盒和浸了補藥的書本，再上華山，說是要守株待兔，等候五賊上山。我們上山後便躭在那山洞裏，這次我帶了不少乾糧，足可挨得一個月。安頓好後，我心裏高興，輕輕哼著擺夷山歌，他大概多謝我這麼幫他，伸臂摟我過去。這些日子中，我知道自己臉蛋給蛇兒咬得難看之極，從來不敢親近他。這時在黑暗之中，他跟我親熱，我便也由得他，那知一挨近身，忽然聞到他胸口微有女人香氣，伸手到他衣內一摸，掏出一件軟軟的東西，打亮火摺一看，是一隻繡得很精致的香荷包，裏面放著一束女人頭髮，一枚小小金釵，我氣得全身顫抖，問他是誰給的。他不肯說。我說要是不說，我就不去引溫氏五賊。他閉嘴不理，神氣很是高傲。你瞧，你瞧，這女娃子的神氣，就跟他老子當年一模一樣。」

她說到這裏，聲音忽轉慘厲，一手指著青青，停了一陣，又道：「我氣苦之極。我為他受了這般苦楚，他卻撇下了我，另外有了情人。我還想逼他，卻聽得山崖上有聲，悄悄出去探聽，聽到溫氏五賊上山來了，他們自己商量，說穆大俠也回了山，須得小心。溫家幾兄弟遍找不見，互相疑心，自夥兒吵了一陣，再到處在山上搜尋，這可就給穆大俠察覺了。他施展神功將他們都嚇下了華山，自己跟著也下山去了。

「這天晚上，我要那負心人說出他情人姓名。他知道一經吐露，我定會去害死他心上人。他武功已失，又不能趕去保護，因此始終閉口不答。我恨極了，一連三天，每天早晨、中午、晚上，都用刺荊狠狠鞭他一頓……」

青青叫了起來：「你這惡婆娘，這般折磨我爹爹！」何紅藥冷笑道：「這是他自作自受。我越打得厲害，他笑得越響。他說倒也不因爲我的臉給蛇咬壞了，這才不愛我。他從來就沒眞心喜歡我過，毒龍洞中的事，在他不過逢場作戲，他生平不知有過多少個女人，可是眞正放在心坎兒裏的，只是他未婚妻一個。他說他未婚妻又美貌又溫柔，又天眞，比我可好上一百倍了。他說一句，我抽他一鞭；我抽一鞭，他就誇那個賤女人一句。打到後來，他全身沒一塊完整皮肉了，還是笑著誇個不停。」

何鐵手道：「姑姑，世上男人喜新棄舊，乃是尋常之事。眞正一生不二色，只守著一個女人的，那是千中挑、萬中覓的珍貴男兒。所以他們漢人說：『易求無價寶，難得有情郎』啊！」

青青忍不住接口道：「男歡女愛，似我爹爹這般逢場作戲，雖屬常事，卻是不該。我們漢人講究有情有愛，然而更加重要的是有恩有義，所謂『一夜夫妻百夜恩，百夜夫妻海樣深』，不論男女，忘恩負義，便是卑鄙，我們漢人也以爲喜新棄舊是無恥惡行，並非你們擺夷人才是如此。」

承志本與宛兒偎倚在一起，聽到這裏，不禁稍縮，跟宛兒的身子離開了寸許，兩人肌膚不再相接。宛兒心中一凜：「我此番出來，本是要報答袁相公的大恩，捨命助他尋回夏姑娘，跟他一起躲在床底，乃是萬不得已。如果他忽然對我好了，不但我是忘恩負義，連累他也是忘恩負義，他是響噹噹的大丈夫，我千萬不可敗壞他品德。」不由得額頭微出冷汗，向旁邊縮開數寸，本來兩人呼吸相聞，面頰相觸，這一來便離得遠了。只聽得承志微微呼了口氣，宛兒心道：「袁相公，對不起！我心裏好愛你，但我跟你有緣無分，盼望我來生能嫁給你。」她卻不知，承志此時心中所想的，既不是她宛兒，也不是頭頂的青青，而是那個不知身在何處的阿九。

何紅藥道：「你倒通情達理，知道是你老子不對！」青青恨恨的道：「忘恩負義，負心薄倖，便是不該。」何紅藥道：「是啊！」她繼續講下去，說道：「到第三天上，我們兩人都餓得沒力氣了。我出去採果子吃，回來時他卻守在洞口，說道只要我踏進洞門一步，就是一劍。他雖失了武功，但有金蛇寶劍在手，我也不敢進去。我對他說，只要他說出那女子的姓名住所，我就饒了他對我的負心薄倖，他雖是個廢人，我還是會好好服侍他一生。他哈哈大笑，說他愛那女子勝過愛自己的性命。好吧，我們兩人就這麼耗著。我有東西吃，他卻挨餓硬挺。」

何鐵手黯然道：「姑姑，你就這樣弄死了他？」何紅藥道：「哼，才沒這麼容易讓他死呢。過了幾天，他餓得全身脫力，我走進洞去，再將他狠狠鞭打一頓。」

青青驚叫一聲，跳起來要打，卻讓何鐵手伸手輕輕按住肩頭，動彈不得。何鐵手勸道：「別生氣，聽姑姑說完吧。」

何紅藥道：「這華山絕頂險峻異常，他手足筋斷之後，必定不能下去，我就下山去打聽他情人的訊息。我要抓住這賤人，把她的臉弄得比我還要醜，然後帶去給他瞧瞧，看他還能不能再誇她讚她。我尋訪了半年多，沒得到一點訊息，擔心那姓穆的回山撞見了他，那可要糟。那天我見那姓穆的顯示神功，驅逐棋仙派的人，本領眞是深不可測，要是那負心賊求他相助，我再上華山，可就討不了便宜。待得我回到華山，那知他已不知去向。那山洞的洞口也給人封住了，密不通風，他不能還在裏面。我在山頂到處找遍了，沒一點蹤跡，不知是那姓穆的救了他呢，還是去了別的地方。十多年來，江湖上不再聽到他的信息。我走遍天南地北，也不知這沒良心的壞蛋是死是活。」

袁承志聽她滿腔怨毒的說到這裏，才恍然大悟：金蛇郎君所以自行封閉在山洞之中，定是知道冤家魔頭必會重來，他武功全失，無法抵敵，想到負人不義，又恥於向人求救，於是封了洞口，入洞待死，何紅藥卻以爲他已走了，出去時封了洞口。

忽聽得何紅藥厲聲對青青道：「哼，原來他還留下了你這孽種。你爹爹在那裏？他身上的傷好了沒有？他現今有沒老婆，誰在服侍他？」

青青道：「沒老婆，也沒人服侍他，他孤苦伶仃，獨自一個兒，可憐得很。」何紅藥淒然道：「他在那裏？我去服侍他。」何鐵手道：「姑姑，咱們有大事在身，你卻總是爲了私怨，到處招惹。仙都派的事，不也是你搞的麼？」

何紅藥道：「哼，那黃木賊道跟人瞎吹，說認得金蛇郎君，我聽見了，當然要逼問他那人的下落。」何鐵手道：「你關了黃木這些年，給他上了這許多毒刑，他始終不說，多半是眞的不知。難道要關死他嗎？」承志和宛兒暗暗點頭，心想仙都派跟五毒教的樑子原來由此而結，那麼黃木道人並沒死，只不過給扣住了。

何紅藥叫道：「那姓袁的小子拿著咱們的金蛇劍，又用金蛇錐打咱們的狗子，那地圖想必也落入了他手裏。咱們定可著落在他和這姓夏的身上，取回三寶，我死了也可對得住五毒教的列祖列宗，你身爲教主，更爲本教立下大功。否則的話，教內人衆不少要反你，這幾日來紛紛議論，大家對你的行爲很是不服。眼前正是天大的良機。」何鐵手笑了笑，並不答話。何紅藥道：「你出來，我還有話跟你說。」何鐵手道：「在這裏說也一樣。」何紅藥道：「不，咱們出去。」

兩人出房，步聲漸遠，承志和宛兒忙從床底鑽出。

青青怒目望著宛兒，見她頭髮蓬鬆，臉上又沾了不少灰塵，哼了一聲道：「你們兩人躲著幹甚麼？」宛兒一呆，雙頰飛紅，說不出話來。

承志道：「快起身。咱們快走，在這裏危險得很。」青青道：「危險最好，我不走。」承志急道：「有甚麼事，回去慢慢再說不好麼？怎麼這個時候瞎搗亂。」青青怒道：「我偏要搗亂。」承志心想這人不可理喻，情勢已急，稍再躭擱，不是無法脫身，便是皇帝身邊發生大事，忙道：「青弟，你怎麼啦？」一面說，一面伸手去拉她。

青青一瞥眼間，見到宛兒忸怩靦腆的神色，想像適才她和承志在床底下躲了這麼久，不知是如何親熱，又想自己不在承志身邊之時，兩人又不知如何卿卿我我，越想越惱，左手握住他手，右手狠狠抓了一把。承志全沒提防，手背上登時給抓出四條血痕，忙掙脫了手，愕然道：「你胡鬧甚麼？」青青道：「我就是要胡鬧！」說著把棉被在頭上一兜。承志又氣又急，只是跺腳。宛兒急道：「袁相公，你守著夏姑娘，我出去一下就回來。」承志奇道：「這時候你又去那裏？」宛兒不答，推窗躍了出去。

承志坐在床邊，隔被輕推青青。青青翻了個身，臉孔朝裏。這一來，可真把他鬧得無法可施，又不敢走開，只怕她在此遭到凶險。只得隔著棉被，輕輕拍她背脊。

忽然窗格一響，宛兒躍進房來，後面跟著羅立如，青青從被中探頭出來，臉色陰沉。宛兒向承志道：「袁相公，承蒙你鼎力相助，我大仇已報，明兒一早，我就回馬谷山去啦。我爹爹在日，對你十分欽佩。你又傳了羅師哥獨臂刀法，就如是他師父一般。

我們倆有件事求你。」承志道：「那不忙，咱們先出宮去再說。」

焦宛兒道：「不。我要請你作主，將我許配給羅師哥。」她此言一出，承志和青青固然吃了一驚，羅立如更驚愕異常，結結巴巴的道：「師……師妹，你……你說甚麼？」宛兒道：「你不喜歡我麼？」羅立如滿臉脹得通紅，只是說：「我……我……」

青青心花怒放，疑忌盡消，笑道：「好呀，恭喜兩位啦。」承志知道宛兒是爲了表明與自己淸白無他，才不惜提出要下嫁這個獨臂師哥，而且迫不及待，急於提出，那全是要去青青疑心、以報自己恩德之意，不禁好生感激。青青這時也已明白了她的用意，頗爲內愧，拉著宛兒的手道：「妹子，我對你無禮，你別見怪。」宛兒垂淚道：「我那裏會怪姊姊？」想起剛才所受的委屈，不自禁的向承志幽幽的瞧了一眼，跟著淒然下淚。青青也陪著她哭了起來。

忽然門外腳步聲又起，這次有七八個人。袁承志一打手勢，羅立如過去推開窗格。袁承志揮手要三人趕快出宮。羅立如當先躍出窗去，宛兒和青青也跟著躍出。

只聽得何鐵手喝道：「誰都不許進去！」蓬的一聲，何紅藥踢開房門，搶了進來。承志身形一晃，已竄出窗外。何紅藥見到承志的背影，叫道：「快來，快來！那女娃跑啦！」

何鐵手奔進房來，只見窗戶大開，床上已空，當即跟著出窗，只見一個人影竄入了前面樹叢，忙跟蹤過去。她想追上去護送青青出宮，以免遭到自己下屬的毒手，又或是爲宮中侍衛所傷，不免對承志不起，自己拜師之願也決難得償。何紅藥及其餘五毒敎衆跟著追來。衆人追得雖緊，但均默不作聲，生怕禁宮之內，驚動了旁人。其時闖軍迫近，京城大亂，宮中侍衛與太監已逃走了不少，餘下宮監也均不事職責，皇帝六神無主，舉措乖張，宮禁已遠不如平時森嚴，衆人追奔來去，一時竟無人發覺。

袁承志見何鐵手等緊追不捨，心想靑靑等這時尙未遠去，於是不即不離的引著衆人追逐自己，在御花園中兜了幾個圈子，算來估計靑靑等三人已經出宮，眼見前面有座宮殿，當下直竄入內。一踏進門，便覺陣陣花香，順手推開了一扇門，躱在門後。

他定神瞧這屋子時，不由得耳根一熱。原來房裏錦幃繡被，珠簾軟帳，鵝黃色的地氈上織著大朶紅色玫瑰，窗邊桌上放著女子用的梳妝物品，到處擺設精巧，看來是皇帝一名嬪妃的寢宮，心想在這裏可不大妥當，正要退出，忽聽門外腳步細碎，傳來幾個少女的笑語之聲。尋思如這時闖出，正好遇上，聲張起來，宮中大亂，曹化淳的奸謀勢必延擱，不免另有花樣，當下閃身隱在一座畫著美人牡丹圖的屛風之後。

房門開處，聽聲音是四名宮女引著一個女子進來。一名宮女道：「殿下是安息呢，還是再看一會書？」承志心道：「原來是公主的寢宮。這就快點兒睡吧，別看甚麼勞什子的書啦！」

那公主嗯了一聲，坐在榻上，聲音中透著十分嬌慵。一名宮女道：「燒上些兒香吧？」公主又嗯了一聲。過不多時，青煙細細，甜香幽幽，承志只覺眼餳骨倦，頗有困意。那公主道：「把我的畫筆拿出來，你們都出去吧。」承志微覺訝異：「這聲音好熟？似乎是阿九。唉，我老是想著她幹甚麼？一天想她十七八遍也不止，眞正胡塗透頂。」暗暗著急，心想這公主畫起畫來，誰知要畫上多少時候。

眾宮女擺好丹青畫具，向公主道了晚安，行禮退出房去。

這時房中寂靜無聲，只香爐中偶有檀香輕輕的坼裂之音，承志更加不敢動彈。只聽那公主長嘆一聲，低聲吟道：

「青青子衿，悠悠我心。縱我不往，子寧不嗣音？

「青青子佩，悠悠我思。縱我不往，子寧不來？

「挑兮達兮，在城闕兮。一日不見，如三月兮。」

承志聽她聲音嬌柔宛轉，自是一個年紀極輕的少女，他雖不懂這首古詩的原意，但聽到「縱我不往，子寧不來？」「一日不見，如三月兮」那兩句，也知是相思之詞，同時越加覺得她語音熟悉，尋思半晌，不覺好笑：「我是江湖草莽，生平沒進過京師，又怎會見過金枝玉葉的公主？只因我心裏念著阿九，便以爲人人是阿九！」

不一會，那公主走近案邊，只聽紙聲悉索，調朱研青，作起畫來。

承志老大納悶，細看房中，房門斜對公主，已經掩上，窗前珠簾低垂，除了硬闖，決計走不出去。過了良久，只聽公主伸了個懶腰，低聲自言自語：「我天天這般神魂顛倒的想著你，你也有一時片刻的掛念著我麼？」說著站起身來，把畫放在椅上，把椅子搬到床前，輕聲道：「你在這裏陪著我！」寬衣解帶，上床安睡。

承志好奇心起，想瞧瞧公主的意中人是怎生模樣，探頭望去，不由得大吃一驚。

原來畫中肖像竟然似足了他自己，再定神細看，只見畫中人身穿沔陽青長衫，繫一條小缸青腰帶，凝目微笑，濃眉大眼，下巴尖削，可不是自己是誰？只不過畫中人卻比自己俊美了幾分，自己原來的江湖草莽之氣，竟給改成了玉面朱唇的俊朗風采，但容貌畢竟無異，腰間所懸的彎身蛇劍，金光燦然，劍頭分叉，更是天下只此一劍，更無第二口。他萬料不到公主所畫之像便是自己，不由得驚詫百端，不禁輕輕「咦」了一聲。

那公主聽得身後有人，伸手拔下頭上玉簪，也不回身，順手往聲音來處擲出。承志見玉簪射向面門，當即伸手捏住。那公主轉過身來。兩人一朝相，都驚得呆了。

原來公主非別，竟然便是程青竹的小徒阿九。那日承志雖發覺她有皇宮侍衛隨從保護，料知必非常人，卻那想到竟是公主？

阿九乍見承志，霎時間臉上全無血色，身子顫動，伸手扶住椅背，似欲暈倒，隨即一陣紅雲，罩上雙頰，定了定神，道：「袁相公，你……你……你怎麼在這裏？」

袁承志行了一禮道：「小人罪該萬死，闖入公主殿下寢宮。」阿九臉上又是一紅，道：「請坐下說話。」忽地驚覺長衣已經脫下，忙躍入床中，拉過被子蓋了下身。

門外宮女輕輕彈門，說道：「殿下叫人嗎？」阿九忙道：「沒……沒有，我看書呢。你們都去睡吧，不用在這裏侍候！」宮女道：「是。公主請早安息吧。」

阿九向承志打個手勢，嫣然一笑，見他目不轉瞬的望著畫像，不禁大羞，忙伸手把椅子推在一旁。一時之間，兩人誰也說不出甚麼話來，四目交投，阿九低下頭去。承志心念如沸。自那日山東道上一見，此後無日不思，阿九秀麗無倫的倩影，時時刻刻在心頭出現，此刻只感狂喜，全身發熱，一句話也說不出來。

過了一會，承志低聲問道：「你知道五毒教麼？」阿九點頭道：「曹公公說，李闖派了許多刺客來京師擾亂，因此他請了一批武林好手，進宮護駕，五毒教也在其內。」承志道：「您師父程老夫子給他們打傷了，您可知道麼？」阿九面色一變，道：「他們為甚麼傷我師父？他受的傷厲害麼？」承志道：「大致不礙事了。」站起身來，道：「夜深不便多談，我們住在正條子胡同，明兒您能不能來瞧瞧您師父？」

阿九道：「好的。」微一沉吟，臉上又是紅了，說道：「你冒險進宮來瞧我，我……我是很感激的……」神情靦腆，聲音越說越低：「你既見到我畫你的肖像，我的……心事……你……你自然也明白了……」說到最後這句時，聲細如蚊，已幾不可聞。

承志心想：「糟糕，她畫我肖像，看來對我生了愛慕之意，這時更誤會我入宮來是瞧她，這可得分說明白。」只聽她又道：「自從那日在山東道上見面，你阻擋褚紅柳，令他不能傷我，我就常常念著你的恩德……你瞧這肖像畫得還像麼？」

承志走近床邊，柔聲道：「殿下，我進宮來是……」阿九攔住他的話頭，柔聲道：「你別叫我殿下，我也不叫你袁相公。你初次識得我時，我是阿九，那麼我永遠就是阿九。我聽青姊姊叫你大哥，心裏常想，那一天我也能叫你大哥，那才好呢。」承志道：「你如肯叫我大哥，我的心歡喜得要炸開了呢！」忽然之間，想起當日在秦淮河中與青青一起所聽兩個歌女所唱的「掛枝兒」：「我若疼你是眞心也，就不叫也是好！」不禁滿臉通紅。

阿九低下頭來，低聲叫道：「大哥！」伸出雙手，抓住了他兩手。承志答應一聲：「嗯，阿九！」阿九道：「我一生下來，欽天監正給我算命，說我要是在皇宮裏嬌生慣養，必定夭折，因此父皇才放我到外面亂闖。」

承志道：「怪不得你跟著程老夫子學武功，又隨著他在江湖上行走。」阿九道：「我在外面見識多了，知道老百姓實在苦得很。我雖常把宮裏的金銀拿出去施捨，又那裏救得了這許多。」承志聽她體念民間疾苦，說道：「那你該勸勸皇上，請他多行仁政。老百姓衣暖食足，天下自然太平了。」阿九嘆道：「父皇肯聽人家話，早就好啦。

他就是給奸臣蒙蔽，還自以爲是。他老是說文武百官不肯出力，流寇殺得太少。我跟他說：流寇就是百姓，只要有飯吃，日子過得下去，流寇就變成了好百姓，否則好百姓也給逼成了流寇。我說：『父皇，你總不能把天下百姓盡數殺了！』他登時大發脾氣，說：『人人都反我，連我的親生女兒也反我！』唉！」承志道：「你見得事多，見識反比皇上明白……」尋思：「要不要把曹化淳的奸謀對她說？」

阿九忽問：「程老夫子說過我的事麼？」承志道：「沒有，他說曾立過重誓，不能洩漏你的身世。我當時只道牽連到江湖上的恩怨隱秘，說甚麼也想不到你竟是公主。」阿九道：「程師父本是父皇的侍衛。我小時候貪玩，曾跟他學武。他不知怎的犯了罪，父皇叫人綁了要殺，我半夜裏悄悄去放了他。後來我出宮打獵，又跟他相遇，那時他已做了青竹幫的幫主。」承志點點頭，心想：「那日程老夫子說他行刺皇帝遭擒，得人相救。原來是她救的。」阿九問道：「不知他怎麼又跟五毒敎的人結仇？」

承志正想說：「五毒敎想害你爹爹，必是探知了程老夫子跟你的淵源，怕他壞了大事，因此要先除了他。」猛抬頭見紅燭短了一大截，心想時機急迫，怎地跟她說了這許多話，忙站起身來，說道：「別的話，明天再說吧。」

阿九臉一紅，低下頭來緩緩點了一點。雙手仍抓住他手，不捨得放開。

正在這時，忽然有人急速拍門，幾個人同聲叫道：「殿下請開門。」

崇禎慘然道：「你爲甚麼生在我家？」提起金蛇劍，驀地向阿九頭頂斫落。阿九驚叫一聲，急忙閃避。袁承志大驚之下，搶過去相救，但相距遠了，崇禎已一劍將阿九左臂斬落。

第十八回　朱顏羅寶劍　黑甲入名都

阿九吃了一驚，顫聲問道：「甚麼事？」一名宮女叫道：「殿下，你沒事麼？」阿九道：「我睡啦，有甚麼事？」那宮女道：「有人見到刺客偷進了咱們寢宮。」阿九道：「胡說八道，甚麼刺客？」另一個女子聲音說道：「殿下，讓奴婢們進來瞧瞧吧！」

承志在阿九耳邊低聲道：「何鐵手！」阿九高聲道：「若有刺客，我還能這麼安安穩穩的麼？快走，別在這裏胡鬧！」門外衆人聽公主發了脾氣，不敢再說。

承志輕輕走到窗邊，揭開窗帘一角，便想竄出房去，手一動，一陣火光耀眼，窗外竟守著十多名手執火把的太監。承志心想：「我要闖出，有誰能擋？但這一來可污了公主的名聲，萬萬使不得。」當即退回來輕聲對阿九說了。

阿九秀眉一蹙，低聲道：「不怕，在這裏待一會兒好啦。」承志只得又坐了下來。

過不多時，又有人拍門。阿九厲聲道：「幹甚麼？」這次回答的竟是曹化淳的聲音，說道：「奴婢是曹化淳。皇上聽說有刺客進宮，很不放心，命奴婢來向殿下問安。」阿九道：「不敢勞動曹公公。你請回吧，我這裏沒事。」曹化淳道：「殿下是萬金之體，還是讓奴婢進來查察一下爲是。」阿九知道承志進來時定然給人瞧見了，是以他們堅要查看，恨極了曹化淳多管閒事，卻那想得到他今晚竟要舉事加害皇帝。曹化淳知道公主身有武功，又結識江湖人物，聽何鐵手報知有人逃入公主寢宮，生怕是公主約來的幫手，因此非查究明白不可。

曹化淳在宮中極有權勢，公主也違抗他不得，當下微一沉吟，含羞帶笑的向承志打個手勢，要他上床鑽入被中。承志無奈，只得除下鞋子，揣入懷中，上床臥倒，躺在阿九身旁，拉了繡被蓋在身上，只覺一陣甜香，直鑽入鼻端。

房外曹化淳又在不斷催促。阿九道：「好啦，你們來瞧吧！」

承志和阿九共枕而臥，衣服貼著衣服，赤足碰到她腳上肌膚，只覺一陣溫軟柔膩，心中一陣盪漾，但知曹化淳與何鐵手等已然進房，不敢動彈，只感到阿九身子微微發顫。

阿九裝著睡眼惺忪，打個哈欠，說道：「曹公公，多謝你費心。」

曹化淳在房中四下打量，不見有何異狀。

何鐵手假作不小心，手帕落地，俯身去拾，順眼往床底一張，先前承志與宛兒曾鑽入床底，只怕舊事重演。阿九笑道：「床底下也查過了，我沒藏著刺客吧？」何鐵手笑道：「殿下明鑒，曹公公是怕殿下受了驚嚇。」她轉頭見到袁承志的肖像，心中一怔，忙轉過頭來，兩道眼光凝視著阿九秀麗明艷的容顏，目光中盡是不懷好意的嘲弄嬉笑。阿九本就滿臉紅暈，給她瞧得不敢抬起頭來。

曹化淳道：「殿下這裏平安無事，皇上就放心了。我們到別的地方查查去。」對四名宮女道：「在這裏陪伴殿下，不許片刻離開。就是殿下有命，也不可偷懶出去，知道麼？」四名宮女俯身道：「聽公公吩咐。」曹化淳與何鐵手及其餘宮女行禮請安，辭出寢宮。

阿九道：「放下帳子，我要睡啦！」兩名宮女過來輕輕放下紗帳，在爐中加了些檀香，剔亮紅燭，互相偎依著坐在房角。

阿九又是喜悅，又是害羞，不意之間，竟與日夕相思的意中人同床合衾，不由得如痴如醉，眼見幾縷檀香的青煙在紗帳外裊裊飄過，她一顆心便也如青煙般在空中飄盪不定。她身子後縮，縮入了袁承志懷裏。袁承志伸過左臂，摟住她腰，尋思：「自己剛與宛兒在床底下偎倚，這時迫於無奈，又抱住了阿九公主。兩人同樣的溫柔可愛，但以容貌而論，阿九勝宛兒十倍，那日山東道上一見之後，常自思念，不意今日竟得投身入懷。」大喜之餘，暗自慶幸。阿九心中只是說：「這是真的嗎？還是我又做夢了？」過了良久，只聽承志低聲道：「怎麼辦？我得想法子出去！」

阿九嗯了一聲，聞到他身上男子的氣息，不覺一股喜意，直甜入心中，輕輕往他身邊靠去，驀地左臂與左腿上碰到一件冰涼之物，吃了一驚，伸手摸去，竟是一柄脫鞘的寶劍橫放在兩人之間，忙低聲問道：「這是甚麼？」

承志道：「我說了你別見怪。」阿九道：「誰來怪你？」承志低聲道：「我無意中闖進你的寢宮，又給逼得同衾共枕，實是為勢所迫，我可不是輕薄無禮之人。」阿九道：「誰怪你了呀！把劍拿開，別割著我。」承志道：「我雖以禮自持，可是跟你這樣的美貌姑娘同臥一床，只怕把持不住……」阿九低聲笑道：「因此你用劍隔在中間……傻……傻大哥！」

兩人生怕為帳外宮女聽到，都把頭鑽在被中悄聲說話。承志情不自禁的側身，伸過右臂摟住她背心，阿九也伸出雙臂，抱住了他頭頸。承志幾根手指拈起金蛇劍，放到身後。兩人肌膚相貼，心魂俱醉。阿九低聲道：「大哥，我要你永遠這樣抱著我……」承志湊過臉去，吻她嘴唇。阿九湊嘴還吻，身子發熱，雙手抱得他更緊了。

承志一生之中，從未跟任何女子這般親熱過，跟青青時時同處一室，最多也不過手拉手而已。只覺阿九櫻唇柔嫩，吹氣如蘭，她幾絲柔髮掠在自己臉上，心中一蕩，暗暗自警：「千萬不可心生邪念，那可不得了。趕快得找些正經大事來說。」忙縮開嘴唇，低聲問道：「惠王爺是甚麼人？」阿九道：「他名叫常潤，還比我父皇長了一輩。是我的叔祖父。」承志道：「那就是了。他們要擁他登基，你知不知道？」

阿九驚道：「甚麼？誰？」袁承志道：「曹化淳跟滿洲的睿親王私通，想借清兵來打闖軍。」阿九怒道：「有這等事？滿洲人有甚麼好？還不是想奪咱們大明江山。」承志道：「是啊，皇上不答允，曹化淳他們就想擁惠王登位……」阿九道：「不錯，惠叔爺貪圖權位，定會答允借兵除賊。」承志道：「只怕他們今晚就要舉事。」阿九吃了一驚，說道：「今晚？那可危急得很了。咱們快去稟告父皇。」

承志閉目不語，心下躊躇。崇禎是他殺父仇人，十多年來，無一日不在想親手殺了，以報血海沉冤。這時皇宮忽起內變，自己不費舉手之勞，便可眼見仇人畢命，本是大快心懷之事；但如曹化淳等奸謀成功，借清兵入關，闖王義舉勢必大受挫折。要是清兵長驅直入，闖王抵擋不住，豈非神州沉淪，黃帝子孫都陷於胡虜之手？

阿九在他肩頭輕輕推了一把，說道：「你想甚麼呀？咱們可得搶在頭裏，撲滅奸人逆謀。」承志仍是沉吟未決。阿九悄聲道：「只要你不忘了我，我……我總是……跟你在一起……咱們將來……還有這樣的時候。」說著慢慢將頭靠過去，吻住他嘴唇。

承志凜然一震，心想：「原來她疑我貪戀溫柔，不肯起來。好吧，先去瞧瞧情勢再說。其實我是眞的捨不得起來……」悄聲道：「你說過的話可別忘了。你把宮女點了穴道，用被子蒙住她們眼，咱們好出去。」阿九道：「點在那裏呀？我不會。」

承志拉住她右手，引著她摸到自己胸前第十一根肋骨之端，拿著她的手時，只覺滑膩溫軟，猶如無骨，說道：「這是章門穴，你用指節在這部位敲擊一下，她們就不能動了。可別太使勁，免得傷了性命。」

阿九掛念父皇身處危境，疾忙揭帳下床。四名宮女站了起來，說道：「殿下要甚麼？」阿九走到錦帷之後，把宮女一個個分別叫過去，依承志所授之法，打中了各人穴道。最後一個敲擊部位不準，竟呀的一聲叫了出來。阿九一手蒙住她口，摸準了穴道再打下去，這才將她點暈。她從錦帷後面出來，承志已穿上鞋子下床。阿九穿好衣服，滿臉羞澀，向承志微微一笑，承志忍耐不住，雙手摟住了她，在她唇上輕輕一吻。阿九低聲叫道：「大哥！」承志低聲道：「阿九。」阿九滿臉通紅，低聲問：「你永遠不忘記我，是不是？」承志忽然想到青青，登覺爲難異常，但身當此時，只得緊緊摟住了她，說道：「當然，永遠不忘記你！」兩人揭開窗簾，見窗外無人，一齊躍出。

阿九道：「你跟我來！」拉著承志的右手，逕往乾淸宮。將近宮門時，遙見前面影影綽綽，約有數百人聚集。阿九驚道：「逆賊已圍了父皇寢宮，快去！」兩人發足急奔。

跑出十餘丈，一名太監迎了上來，見是長平公主，吃了一驚，但見她只帶著一名隨從，也不在意，躬身道：「殿下還不安息麼？」

承志和阿九見乾清宮前後站滿了太監侍衛，個個手執兵刃，知道事已危急。阿九喝道：「讓開！」伸手推開那名太監，直闖過去。守在宮門外的幾名侍衛待要阻攔，都給承志推開。衆監衛不敢動武，急忙報知曹化淳。

曹化淳策劃擁立惠王，自己卻不敢出面，只偷偷在外指揮，聽說長平公主進了乾清宮，心想諒她一個少女也礙不了大事，傳令衆侍衛加緊防守。

阿九帶著承志，逕奔崇禎平時批閱奏章的書房。

來到房外，只見房門口圍著十多名太監侍衛，滿地鮮血，躺著七八具屍首，想是忠於皇帝的侍衛給叛黨格殺而死。衆人見到公主，一呆之下，阿九已拉著承志的手奔入書房。一名侍衛喝道：「停步！」舉刀向承志砍去。承志側身略避，揮掌拍在他胸口，那侍衛直跌出去，承志已帶上書房房門。

只見室中燭光明亮，十多人站著。阿九叫了一聲：「父皇！」向一個身穿黃袍、頭戴黑緞軟帽的人奔去。承志打量這人，見他約莫三十五六歲年紀，面目清秀，臉上神色驚怒交集，心道：「這便是我的殺父仇人崇禎皇帝了。」

阿九尚未奔近皇帝身邊，已有兩名錦衣衛衛士揮刀攔住。

崇禎忽見女兒到來，說道：「你來幹甚麼？快出去。」

一個高高瘦瘦、臉色蒼白的華服中年人說道：「賊兵已到寧武關，指日就到京師。

你到這時候還是不肯借兵滅寇，是何居心？你定要將我大明天下雙手奉送給闖賊，是不是？」承志識得他是惠王，他的總管魏濤聲手執單刀，站在他身旁。承志不欲與他們相見，縮身在一名叛黨之後，轉過頭察看書房中情勢。

阿九怒道：「惠叔爺，你膽敢對皇上無禮！」

只聽那中年人笑道：「無禮？他要斷送太祖皇帝傳下來的江山，咱們姓朱的個個容他不得。」嚓的一聲，將佩劍抽出一半，怒目挺眉，厲聲喝道：「到底怎樣？一言而決！」

崇禎嘆了口氣道：「朕無德無能，致使天下大亂。賊兵來京固然社稷傾覆，借兵胡虜，也勢必危害國家。朕一死以謝國人，原不足惜，只是祖宗的江山基業，就此拱手讓人了……」

惠王拔劍出鞘，逼近一步，喝道：「那麼你立刻下詔，禪位讓賢罷！」崇禎身子發顫，喝道：「你要弒君篡位麼？」

惠王一使眼色，一名錦衣衛衛士拔出長刀，叫道：「昏君無道，人人得而誅之！」

承志聽了他口音，心中一凜，燭下看得明白，這人正是安大娘的丈夫安劍淸。

阿九怒叱一聲，搶起椅子，擋在父皇身前，接連架過安劍淸砍來的三刀。惠王帶來的衆侍衛紛紛擁上。承志見阿九支持不住，搶入人圈，左臂起處，將兩名侍衛震出丈餘，右手將金蛇劍遞給阿九，自己站在崇禎身旁保護。十多名錦衣衛搶上來要殺皇帝，都給他揮拳踢足，打得筋折骨斷。阿九寶劍在手，精神大振，數招間已削斷安劍淸的長刀。

惠王眼見大事已成，不料長平公主忽然到來，還帶來一個如此武藝高強之人護駕，但見此人身穿太監服色，緊急中也認他不出，只放聲大叫：「外面的人，快來！」

何鐵手、何紅藥及溫氏四老應聲而入，突然見到袁承志，無不大驚失色。溫方達眼中如要噴火，高聲叫道：「先料理這小子！」四兄弟圍了上去。

阿九退到父親身邊，仗著寶劍犀利，敵刃當者立斷，惠王手下人衆一時倒也不敢攻近。但她見敵人愈來愈多，承志給對方五六名好手絆住，緩不出手來相助，情勢甚是危急，正心慌間，忽見一個面容醜惡、乞婆裝束的老婦目露兇光，舉起雙手，露出尖利的十爪，喝道：「把金蛇劍還來！」

承志這時已打定主意，事有輕重緩急，眼前無論如何要先救皇帝，使得勾引淸兵入關的陰謀不能得逞，待闖王進京之後，再來手刃崇禎以報父仇，這是先國後家、先公後私的大義。但溫氏四老武功高強，雖未組成五行陣，也難輕易應付，百忙中見阿九頭髮散亂，寶劍狂舞，漸漸抵擋不住何紅藥的狠攻，突然竄到何鐵手跟前，說道：「去殺了曹化淳那些造反篡位之人！」

惠王命魏濤聲邀請五毒教入招賢館，先送了二十萬兩銀子，再答允任由五毒教盜取戶部大庫的庫銀，不限其數，又說要圖謀一件大事，事成之後，將雲南、貴州兩省定爲五仙教布法行道的地盤，敕建教觀，任由五仙教打醮做法，收取民間布施。對五毒教而言，自是無窮無盡的生財大道，此後獨霸雲貴，當眞可以無法無天。何鐵手心想最多所謀不成，也沒甚麼損失，便即答允了。

她學得一身高明武功，生平未逢敵手，但跟袁承志一交手，忽然見到了武學中一片新天地，這少年相公不但出手厲害，而招數變化之繁，內勁之強，直是匪夷所思，連作夢也想像不到。她五歲那年，父親便即去世，因此教中的祖傳武功，並未得到眞正親傳，她的授業師父雖是教中高手，但位份不高，許多秘傳未窺堂奧。她從師父口中得知，本教不少高招是從小金蛇的身法而悟得。她平日常命齊雲璈放出小金蛇，鑽研其動靜身法，雖有不少領會，畢竟有限。這次跟袁承志數度交手，見到他所學的金蛇武功玄妙變幻，遠在小金蛇之上，本已欽服。再見到他的華山派武功與木桑所傳的鐵劍門功夫，更覺自己僻處雲貴，眞如井底之蛙，不知天地之大。猶如貪財之人眼見一個大寶藏便在身側，觸手可及，眼紅心熱，非伸手摸一摸不可。她說跟袁承志交手當晚，無法入睡，確非虛語。這幾天六神無主，念茲在茲，只是想如何拜袁承志爲師，企求之殷切，比之少女初想情郎的相思尤有過之。

這日胡纏瞎搞，得蒙袁承志答允收己爲徒，一直喜不自勝，心想既已拜得這位明師，甚麼五仙教教主之位，百萬兩、千萬兩的金銀，全是毫不足道，此後只要不違師命便是。「師命有三，目前他說的是第一師命。」迴身轉臂，左手鐵鉤猛向溫方悟劃去。

溫方悟怎料得到她會陡然倒戈，大驚之下，皮鞭倒捲，來擋她鐵鉤。但何鐵手出招何等狠辣，又是攻其無備，只一鉤，已在溫方悟左臂上劃了一道口子。鉤上餵有劇毒，片刻之間，溫方悟臉色慘白，左臂痲痹，身子搖搖欲墜，右手不住揉搓雙眼，大叫：「我瞧不見啦……我……我中了毒！」溫氏三老手足關心，不暇攻敵，疾忙搶上去扶持。

袁承志登時緩出手來，回身出掌，拍在惠王所帶來的總管魏濤聲背上，魏濤聲立即昏暈。承志一轉頭見阿九氣喘連連，拚命抵擋何紅藥和安劍清的夾攻，眼見難支，當下斜飛而前，抓住何紅藥的背心，將她直摜了出去。安劍清一呆，阿九金劍挺出，刺中他左腿，安劍清跌倒在地。

這時溫方悟毒發，已昏了過去。溫氏三老不由得心驚肉跳，一聲暗號，溫方義抱起五弟，溫方達、溫方山一個開路，一個斷後，衝出書房。何鐵手追了出去，從懷裏取出一包東西，叫道：「這是解藥，接著。」溫方山轉身接住。何鐵手一笑回入。

這一來攻守登時異勢。承志和阿九把二十來名錦衣衛打得七零八落，四散奔逃。

殿門開處，曹化淳突然領了一批京營親兵衝了進來。承志見敵人勢衆，叫道：「阿九、何教主，咱們保護皇帝衝出去。」阿九與何鐵手答應了。三人往崇禎身周一站，正待向前奪路，曹化淳忽然叫道：「大膽奸賊，竟敢驚動御駕，快給我殺！」衆親兵即與錦衣衛交起手來。惠王驚得呆了，叫道：「曹公公……你……你不是和我……」一言未畢，曹化淳舉腳向他踢去，惠王驚愕之餘，立即奔逃出殿。此後逃到廣州，最後爲清兵擒獲處死。這一來不但衆錦衣衛大驚失色，袁承志、何鐵手、阿九三人更是奇怪，只有崇禎在心中暗讚曹化淳忠義。

原來曹化淳在外探聽消息，知道大勢已去，弒君奸謀不成，情急智生，便去率領京營的守備親兵，進乾清宮來救駕。錦衣衛見曹化淳變計，都拋下了兵器。曹化淳連叫：「拿下去，拿下去！」衆親兵將錦衣衛拿下。一出殿門，曹化淳叫道：「砍了！」霎時之間，參與逆謀的人都給殺得乾乾淨淨，魏濤聲也難逃一刀之厄，盡是曹化淳殺人滅口的毒計。

何鐵手見局勢已定，笑道：「師父，明日我在宣武門外大樹下等你！」說著攜了何紅藥的手，轉身而出。

崇禎叫道：「你……你……」他想酬庸護駕之功，何鐵手那裏理會，逕自出宮去了。

崇禎回過頭來，見女兒身上濺滿了鮮血，卻笑吟吟的望著承志，這時驚魂略定，坐回椅中，問阿九道：「他是誰？功勞不小，朕……朕必有重賞。」他料想袁承志必定會跪下磕頭，那知袁承志昂然不理。阿九扯扯他的衣裾，低聲道：「快謝恩！」

袁承志望著崇禎，想起父親捨命衛國，立下大功，卻給這皇帝凌遲處死，心中悲憤痛恨之極，細看這殺父仇人時，只見他兩邊臉頰都凹陷進去，鬢邊已有不少白髮，眼中滿是紅絲，神色甚是憔悴。此時奪位的奸謀已然平定，首惡已除，但崇禎臉上只顯得煩躁不安，殊無歡愉之色。承志心想：「他做皇帝便只受罪，一點也不快活！」

崇禎卻那知袁承志心中這許多念頭，溫言道：「你叫甚麼名字？在那裏當差？」他見承志穿著太監服色，還道他是一名小監。

袁承志定了定神，凜然道：「我姓袁，是故兵部尙書、薊遼督師袁崇煥之子！」崇禎一呆，似乎沒聽淸楚他的話，問道：「甚麼？」袁承志道：「先父袁崇煥有大功於國，冤爲皇上處死。」崇禎默然半晌，嘆道：「現今我也頗爲後悔了。」隔了片刻道：「你要甚麼賞賜？」

阿九大喜，輕輕扯一扯承志的衣裾，示意要他乘機向皇上求爲駙馬。

袁承志憤然道：「我是爲了國家而救你，要甚麼賞賜？嗯，是了，皇上既已後悔，求皇上下詔，洗雪先父的大冤。」

崇禎性子剛愎，要他公然認錯，可比甚麼都難，聽了這話，沉吟不語。

這時曹化淳又進來恭請聖安，奏稱所有叛逆已全部處斬，已派人去捉拿逆首惠王的家屬。崇禎點點頭道：「好，究竟是你忠心。」曹化淳見了袁承志，心中大疑：「這人明明是滿清九王的使者，怎地反來壞我大事？」

袁承志待要揭穿曹化淳的逆謀，轉念又想，闖王義軍日內就到京師，任由這奸惡小人在宮中當權，對義軍正是大吉大利，當下也不理會皇帝，向阿九道：「這劍還給我吧。我要去了！」

阿九大急，顧不得父皇與曹化淳都在身邊，衝口而出道：「你幾時再來瞧我？」承志道：「殿下保重。」伸出手要去拿劍。阿九手一縮，道：「這劍暫且放在我這裏，下次見面再還你。」說著凝視著承志的臉，眼光中的含意甚是明顯：「你要早些來，我日日夜夜在盼望著。」

袁承志見崇禎與曹化淳都臉露詫異之色，不便多說，點了點頭，轉身出去。

阿九追到殿門之外，低聲道：「你放心，我永永遠遠，決不負你。」承志心想眼下不是解釋之時，也非細談之地，說道：「天下將有大變，身居深宮，不如遠涉江湖，你要記得我這句話。」他知闖王即將進京，兵荒馬亂之際，皇宮實是最危險的地方，是以要她出宮避禍。

那知阿九深情款款，會錯了他的意思，低下了頭，柔聲道：「不錯，我寧願隨你在江湖上四處爲家，遠勝在宮裏享福。你下次來時，咱們……咱們仔細商量吧！」

袁承志輕嘆一聲，想起青青，中心栗六，渾沒了主意，揮手道別，越牆出外。阿九見他就此分手，沒半句溫柔的情話，甚爲失望。袁承志來到宮外，只見到處火把照耀，號令傳呼，正在大捕逆黨從屬。

他掛念青青，奔回到正條子胡同，見青青、焦宛兒、羅立如三人已安然回來，這才放心。他一晚勞頓，回房倒頭便睡。這時在他心中，阿九與青青一個有情，一個有義，委實難分軒輊，既不知如何是好，只得閉眼入睡，將兩個美女置之腦後。

醒來時已是巳牌時分，出得廳來，見水雲、閔子華率領著十六名仙都弟子在廳上相候。原來他們得悉袁承志府上遭五毒教偷襲，忙趕來相助。袁承志道了勞，告知黃木道人多半尚在人間，有法子相救。仙都衆人大喜。

袁承志請他們守護傷者，逕出宣武門來，行不多時，遠遠望見何鐵手站在一株大樹下。

她笑盈盈的迎上來，說道：「師父，我昨晚玉成你的美事，我這個徒兒好不好？」承志道：「昨晚形勢極是危急，幸得你仗義相助，這才沒鬧成大亂子。」

何鐵手笑道：「師父眞艷福不淺，有這麼一位花容月貌的公主垂青相愛，將來封了駙馬爺，我做徒弟的封甚麼官？」承志正色道：「別開玩笑。」何鐵手笑道：「啊喲，還賴哩！她這樣含情脈脈的望著你，誰瞧不出來呢？再說，你要是不愛她，怎會把金蛇劍給她？又這麼拚命的去救她父皇？」承志道：「那是爲了國家大義。」

何鐵手抿嘴笑道：「是啊，跟人家同床合被，你憐我愛，那也是爲了國家大義。嘻嘻！」承志登時滿臉通紅，手足失措，道：「甚……甚麼？你怎麼……」何鐵手笑道：「公主被子裏明明藏著一人，我們這些江湖上混的人，難道會瞎了眼麼？嘻嘻，我正想抖了出來，幸好眼睛一晃，見到師父的肖像。這個交情，豈可不放？」承志心想原來是那幅肖像沒收好，以致給她瞧了出來；轉念之間，又暗叫慚愧，若不是那幅肖像，何鐵手揭開被來，那可更加糟糕了。

何鐵手見他臉上一直紅到了耳根子裏，知他面嫩，換過話題，問道：「夏姑娘已平安回去了吧？」袁承志點了點頭，道：「這就去給你朋友們解穴吧。」

何鐵手在前領路，繼續向西，一路上稱讚阿九美麗絕倫，生平從所未見，又說瞧不出一位金枝玉葉的妙齡公主，竟然一身武功，那定然是袁承志親手教的了，明師手下出高徒，當然如此，何況這位明師對高徒又是加意的另眼相看。現今公主是師姐，將來則是師娘。但不知和夏姑娘兩個，誰大誰小，一個先入山門，一個身份尊貴，可有點擺不平了，不過公主美貌得多，師父多半要偏心。承志任她嘻嘻哈哈的囉唆不休，聽她師父前、師父後的叫個不休，昨晚一言既出，也不能言而無信，如何推搪，實無善策，何況危急之際求人，事後反悔，亦不合道義。只有苦笑，置之不理。行了五里多路，來到一座古刹華嚴寺前。

寺外有五毒教的教衆守衛，見到袁承志時都怒目而視。袁承志也不理會，進寺後見大雄寶殿上鋪了草席，爲他打傷的教徒一排排的躺著。袁承志逐一給各人解開穴道，朗聲說道：「兄弟與各位本無冤仇，由於小小誤會，以致得罪。這裏向各位賠罪了。」說著團團作了一揖。衆人掉頭不理，既不還禮，亦不答話。

袁承志心想禮數已到，也不多說，轉身出來，一回頭，忽見一雙毒眼惡狠狠的凝視著何鐵手。這人隱身殿隅暗處，身形一時瞧不清楚，只見到雙眼碧油油的放光。袁承志一驚，心想這眼光中充滿了怨毒憤激，此人是誰？凝目再瞧，那人已閃身入內，身形一動，立即認出原來是老乞婆何紅藥。

何鐵手相送出寺。袁承志見她臉色有異，與適才言笑晏晏的神情大不相同，頗爲疑惑。兩人在寺門外行禮而別。

袁承志從來路回去，走出里許，越想疑心越甚，尋思莫非他們另有奸計？只怕各人穴道解開之後，死心不息，再來騷擾，不如先探到對方圖謀，以便先有防備。當下折向南行，遠遠走到華嚴寺之後，四望無人，從後牆躍了進去，忽聽得噓溜溜哨聲大作。

他知道這是五毒教聚衆集會的訊號，於是在一株大樹後隱匿片刻，估量教衆都已會集，然後悄悄掩到大雄寶殿之後，只聽得殿裏傳出一陣激烈的爭辯之聲。

他貼耳在門縫上傾聽，何紅藥聲音尖銳，齊雲璈嗓門粗大，兩人你唱我和，數說何鐵手的罪愆。一個說她迷戀袁承志，忘了教中深仇，反拜仇人之徒爲師；另一個說她與敵聯手，壞了擁立新君、乘機光大本教的大事。

何鐵手微微冷笑，聽二人說了一會，說道：「你們要待怎樣？」衆人登時默不作聲。隔了好一會，何紅藥忽然冷冷的道：「另立教主！」

何鐵手凜然道：「咱們數百年來教規，只有老教主過世之後，才能另立新教主。那麼你是要我死了？」衆人沉默不語。何鐵手道：「誰想當新教主？」她連問三聲，教衆無人回答。何鐵手冷笑道：「那一個自量勝得了我的，出來搶教主罷！」

袁承志右目貼到門縫上往裏張望，見何鐵手一人坐在椅上，數十名教衆都站得遠遠地，顯是對她頗爲忌憚。袁承志心想：「五毒教這些人，我每個都交過手，沒一人及得上她一半本事。但單憑武力壓人，只怕這教主也做不長久。」眼見五毒教內鬨，並非圖謀向他與青青尋仇，也就不必理會，但既已收她爲徒，而她對自己又頗爲依戀，難以不理她死活，正躊躇間，忽見寒光一閃，何紅藥越衆而出，手中拿了一件奇怪兵刃。袁承志見這兵刃似是一柄極大的彎刀，非但前所未見，也從沒聽師父說過，不知如何用法，倒起了好奇之心，當下俯身又看。

只聽何紅藥冷然道：「我並不想做教主，也明知不是你對手。可是咱們五仙教當年三祖七子，費了四十年之功，才創立教門，那是何等辛苦？本教百餘年來橫行天南，這基業得來不易，決不能毀在你這賤婢手裏！」

何鐵手道：「侮慢教主，該當何罪？」何紅藥道：「我早已不當你是教主啦，來吧！」雙手前伸，呼的一聲，揮動兵刃，彎刀的頭上又鑽出一個小尖。

何鐵手微微冷笑，坐在椅中不動。何紅藥縱身上前，呑呑兩聲，彎刀已連削兩下。她忌憚何鐵手武功厲害，一擊不中，立即躍開。何鐵手端坐椅中，只在何紅藥攻上來時略加閃避，卻不還擊。袁承志正感奇怪，目光一斜，見數十名教衆各執兵刃，漸漸逼攏，才知何鐵手守緊門戶，防範衆人圍攻。他因門縫狹窄，只見得到殿中的一條地方，想來教衆已在四面八方圍住了她。

衆人僵持片刻，誰也不敢躁進。何紅藥叫道：「沒用的東西，怕甚麼？大夥兒上呀！」她彎刀一揮，衆人吶喊上前。何鐵手倏地躍起，只聽得乒乒乓乓聲響，坐椅已給數件兵刃同時擊得粉碎。兩名教衆接連慘叫，中鉤受傷。大殿上塵土飛揚，何鐵手一個白影在人羣中縱橫來去，登時鬥得猛惡已極。

袁承志察看殿中衆人相鬥情狀，教中好手除何紅藥之外都曾爲他點中穴道，委頓多時，這時穴道甫解，個個經脈未暢，行動窒滯。何鐵手若要脫身而出，該當並不為難，然而她竟不衝出，似想以武力壓服教眾，懲治叛首。

再拆數十招，忽見人羣中一人行動詭異。這人雖也隨眾攻打，但腳步遲緩，手中捧著一個金色圓筒，慢慢向何鐵手逼近。袁承志仔細看時，此人正是錦衣毒丐齊雲璈。驀地裏只聽他大叫一聲，雙手送前，一縷黃光向何鐵手擲去。

何鐵手側身閃開，那知這件暗器古怪之極，竟能在空中轉彎追逐。其時數件兵刃又同時攻到，何鐵手大聲尖叫，已為暗器所中。這時袁承志也已看得清楚，這件活暗器便是那條小金蛇。何鐵手身子晃動，疾忙伸手扯脫咬住肩頭的金蛇，摔在地下，狠狠兩鉤，殺了兩名教眾。何紅藥大叫：「這賤婢給金蛇咬中啦。大夥兒絆住她，毒性就要發作啦！」

何鐵手跌跌撞撞，衝向後殿。她雖中毒，威勢猶在，教眾一時都不敢冒險阻攔。何紅藥縱身上前，彎刀如風，逕往她腦後削去。何鐵手低頭避過，還了一鉤。潘秀達與岑其斯已攔住她去路。何鐵手右肘在腰旁輕按，「含沙射影」的毒針激射而出。潘秀達閃避不遑，未及叫喊，已然斃命。何鐵手肩上毒發，神智昏迷，鐵鉤亂舞，使出來已不成家數。

袁承志眼見她轉瞬之間，便要死於這批陰狠毒辣的教眾之手，心想昨晚在宮中答允了收她爲徒，雖說事急行權，畢竟大丈夫一言既出，駟馬難追，不能於危急中欺騙一個年輕女子，她眼下所以衆叛親離，實因拜己爲師而起，此時眼見她命在頃刻，豈可袖手不理？忽地躍出，大叫：「大家住手！」

教衆見他突然出現，無不大驚，一齊退開。

何鐵手這時已更加胡塗，揮鉤向袁承志迎面劃來。袁承志側身避過，左手伸出，反拿她手腕。那知她武功深湛，進退趨避之際已成自然，雖然眼前金星亂舞，但手腕一碰到袁承志的手指，左臂立沉，鐵鉤倒豎，向上疾刺，仍是既狠且準。袁承志一拿不中，叫道：「我來救你！」何鐵手恍若不聞，雙鉤如狂風驟雨般攻來。袁承志解拆數招，右腳在她小腿輕勾，何鐵手撲地倒下，突然睜眼，驚叫道：「師父，我死了麼？」袁承志道：「咱們出去！」拉住她手臂提了起來。

諸教衆本在旁觀兩人相鬥，見袁承志扶著她急奔而出，齊聲發喊，紛紛擁上。

袁承志轉身叫道：「誰敢上來！」教衆個個是驚弓之鳥，不知誰先發喊，忽地一窩蜂的轉身逃入殿內，砰的一聲，關上了殿門。

袁承志見他們對自己怕成這個樣子，不覺好笑，俯身看何鐵手時，見她左肩高腫，雪白的面頰上已罩上了一層黑氣，知她中毒已深，但想她日夕與毒物爲伍，抗力甚強，總還能支持一會，於是抱起她奔回寓所。

眾人見他忽然擒了何鐵手而來，都感驚奇。青青嗔道：「你抱著她幹麼？還不放手。」袁承志道：「快拿冰蟾來救她。」焦宛兒扶著何鐵手走進內室施救。水雲等卻甚是氣惱，亦覺不解。袁承志把前因後果說了，並道：「令師黃木道人的事，等她醒轉後，自當查問明白。」仙都弟子一齊拜謝。

過了一頓飯時分，焦宛兒出來說道：「她身上毒氣已吸出來了，不過仍昏迷不醒。」袁承志道：「你給她服些解毒藥，讓她睡一忽兒吧。」

焦宛兒應了，正要進去，羅立如從外面匆匆奔進，叫道：「袁相公，大喜大喜！」青青笑道：「你才大喜呀！」羅立如道：「闖王大軍打下了寧武關。」眾人齊聲歡呼。

袁承志問道：「訊息是否確實？」羅立如道：「幫裏的張兄弟本來奉命去追尋這位閔二爺的，恰好遇上闖軍攻關，見到攻守雙方打得甚是慘烈，走不過去。後來他眼見明軍大敗，守城的總兵官周遇吉也給殺了。」袁承志道：「那好極啦，義軍不日就來京師，咱們給他來個裏應外合。」

此後數日之中，袁承志自朝至晚，甚是忙碌，以闖軍「金蛇營」營主身份，會見京中各路豪傑，分派部署，只待義軍兵臨城下，舉事響應。

這天出外議事回來，焦宛兒道：「袁相公，那何教主仍昏迷不醒。」袁承志吃了一驚，道：「已有許多天啦，怎麼還不好？」忙隨著焦宛兒入內探望，只見何鐵手面色憔悴，臉無血色，已然奄奄一息。

袁承志沉思片刻，忽地叫道：「啊喲！」焦宛兒道：「怎麼？」袁承志道：「常人中毒之後，毒氣退盡，自然慢慢康復。但她從小玩弄毒物，平時多半又服用甚麼古怪藥料，尋常毒物傷她不得，然一旦中毒，卻厲害不過。我連日忙碌，竟沒想到這層。」焦宛兒道：「那怎麼辦？」袁承志躊躇道：「除非把那冰蟾給她服了，或許還可有救……不過我們靠此至寶解毒，要是再受五毒教的傷害，只有束手待斃了。」焦宛兒也感好生為難。

袁承志一拍大腿，說道：「我已答允收此人作徒弟，雖說當時是被迫答允，但總是答允過了，不能眼睜睜的見她送命，便給她服了再說。」焦宛兒覺得此事甚險，頗為不安，但袁承志既如此吩咐，自當遵從，於是研碎冰蟾，用酒調了，給她服下去。過不到一頓飯時分，何鐵手臉色由青轉白，呼吸平復，坐起身來，叫了聲：「師父！」

袁承志知道她這條命是救回來了，退了出去。洪勝海進來稟報，說仙都派掌門人水雲道人來拜會。何鐵手道：「我去會他們！」由宛兒扶著走向大廳。

水雲道人向袁承志見了禮，向何鐵手打個問訊，說道：「何教主，我們師父的事，請您瞧在袁相公份上，明白賜告。」此言一出，隨他而來的仙都眾弟子都站起身來。

何鐵手冷笑道：「師父於我有恩，跟你們仙都派可沒干係。我身子還沒復原，你們是不是要乘人之危？我何鐵手也不在乎。」她如此橫蠻無禮，可大出衆人意料之外。

袁承志向水雲等一使眼色，說道：「何教主身子不適，咱們慢慢再談。」何鐵手哼了一聲，扶著焦宛兒進房去了。仙都諸弟子聲勢洶洶，七張八嘴的議論。袁承志道：「這事交在兄弟身上。黃木道長由我負責相救脫險便是。」仙都諸人這才平息。

這數日中，闖軍捷報猶如流水價報來：明軍總兵姜瓖投降，闖軍克大同；總兵王承胤、監軍太監杜勳投降，闖軍克宣府；總兵唐通、監軍太監杜之秩投降，闖軍克居庸。大同、宣府、居庸，都是京師外圍要塞，向來駐有重兵防守。每一名總兵均統帶精兵數萬。崇禎不信武將，每軍都派有親信太監監軍，權力在總兵之上，多所牽制。闖軍一到，監軍太監力主投降，總兵官往往跟從。重鎮要地，闖軍不費一兵一卒而下。

數日之間，明軍土崩瓦解，北京城中，亂成一團。

這一日訊息傳來，闖軍已克昌平，北京城外京營三大營一齊潰散，眼見闖軍已可唾手而取北京。

又過數日，洪勝海進內稟報，門外有個赤了上身的乞丐模樣之人，跪在地下不住叩頭，說要請何教主饒恕，瞧模樣是五毒教中的人。

承志陪同何鐵手出去，青青等也都跟了出去。只見隆冬嚴寒之際，那人赤裸上身，下身只穿了條爛褲，承志認得是錦衣毒丐齊雲璈，便是放出小金蛇咬傷何鐵手那人。

何鐵手冷冷的道：「你瞧瞧，我不是好好的嗎？」齊雲璈臉現喜色，不住叩頭。何鐵手道：「你來幹甚麼？你若不是走投無路，也不會來見我。」齊雲璈道：「小人罪該萬死，傷了教主貴體。多蒙三祖七子保佑，教主無恙，眞不勝之喜。」何鐵手喝道：「你只道用金蛇傷了我，按本教規矩，你便是教主了？」齊雲璈道：「小人敵不過那老乞婆，仔細思量，還是來歸順教主。小人該受千蛇噬身大刑，只求教主開恩寬赦。」說著雙手高舉，捧著一個金色圓筒，膝行數步上前。袁承志知道筒中裝的便是那條劇毒小金蛇，他將此利器呈給何鐵手，便是徹底投降歸順，再也不敢起異心了。

何鐵手嘻嘻一笑，道：「你旣誠心悔過，便饒了你這遭，死罪可免，活罪難饒……」伸手正要去拿圓筒，身上劇毒初淸，突然間雙足發軟，身子一下搖晃。

焦宛兒站在她身旁，正要相扶，突然路旁一聲厲叫，一人驀地竄將出來，縱到齊雲璈身後，一彎腰，又縱了開去。只聽齊雲璈狂喊一聲，俯伏在地，只見他背後挿了一柄尺來長的利刀，深入背心，直沒至刀柄。這一下猶如晴空霹靂，正所謂迅雷不及掩耳。

衆人齊聲驚呼，看那突施毒手的人，正是老乞婆何紅藥。卻見她啊啊怪叫，左手揮舞，雙足亂跳，卻總是摔不開咬在她手背上的一條小金蛇。原來齊雲璈陡受襲擊，順手將小金蛇放了出來。齊雲璈抬頭叫道：「好，好！」身子一陣扭動，垂首而死。衆人瞧著何紅藥，見她臉上盡是怖懼之色，一張本就滿是傷疤的臉，更加似鬼似魔。她右手幾番伸出，想去拉扯金蛇，剛要碰到時又即縮回，似乎一碰金蛇便有大禍臨頭一般。但見她白眼一翻，忽地從懷裏摸出一柄利刃，刀光一閃，嚓的一聲，已把自己左手砍下，急速撕下衣襟包住傷口，狂奔而去。

眾人見到這驚心動魄的一幕，都呆住了說不出話來。

何鐵手彎下腰去，在齊雲璈身上摸出那個金色圓筒，罩在金蛇身上，左手鐵鉤在何紅藥的斷手上一劃，切下金蛇咬住的手背肉，連肉和蛇倒在筒裏，蓋上塞子。

眾人回進屋內。袁承志對何鐵手道：「你教裏跟你作對的人死的死，傷的傷，已沒人敢作反了，你回去好好收拾一下吧！」何鐵手搖頭道：「我不回去啦，以後我只跟著你。」

袁承志神色尷尬，道：「你怎麼跟著我？」何鐵手道：「你是我師父，我跟著師父，才好學你功夫啊！」忽地在承志面前跪下，連連磕頭。承志大驚，忙作揖還禮，說道：「快別這樣。」何鐵手道：「你已答允了收我做徒弟，現下我磕頭拜師。」

承志道：「我已答允教你武功，並不反悔，但不必有師徒的名份。要收你入門，還須得我師父允准。」何鐵手直挺挺的跪著，只不肯起身。袁承志伸手相扶。何鐵手手肘一縮，笑道：「我手上有毒！」烏光一閃，鐵鉤往他手掌上鉤去。

袁承志雙手並不退避，反而前伸，在間不容髮之際，已搶在頭裏，在她手肘上一托，何鐵手身不由自主的騰空而起。但她武功也眞了得，在空中含胸縮腰，斗然間身子向後退開兩尺，落下地來，仍是跪著。旁觀衆人見兩人各自露了一手上乘武功，不自禁齊聲喝采。

袁承志道：「何教主休息一會兒吧，我要去更衣會客。」說著轉身便要入內。何鐵手大急，叫道：「你當眞不肯收我爲徒？」袁承志道：「兄弟不敢當。」何鐵手道：「好！夏姑娘，我講個故事給你聽，有人半夜裏把圖畫放在床邊。」

青青愕然不解。袁承志卻已滿臉通紅，心想這何鐵手無法無天，甚麼話都敢說，自己雖與阿九並未做甚過份之事，但青年男女深夜同床，給她傳揚開來，不但青青生氣，也敗壞了自己和阿九的名聲，不由得心中大急，連連搓手。

何鐵手笑道：「師父，還是答允了的好。」袁承志無奈，支吾道：「唔，唔。」何鐵手大喜，說道：「好呀，你答允了。」雙膝一挺，身子輕輕落在他面前，盈盈拜倒，行起大禮來。袁承志爲勢所迫，只得作個揖，還了半禮。衆人紛紛過來道賀。

青青滿腹疑竇，問何鐵手道：「你講甚麼故事？」何鐵手笑道：「我們教裏有門邪法，只要畫了一個人的肖像放在床邊，向著肖像磕頭，行起法來，那人就會心痛頭痛，一連三個月不會好。先前師父不肯收我，我就嚇他要行此法。」青青覺此話難信，卻也無可相駁。

袁承志聽何鐵手撒謊，這才放心，心想：「天下拜師也沒這般要脅的。如她心術不改，決不傳她武藝。」當下正色道：「其實我並無本領收徒傳藝，既然你一番誠意，咱們暫且掛了這個名，等我稟明師父，他老人家允准之後，我才能傳你華山派本門武功。」何鐵手眉花眼笑，沒口子的答應。

青青道：「何教主……」何鐵手道：「你不能再叫我作教主啦。師父，請您給我改個名兒。」袁承志想了一下，說道：「我讀書不多，想不出甚麼好名字。你本來叫鐵手，女孩兒家，用這名字太兇狠了些，就叫『惕守』如何？惕是警惕著別做壞事，守是嚴守規矩、正正派派的意思。」何鐵手喜道：「好好，不過『惕守』兩字太規矩了。師父，我學了你武功之後，我好比多添了一隻手，我自己就叫『添手』。夏師叔，你就叫我添守吧。」青青笑道：「添一隻手，變成了三隻手，那是咱們的聖手神偷胡大哥。你年紀比我大，本領又比我高，怎麼叫我師叔？」何惕守在她耳邊悄聲道：「現下叫你師叔，過些日子叫你師娘呢！」

青青雙頰暈紅，芳心竊喜，正要啐她，忽見水雲與閔子華兩人來到廳上。袁承志道：「黃木道長的下落，你對兩位說了吧。」何惕守微微一笑，道：「他是在雲南麗……」一句話沒說完，猛聽得轟天價一聲巨響，只震得門窗齊動。衆人只覺腳下地面也都搖動，無不驚訝，但聽得響聲接連不斷，卻又不是焦雷霹靂。程青竹道：「那是砲聲。」

洪勝海從大門口直衝進來，叫道：「闖王大軍到啦！」只聽砲聲不絕，遙望城外火光燭天，殺聲大震，闖王義軍已攻到了北京城外。

袁承志對水雲道：「道長，她已拜我爲師。尊師的事，咱們慢一步再說……」何惕守道：「黃木道長給我姑姑關在雲南麗江府玉龍雪山毒龍洞裏。你們拿這個去放他出來吧。」說著拿出一個烏黑的蛇形鐵哨來。水雲與閔子華聽說師父無恙，大喜過望，連忙謝過，接了哨子。何惕守道：「這是我的令符。你們馬上趕去，只要搶在頭裏，雲南路遠迢迢，訊息不靈，教衆還不知我已叛教，見了這個令符，自會放尊師出來。」水雲與閔子華匆匆去了。

兩人走了不久，北京城裏各路豪傑齊來聽袁承志號令。他既是七省英豪的盟主，又是闖軍「金蛇營」的首領金蛇王。袁承志事先早有布置，誰放火，誰接應，已分派得井井有條。闖軍如何攻城，明軍如何守禦，各處探子不住報來。過得一會，一名漢子送了一封信來，是李岩命人混進城來遞送的，原來他統軍已到城外。袁承志大喜，當即派人四出行事。

黃昏間，各人已將歌謠到處傳播，只聽西城衆閒人與小兒們唱了起來：「朝求升，暮求合，近來貧漢難存活，早早開門拜闖王，管教大小都歡悅！」又聽東城的閒漢們唱道：「吃他娘，著他娘，吃著不盡奉闖王，不當差，不納糧！」城中官兵早已大亂，各自打算如何逃命，又有誰去理會？聽著這些歌謠，更是人心惶惶。

次日是三月十八，袁承志與青青、何惕守、程青竹、沙天廣等化裝明兵，齊到城頭眺望，只見城外義軍都穿黑衣黑甲，十數萬人猶如烏雲蔽野，不見盡處。炮火羽箭，不住往城上射來。守軍陣勢早亂，那裏抵敵得住？

忽然間大風陡起，黃沙蔽天，日色昏暗，雷聲震動，大雨夾著冰雹傾盆而下。城上城下，眾兵將衣履盡濕。

青青等見到這般天地大變的情狀，不禁心中均感慄慄。

袁承志等回下城來，指揮人眾，在城中四下裏放火，截殺官兵。各處街巷中的流氓棍徒便乘機劫掠，哭聲叫聲，此起彼落。

羣雄正自大呼酣鬥，忽見一隊官兵擁著一個錦衣太監，呼喝而來。袁承志於火光中遠遠望見正是曹化淳，心頭一喜，叫道：「跟我來，拿下這奸賊。」鐵羅漢與何惕守當先開路，直衝過去，官兵那裏阻攔得住？曹化淳見勢頭不對，撥轉馬頭想逃。袁承志一躍而前，扯住他提下馬來，喝道：「到那裏去？」曹化淳道：「皇……皇上……命小人督……督戰彰義門。」袁承志道：「好，到彰義門去。」

羣雄擁著曹化淳直上城頭，遙遙望見城外一面大旗迎風飄揚，旗下一人頭戴氈笠，跨著烏駮馬往來馳騁指揮，威風凜凜，正是闖王李自成。

袁承志叫道：「快開城門，迎接闖王！」說著手上一用勁，曹化淳痛得險些暈了過去。他命懸人手，那敢違抗？何況眼見大勢已去，反想迎接新主，重圖富貴，當即傳下令來，彰義門大開。城外闖軍歡聲雷動，直衝進來。成千成萬身披黑甲的兵將湧入城門。袁承志站在城頭向下望去，見闖軍便如一條大黑龍蜿蜒而進北京，威不可當。

袁承志率領衆人，隨著敗兵退進了內城。內城守兵尚衆，加上從外城潰退進來的敗兵，重重疊疊，擠滿了城頭。這時天色已晚，外城闖軍鳴金休息。袁承志等在亂軍中也退回居所。城邊鉦鼓聲、吶喊聲亂成一片。統兵的將官有的逃跑，有的在城頭督戰，誰也顧不到他們這一夥人。消息報來，闖軍革裏眼、橫天王、改世王等已分別統兵入城。胡桂南等也打起「金蛇營」旗號，率領衆好漢乘勢立功。

羣雄退回正條子胡同，換下身上血衣，飽餐已畢，站在屋頂瞭望，只見城內處處火光。

袁承志喜道：「內城明日清晨必破。闖王治國，大公無私，從此天下百姓，可以過吃飽著暖的太平日子。今晚是我手刃仇人的時候了。」

衆人知他要去刺殺崇禎爲父報仇，都願隨同入宮。袁承志掛念阿九，要單獨前去相會，不願旁人伴同，說道：「各位辛苦了一日，今晚好好休息，明晨尚有許多大事要辦。兵荒馬亂之際，皇宮戒備必疏，刺殺昏君只一舉手之勞，還是兄弟一個去辦罷。」各人心想他身負絕世武功，現下皇帝的侍衛只怕都已逃光，要去刺殺這個孤家寡人，實不費吹灰之力，見他堅持，俱都遵從。

袁承志要青青點起香燭，寫了「先君故兵部尚書薊遼督師袁」的靈牌，安排了靈位，只待割了崇禎的頭來祭了父親，然後把首級拿到城頭，登高一呼，內城守軍自然潰敗。他帶了一個革囊，以備盛放崇禎的首級，腰間藏了一柄尺來長的尖刀，逕向皇宮奔去。

一路火光燭天，潰兵敗將，到處在乘亂搶掠。袁承志正行之間，只見七八名官兵拖了幾名大哭大叫的婦女走過，想起阿九孤身一個少女，不知如何自處，又想到她對自己情意誠摯深切，令人心感，雖然自己與青青早訂鴛盟，此生對阿九實難報答，但無論如何，總也是捨不得阿九，突然間心頭一陣狂喜：「一個是我深愛，一個是我所不能負心相棄之人，那麼兩個都不相負好了。唉！不成的，不成的！」內心湧起一陣惆悵，一陣酸楚。他直入宮門，守門的衛兵宮監早逃得不知去向。眼見宮中冷清清一片，不覺一驚：「崇禎要是藏匿起來，不知去向，那可功虧一簣了。」當下直奔乾清宮。

來到門外，只聽得一個女人聲音哭泣甚哀。袁承志閃在門邊，往裏張望，心頭大喜，原來崇禎正坐在椅上。一個穿皇后裝束的女人站著，一面哭，一面說道：「十六年來，陛下不肯聽臣妾一句話。今日到此田地，得與陛下同死社稷，亦無所憾。」崇禎俯首垂淚。皇后哭了一陣，掩面奔出。

袁承志正要搶進去動手，忽然殿旁人影閃動，一個少女提劍躍到崇禎面前，叫道：「父皇，時勢緊迫，趕快出宮吧。」正是長平公主阿九。她轉頭對一名太監道：「王公公，你好好服侍陛下。」那太監名叫王承恩，垂淚道：「是，公主殿下一起走吧。」阿九道：「不，我還要在宮裏躭一忽兒。」王承恩道：「內城轉眼就破，殿下留在宮裏很危險。」阿九道：「我要等一個人。」

崇禎變色道：「你要等袁崇煥的兒子？」阿九臉上一紅，低聲道：「是，兒臣今日和陛下告別了。」崇禎道：「你等他幹甚麼？」阿九道：「他應承過我，一定要來會我的。」崇禎道：「把劍給我。」接過阿九手中那柄金蛇寶劍，長嘆一聲，說道：「孩兒，你爲甚麼生在我家裏……」忽地手起劍落，烏光一閃，寶劍向她頭頂直劈下去。

阿九驚叫一聲，身子一晃。崇禎不會武功，阿九若要閃避，這一劍本可輕易讓過，但時當生離死別，心情激動之際，萬萬料不到一向鍾愛自己的父皇竟會忽下毒手，驚詫之下，忘了閃讓，一劍斬中左臂。

袁承志大吃一驚，萬想不到崇禎竟會對親生女兒忽施殺手。他與兩人隔得尚遠，陡見形勢危急，忙飛身撲上相救，躍到半路，阿九已經跌倒。

崇禎提劍正待再砍，袁承志已然搶到，左手探出，在他右腕上力拍，崇禎那裏還握得住劍，金蛇劍直飛上去。袁承志左手翻轉，已抓住崇禎手腕，右手接住落下來的寶劍，回頭看阿九時，只見她昏倒在血泊之中，左臂已給砍落。

袁承志大怒，喝道：「你這狠心毒辣的昏君，竟甚麼人都殺，既害我父親，又殺你自己女兒。我今日取你性命！」

崇禎見到是他，嘆道：「你動手吧！」說罷閉目待死。兩名內監搶上來想救，袁承志一腳一個，踢得直飛出去。袁承志舉起劍來，正要往崇禎頭上砍落。阿九恰好睜開眼睛，當即奮力躍起，擋到崇禎身前，叫道：「別殺我父皇，求你……」臉上滿是哀懇的臉色，望著袁承志，一語未畢，又已暈去。

袁承志見她斷臂處血如泉湧，心中劇憐大痛，左手推開，崇禎仰天一交直跌出去。他俯身扶起阿九，點了她左肩和背心各處通血脈的穴道，血流稍緩，從懷裏掏出金創藥敷在傷口，撕下衣裾紮住。阿九慢慢醒轉，承志抱住她柔聲安慰。

王承恩等數名太監扶起崇禎，下殿趨出。袁承志喝道：「那裏走！」放下阿九，要待追趕。阿九右手摟住他脖子，哭叫：「大哥……別傷我父皇！」

袁承志轉念一想，城破在即，料來崇禎也逃不了性命，雖非親自手刃，父仇總是報了，也免得傷阿九之心，當下點頭道：「好！」阿九心中一寬，又暈了過去。

袁承志見各處大亂，心想她身受重傷，無人照料，勢必喪命，只有將她救回自己住處再說。抱起了她，出宮時已交三更，只見火光照得半天通紅，到處是哭聲喊聲。

到得正條子胡同，衆人正坐著等候。青青見他又抱了一個女子回來，先已不悅，走近一看，竟是阿九，板起臉問道：「皇帝的首級呢？」袁承志道：「我沒殺他。焦姑娘，請你費心照料她。」焦宛兒答應了，把阿九抱進內室。袁承志眼光順著阿九直送她進房，滿臉柔情，又深有憂色。

青青又問：「幹麼不殺？」袁承志略一遲疑，向內一指，道：「她求我不殺！」青青怒道：「她，她是誰？你幹麼這樣聽她話？」袁承志尚未回答，何惕守道：「唉，可惜，可惜！這位美公主怎會斷了條手臂？師父，她畫的那幅肖像呢？有沒帶出來？」袁承志連使眼色，何惕守還想說下去，見袁承志與青青兩人臉色都很嚴重，便即住口。

青青問道：「甚麼公主？甚麼肖像？」何惕守笑道：「這位公主會畫畫，我見過她畫的自己一幅小照，畫得眞好。」青青橫了她一眼道：「是麼？」轉身入內去了。何惕守對袁承志道：「師父，我幫你救公主師娘去。你放心好啦！」說著奔了進去。

註：曹化淳欲立惠王爲帝，並非史實，純係小說作者之杜撰穿揷。其他與崇

禎、李自成有關之敍述，則大致根據史書所載。長平公主與袁承志相戀之事，史書上無記。袁承志爲小說虛構人物。

惠王朱常潤係神宗庶出之第六子，乃光宗常洛、福王常洵之弟，乃天啓由檢、崇禎由校之叔，封於荆州，立國不久，天下大亂，豫鄂川不穩，惠王潛歸北京，崇禎末年逃赴廣州，於滿清平定廣東後遭擒獲處死。

李岩和袁承志並肩而行，只聽得小胡同中響起歌聲，一個盲眼賣唱人拉著胡琴，緩步而來，唱道：「今日的一縷英魂，昨日的萬里長城……」

第十九回　嗟乎興聖主　亦復苦生民

袁承志半夜裏悄悄到阿九房外張望，見羅帳低垂，不明動靜，見何惕守和焦宛兒都坐在她床沿，不敢聲張，回房假寐片刻。天尚未明，又去看視，見何惕守和宛兒仍坐在床前。何惕守低聲道：「師父，她醒了一會，老是問你，這時又睡著了。她正在夢裏跟你相會呢！」袁承志向阿九瞧去，見她雙目輕閉，只見到長長的睫毛，臉色雪白，全無血色。他怕青青尋來吵鬧，不敢多耽，知何惕守能幹，必能妥爲照料，便即回房。

天將明時，洪勝海匆匆走進房來，叫道：「相公，沙寨主拿住了太監王相堯，已率人打開了宣武門！」袁承志從床上彈起身來，問道：「義軍進城了麼？」洪勝海道：「劉宗敏將軍已帶隊進來了。」袁承志道：「好極了，咱們快去迎接。」

兩人走到廳上。程青竹、沙天廣與鐵羅漢出外未歸，袁承志帶領啞巴、胡桂南、洪勝海，四人往大明門來。

只見陰雲四合，白雪微飄，街上明軍的潰兵敗卒四散奔逃。有人大呼而過：「金蛇王攻破正陽門，橫天王帶隊進城。」又有人叫道：「齊化門開了，左金王的兵進來了。老回回攻破了東直門！」走了一陣，敗兵漸少。闖軍一隊隊沿大街開來，軍容嚴整。衆百姓在各自大門上貼了「永昌元年大順王萬萬歲」的黃紙，門口擺了香案，有的還在門口放了酒漿勞軍。袁承志對胡桂南道：「人心如此，闖王那得不成大事？」

又走一陣，前面號角齊鳴，數百人快步過來，當先正是沙天廣與鐵羅漢。兩人率領北京城內的豪傑截殺明兵，見了袁承志都大聲歡呼：「金蛇王，金蛇王，咱們破城啦！」鐵羅漢叫道：「闖王就要來啦！」一言方畢，前面數騎急奔而至。一名大漢舉著一面大旗，上面寫著「大順制將軍李」六個大字。李岩身穿青衫，縱馬馳來。袁承志大喜，叫道：「大哥！」躍到馬前。

李岩一怔，當即翻身下馬，喜道：「兄弟，你金蛇營破城之功，甚是不小！」袁承志道：「闖王大軍到處，明兵望風而降，小弟並無功勞。」兩人執手說了幾句話，以前在聖峯嶂見過的田見秀、劉芳亮等人一時俱到，此外又有闖軍將領谷大成、橫天王、革裏眼等人，衆人執手言歡。

突然號角聲響，衆軍大呼：「大王到啦，大王到啦！」

袁承志等閃在一旁，只見精騎百餘前導，李自成氈笠縹衣，乘烏駁馬疾馳而來。

李岩過去低語幾句。李自成笑道：「好極了！『金蛇王』袁兄弟過來。」李岩招招手，袁承志走到兩人馬前。李自成笑道：「袁兄弟，你立了大功！你沒馬麼？」說著躍下馬鞍，把坐騎的馬韁交給了他。袁承志連忙拜謝。

李自成走上城頭，眼望城外，但見成千成萬部將士卒正從各處城門入城，當此之時，不由得志得意滿。闖軍見到大王，四下裏歡聲雷動。

李自成從箭袋裏取出三枝箭來，扳下了箭簇，彎弓搭箭，將三箭射下城去，大聲說道：「衆將官兵士聽著，入城之後，有人妄自殺傷百姓、姦淫擄掠的，一概斬首，決不寬容！」城下十餘萬兵將齊聲大呼：「遵奉大王號令！大王萬歲、萬歲、萬萬歲！」

袁承志仰望李自成神威凜凜的模樣，心下欽佩之極，忍不住也高聲大叫：「大王萬歲、萬歲、萬萬歲！」

李自成下得城頭，換了一匹馬，在衆人擁衛下走向承天門。他轉頭對袁承志笑道：「你是承父之志，此後要助我抗禦滿洲韃子入侵。我是承天！」彎弓搭箭，颼的一聲，羽箭飛出，正中「天」字之下。他膂力強勁，這一箭直插入城牆，衆人又大聲歡呼。

來到德勝門時，太監王德化率領了三百餘名內監伏地迎接。李自成投鞭大笑，對袁承志道：「你去年在陝西見到我時，可想到會有今日？」袁承志道：「大王克成大業，天下百姓早都知道了。只是萬想不到會如此之快。」李自成拊掌大笑。

忽有一人疾奔而來，向李自成報道：「大王，有個太監說，見到崇禎逃到煤山那邊去了。」李自成轉頭對袁承志道：「金蛇王兄弟，你快帶人去拿來！」袁承志道：「是！」手一擺，率領了胡桂南等人馳向煤山。

那煤山只是個小丘，衆人上得山來，只見大樹下吊著兩人，隨風搖晃。一人披髮遮面，身穿白袷短藍衣，玄色鑲邊，白綿綢背心，白紬褲，左腳赤裸，右腳著了綾襪與紅色方頭鞋。袁承志披開他頭髮一看，竟然便是崇禎皇帝。他衣袋中藏著一張白紙，朱筆寫著幾行字道：

「朕登極十七年，致敵入內地四次，逆賊直逼京師，雖朕薄德匪躬，上干天咎，然皆諸臣之誤朕也。朕死，無面目見祖宗於地下，去朕冠冕，以髮覆面，任賊分裂朕屍，勿傷百姓一人。崇禎御筆。」紙上血跡斑斑。

袁承志拿了這張血詔，頗感悵惘，二十年來大仇今日得報，本是喜事，但見仇人如此悽慘下場，不禁惻然久之，心想：「你話倒說得漂亮，甚麼勿傷百姓一人。要是你早知愛惜百姓，不是逼得天下饑民無路可走，又怎會到今日這步田地。」

洪勝海道：「袁相公，那邊吊死的是個太監。」袁承志道：「這皇帝死時只有一個太監相陪，眞叫做衆叛親離了。把屍首抬了去，別讓人侵侮。」洪勝海應了。袁承志馳回稟報。

這時李自成已進皇宮。守門的闖軍認得袁承志，引他進宮。只見李自成坐在龍椅之上，身旁站著十幾名部將從官，一個衣冠不整的少年站在殿下。

李自成見袁承志進來，叫道：「好！皇帝呢，帶他上來吧。」袁承志道：「崇禎自縊死了。在煤山一棵大樹上吊死了。」李自成一呆，接過崇禎的遺詔觀看。

旁立的少年忽然伏地大哭，幾乎昏厥了過去。李自成道：「那是太子！」承志扶了他起來。李自成問道：「你家爲甚麼會失天下，你知道麼？」太子哭道：「只因誤用奸臣溫體仁、周延儒等人。」李自成笑道：「原來小小孩童，倒也明白。」正色道：「我跟你說，你父皇又胡塗又忍心，害得天下百姓好苦。你父皇今日吊死，固然很慘，但他在位十七年，天下百姓給逼得吊死的又不知有幾千幾萬人，那可更慘得多了。」太子俯首不語，過了一會道：「那你快殺我吧。」承志見他倔強，不禁爲他擔心。

李自成道：「你還是孩子，並沒犯罪，我那會亂殺人。」太子道：「那麼我求你幾件事。」李自成道：「你說來聽聽。」太子道：「求你不要驚動我祖宗陵墓，好好葬我父皇母后。」李自成道：「當然，那何必要你求我？」太子道：「還求你別殺百姓。」李自成呵呵大笑，道：「孩子不懂事。我就是老百姓！是我們百姓攻破你的京城，你懂了麼？」

太子道：「那麼你是不殺百姓的了？」李自成倏地解開自己上身衣服，只見他胸前肩頭斑斑駁駁，都是鞭笞的傷痕，衆人不禁駭然。李自成道：「我本是好好的百姓，給貪官污吏這一頓打，才忍無可忍，起來造反。哼，你父子倆假仁假義，說甚麼愛惜百姓。我軍中上上下下，那一個不吃過你們的苦頭？」太子默然低頭。李自成穿回衣服，道：「你下去吧。念你是先皇的太子，我封你一個王，讓你知道我們老百姓不念舊惡。封你甚麼王？嗯，你父親把江山送在我手裏，就封你爲宋王吧。」

太監曹化淳站在一旁，說道：「快向陛下磕頭謝恩。」太子怒目而視，忽地回手一掌，啪的一聲，曹化淳面頰上登時起了五個手指印。

李自成哈哈大笑，道：「好，這等不忠不義的奸賊，打得好。來呀，帶下去砍了！」曹化淳嚇得臉如土色，咕咚一聲，跪在地下連磕響頭，額角上血都碰了出來。李自成一腳把他踢了個觔斗，喝道：「滾出去，以後你再敢見我的面，把你剮了！」

太子隨後昂首走出。李自成對袁承志道：「這小子倒倔強。我喜歡有骨氣的孩子。」袁承志應道：「是。」丞相牛金星道：「主上大事已定。明朝人心盡失，但死灰復燃，卻也不可不防。這孩子十分倔強，決不肯歸順聖朝，只怕有人會借用他的名頭作亂。不如除了，以免後患。」李自成躊躇道：「這也說得是。這件事你去辦了吧。」轉頭對身後的矮子軍師宋獻策道：「聽說皇帝還有個公主，卻不知在那裏。」

袁承志接口道：「皇帝把她砍去了一條臂膀，是我接了公主在家裏養傷。待她傷愈，再帶她來叩見大王。」李自成笑道：「好好！你功勞不小，我正想不出該賞你甚麼，這公主就賞了你吧。」袁承志窘道：「不，不，那……倒是那個太子，還求大王饒了他性命。」牛金星笑道：「袁兄弟，害甚麼臊？究竟是英雄出在少年。劉將軍他們功勞雖大，大王也祇賞他們幾名宮娥呢。你駙馬爺還沒做，倒愛惜起小舅子來啦。」

袁承志聽他話中有刺，頗爲不快，心想：「太子這小小孩童，何必殺他？」

李自成道：「袁兄弟，我部下武官，分爲九品。劉宗敏與田見秀都是一品權將軍，你義兄李岩是二品制將軍。我封你爲三品果毅將軍吧。」袁承志躬身道：「多謝大王。袁承志誓死爲大王效力，不願爲官。」

牛金星微笑道：「袁兄弟是七省武林盟主，是不是嫌這三品將軍職位太低了呢？大王一統天下，率土之民，莫非王臣。甚麼七省盟主、八省盟主這些私相授受的名號，自今而後，都是要嚴加禁止的了。」李自成聽他言語太重，拍拍袁承志肩頭，微笑道：「你還年輕得很，功勞雖然很大，終究隨我時日還短，以後升遷，還怕沒時候嗎？」袁承志道：「屬下決非爲了職位高低，實因草莽匹夫，做不來官。」李自成呵呵大笑，朗聲道：「我難道不是草莽匹夫？連皇帝都要做呢。」袁承志不便再說，辭了出去。

當下回正條子胡同來，一進胡同，就聽得兵刃相交、呼喝斥罵之聲，隨見數十名闖軍手執兵刃，急奔出來。承志心想：「這許多闖軍在這裏幹甚麼？」加快腳步，走到門口，只見何惕守正揮鉤亂殺，把十多名困在屋裏逃不出來的闖軍打得東奔西竄。承志叫道：「住手，住手！都是自己人！」何惕守叫了聲：「師父。」閃在一旁。

眾闖軍忽見有路可逃，蜂擁而出。一名軍官奔到袁承志跟前，一呆之下，說道：「你……你是『金蛇王』，不也是我們大王手下的嗎？」袁承志道：「正是。大家誤會，老兄莫怪。」那軍官憤憤的道：「誤會！哼，你瞧，你手下人殺了我們這許多弟兄。」說著一指地下的七八具屍首。

鐵羅漢奔了出來，罵道：「入你娘的！你們一進屋來，伸手就搶東西，又說不交金銀，就放火燒屋子。見到何姑娘美貌，登時動手動腳，說她是奸細，要帶了走。混帳王八蛋，你們跟明朝的官兵有甚麼分別了？」說著大拳揮出，砰的一聲，把那軍官打得直飛出去。

袁承志走進廳中。程青竹、胡桂南等人都氣憤憤的述說市上所見，說道闖軍入城之後，佔住民房，奸淫擄掠，無所不爲。承志心下吃驚，說道：「如此做法，民心大失。我親眼見到大王在城頭射了三箭，嚴禁殺人擄掠，定是大王尚不知情。我這就去稟報，請他下令禁止。」程青竹勸道：「盟主，闖王部下有許多本是盜賊出身，來到這帝王之都，花花世界，那有不放肆一番的？且過得幾天，再向大王進言吧。」承志道：「不成，過得幾天，北京城裏老百姓都給他們害苦了。救民如救火，怎能等得？」

正說話間，忽然外面喊聲大震。袁承志等吃了一驚，奔到門外，只見無數人馬擁在正條子胡同出口。先前給鐵羅漢打走的那軍官騎在馬上，手執大刀，叫道：「袁承志，權將軍叫你去說話。」袁承志問道：「當眞是權將軍吩咐嗎？」另一名軍官取出一枝令箭，道：「有權將軍的令箭在此。」

承志心想：「我若不去，傷了兄弟間的和氣。見到權將軍，正可勸他約束部屬。」便點頭道：「好！我同你去便是。」那軍官喝道：「綁了！」便有七八名士兵擁上前來，取出繩索要綁。袁承志微微一笑，也不抵拒，反手在背後，任由綁縛。鐵羅漢、沙天廣等齊聲呼喝：「誰敢動手！」衝上去便要打人。承志叫道：「大家不可動粗，我見了權將軍自有分辯。」

那軍官指著何惕守道：「這人是崇禎皇帝的公主，斷了一隻手的。權將軍指明要這人，把她帶了去。」衆軍士便向何惕守奔來。

何惕守金鉤一劃，阻住衆軍士近前，笑問：「權將軍要我去幹甚麼？」那軍官道：「打破北京，權將軍功勞第一。崇禎的公主，自然歸權將軍所有。快乖乖的來吧，以後一生富貴，包你享用不盡。」何惕守笑道：「那倒妙得很。要是我不肯跟你去呢？」那軍官喝道：「那有這麼多囉唆的，帶了去！」何惕守叫道：「師父，那個權將軍要搶我去做小老婆呢。你說我去是不去？」

袁承志不知如何回答。但見幾名士卒擁上去向何惕守便拉。何惕守只格格嬌笑，並不動手，突然之間，拉她的士卒仰天便倒，稍一扭動，便均斃命。原來何惕守衣衫之上，盡是劇毒。那軍官大驚之下，叫道：「反了，反了。前明餘孽，抗拒義軍，殺啊！」刀槍紛舉，向鐵羅漢等人頭上砍落。羣雄到此地步，豈有束手待斃之理？搶過刀槍，反殺過去，一陣格鬥，闖軍官兵亂成一團，擁在胡同中進退不得。

袁承志叫道：「你們去回報權將軍，大家同到大王跟前，分辯是非。」運勁雙臂一振，綁在他手腕上的繩索登時斷了，縱身而起，雙手抓住兩名軍官，扯下馬來，叫道：「當官的留著，士兵都回營去。」衆兵見長官被擒，不敢再鬥，推推擁擁的走了。

袁承志長嘆一聲，搖了搖頭，命胡桂南和洪勝海押了兩名軍官，去見李自成。

進得宮來，只見大殿皇極殿上設了盛宴，李自成正在大宴諸將，絲竹盈耳，酒肉流水價送將上來。李自成已喝得微醺，見到袁承志，喜道：「好，袁承志，你也過來喝一杯！」袁承志躬身道：「是！」走近去接過李自成手中酒杯，一飲而盡。

坐在李自成左側的一名將軍霍地站起身來，喝道：「袁承志，你好大的膽子，仗了誰的勢力，敢殺我部屬？」袁承志見這人滿臉濃髯，神態粗豪，想來便是權將軍劉宗敏了，說道：「這位是權將軍麼？」那人道：「正是。大王不過封了你個小小果毅將軍，你就不把我權將軍瞧在眼裏了，竟敢殺我部下！」說著伸手抓住刀柄，將刀拔出一半，啪的一聲，又送刀入鞘。霎時之間，殿上數百人寂靜無聲。

袁承志道：「大王入城之時曾有號令，有誰殺傷百姓，奸淫擄掠，一概斬首。在下見到本軍兄弟正在虐殺百姓，這才出手阻止，實非有意得罪，還請權將軍見諒。」

劉宗敏冷笑道：「這天下是大王的天下，是我們老兄弟出死入生、從刀山槍林裏打出來的天下。我們會打江山，難道不會坐江山麼？你來討好百姓，收羅人心，到底是甚麼居心？」袁承志道：「大王剛才說過，他自己也就是百姓。」劉宗敏哈哈大笑，說道：「大王打江山的時候是百姓。今日得了天下，坐了龍廷，便是眞命天子了，難道還是老百姓嗎？你這小子胡說八道！」袁承志默然不語。

李自成笑道：「好啦，好啦！大家自己兄弟，別爲這些小事傷了和氣。來來來，你們兩個乾一杯。宗敏，我知你只因袁承志得了公主，爲此喝醋。皇宮裏美女要多少有多少，待會你自己去挑選便是。」劉宗敏道：「大王，崇禎的公主卻只有一個。」李自成向袁承志笑道：「他定要你的公主，你就瞧在我面上，讓了給他罷。你們一殿爲臣，和氣要緊。」

袁承志不由得愕然，想起了阿九，登時茫然若失，手一鬆，酒杯掉落，跌成碎片。

李自成怒道：「你就算不肯，也不用向我發脾氣。」袁承志忙躬身道：「屬下不敢。」

忽聽得絲竹聲響，幾名軍官擁著一個女子走上殿來。那女子向李自成盈盈拜倒，拜畢站起，燭光映到她臉上，眾人都不約而同的「哦」了一聲。

那女子目光流轉，從眾人臉上掠過，每個人和她眼波一觸，都如全身浸在暖洋洋的溫水中一般，說不出的舒服受用。只聽她鶯鶯嚦嚦的說道：「賤妾陳圓圓拜見大王，願大王萬歲、萬歲、萬萬歲。」

李自成哈哈大笑，說道：「好美貌的娘兒！」劉宗敏道：「大王，那崇禎的公主，小將也不要了。你把這娘兒給了我罷。」牛金星道：「劉將軍，這陳圓圓是鎮守山海關總兵官吳三桂的愛妾，號稱天下第一美人。大王特地召來的，怎能給你？」劉宗敏聽得李自成自己要，不敢再說，目不轉瞬的瞪視著陳圓圓，骨都一聲，吞了一大口饞涎。

皇極殿上一時寂靜無聲，忽然間噹啷一聲，有人手中酒杯落地，接著又是噹啷、噹啷兩響，又有人酒杯落地。適才袁承志的酒杯掉在地下，李自成甚是惱怒，此刻人人瞧著陳圓圓的麗容媚態，竟然誰也沒留神到別的。

忽然間坐在下首的一名小將口中發出嗬嗬低聲，爬在地下，爬過去抱陳圓圓的腿。陳圓圓一聲尖叫，避了開去。那邊一名將軍叫道：「好熱，好熱！」嗤的一聲，撕開了自己衣衫。又有一名將官叫道：「美人兒，你喝了我手裏這杯酒，我就死也甘心！」舉著酒杯，湊到陳圓圓唇邊。
一時人心浮動，滿殿身經百戰的悍將都爲陳圓圓的美色所迷。
袁承志只看得暗暗搖頭，便欲出殿，忽聽得李岩大聲喝道：「大王駕前，衆兄弟不得無禮。」一名將軍哈哈大笑，說道：「我伸一個小指頭兒，摸一摸美人兒的雪白臉蛋，那也不打緊吧！」說著伸出手指，一步一步的向陳圓圓走去。李自成喝道：「把美人兒送到後宮去。宋獻策，你帶兵看守。」宋獻策答應了，領著陳圓圓入內。
數十名軍官一齊蜂擁過去，爭著要多看一眼，直到陳圓圓的後影也瞧不見了，才戀戀不捨的慢慢歸座。一人舉鼻狂嗅，說道：「美人兒的香氣，聞一聞也是前世修來的。」一人說道：「這不是人，是狐狸精變的，大王不可收用。」另一人道：「就算是吃人妖魔，我只要抱她一抱，立刻給她吃了，那也快活得很。」
李自成一口一口喝酒，臉上神色顯是樂不可支，眼光從袁承志臉上瞧到李岩臉上，又轉眼瞧到劉宗敏，說道：「咱們雖然得了天下，卻不可虐待百姓，宗敏，你傳下令去，北京城內，不得劫掠財物，強佔婦女。」劉宗敏應道：「是！」又道：「大王，北京城裏有的是貪官污吏，富豪財主，沒一個好人，他們家裏財物婦女，都是從百姓家裏搶來的。弟兄們奪他們回來，也不算理虧吧！」李自成默然不語。
李岩走上幾步，說道：「大王，吳三桂擁兵山海關，有精兵四萬，又有遼民八萬，都是精悍善戰。大王已派人招降，他也已歸順，他的小妾，還是放還他府中，以安其心爲是。」劉宗敏冷笑道：「吳三桂四萬兵馬，有個屁用？北京城裏崇禎十多萬官兵，遇上了咱們，還不是希哩花啦的一古腦兒都垮了。」李自成點頭道：「吳三桂小事一樁，不用放在心上。他如投降，那是識好歹的，否則的話，還不是手到擒來？吳三桂難道比孫傳庭、周遇吉還厲害麼？」

李岩道：「大王雖已得了北京，但江南未定……」李自成揮手道：「大家喝酒，大家喝酒！此刻不是說國家大事的時候。」李岩只得道：「是。」退了下去，坐在袁承志身邊，低聲道：「一切小心，須防權將軍對你不利。」袁承志點點頭。

李自成喝了幾杯酒，大聲道：「大夥兒散了罷，哈哈，哈哈！」飛腳踢翻桌子，轉身而入。衆將一鬨而散。許多人不住口稱讚陳圓圓美麗，宮門前後盡是污言穢語。

袁承志隨著李岩出殿，在宮門外遇到胡桂南和洪勝海，吩咐將兩名軍官放了。

四人剛轉過一條街，見數十名闖軍正在一所大宅中擄掠，拖了兩名年輕婦女出來。兩名女子只是哭叫，掙扎著不肯走。李岩大怒，喝令部屬上前拿問。衆闖軍見是制將軍到來，發一聲喊，抛下婦女財物便逃走了。

一路行去，只聽得到處都是軍士呼喝嘻笑、百姓哭喊哀呼之聲。大街小巷，闖軍士卒奔馳來去，有的背負財物，有的抱了婦女公然而行。李岩見禁不勝禁，拿不勝拿，只有浩歎。袁承志本來一心想望李自成得了天下之後，從此喜見昇平，百姓安居樂業，但眼見今日李自成和劉宗敏、牛金星等人的言行，又見到滿城士卒大肆擄掠的慘況，比之崇禎在位，只有更加凌厲殘酷。滿腔熱望，登時化爲烏有。

再走得幾步，只見地下躺著幾具屍首，兩具女屍全身赤裸。衆屍身上傷口中兀自流血未止。袁承志這時再也忍耐不住，握住李岩的手，說道：「大哥，你說闖王爲民伸冤，爲……爲百姓出氣，就是這樣麼？」說著突然坐倒在地，放聲大哭。

李岩也是悲憤不已，說道：「我這就去求見大王，請他立即下令禁止奸淫擄掠。」拉起袁承志，回到皇宮，向衛士說有急事求見闖王。

衛士稟報進去，過了一會，出來說道：「制將軍，大王已經睡了，誰也不敢驚動。請將軍明天來吧。」李岩道：「我跟隨大王多年，有事求見，大王深更半夜也必接見。你再去稟報。」那衛士又進去半晌，出來時滿臉驚惶，顫聲道：「大王大發脾氣，說小人再去囉唣，立刻砍了我腦袋。」李岩道：「好，我便在這裏等著，等大王醒了之後再見。」對承志道：「兄弟，你先回去休息吧。」承志道：「我在這裏陪伴大哥。」要胡桂南、洪勝海二人先回，以免青青等掛念。兩人坐在宮門前階上。

兩人等到天色大明，才見一名衛士從內宮出來，說道：「大王召見。」兩人跟著他來到一間房中，那衛士便出去了。直等了兩個多時辰，眼見將近午時，李自成始終不出來。兩人你瞧著我，我瞧著你，都覺甚焦急。又過得大半個時辰，一名衛士匆匆出來，對李岩與袁承志道：「制將軍、果毅將軍，皇上請兩位去金鑾殿會商大事。」

李岩與袁承志跟著他走過兩個庭園，通過一條長長的走廊，只見到處有手執刀槍的軍士守衛。衆軍士認得李岩，也不查問，有的還躬身行禮。兩人走進一座小殿之中，只聽得隔壁傳來李自成忿怒的聲音：

「把明朝做大官的人捉來拷打，要他們交出金銀，那當然是應該的。豪富人家欺壓窮人多狠，要逼他們把錢財吐出來，不過是報一報從前的怨仇，殺人抵命，欠債還錢，血債血償，有甚麼不該了？」說到後來，幾乎已是吼叫，還聽得啪啪之聲不斷，當是他以手掌擊桌。

李岩與袁承志走進殿去，只見好大一座大殿，殿大陰暗，四周巨燭點得明晃晃地。李自成坐在中間一張披了黃色椅套的大椅中，滿臉怒色，伸拳擊打面前桌子。

一個身材魁梧的大漢躬身說道：「啓稟大王，你說得很是，弟兄們打寧武關，死傷很大，大家前仆後繼，毫不退縮，終於打垮了周遇吉，寧武關只是個關口，沒甚麼油水的，弟兄們只盼打進北京城，能好好享一下福。我部下的好兄弟咬著牙齒，一個個的倒了下來，傷口中鮮血直噴，沒一人有半點退縮。屬下見到這許多好兄弟一個個的送命，心裏疼得好生難受，只有揮刀拚命。皇上大王，咱們過去攻下一座城池，總得休兵三天或是五天，讓衆兄弟找些樂子，尋那些狗官、財主報仇，那些狗官、財主們敲榨我們難道少了？搶了我們的老婆、女兒去，難道少了？大王，我們是報仇！大王，你先前下了軍令，不准弟兄們在北京城裏找樂子，說甚麼奸淫擄掠者殺。大王，屬下沒用得很，倘若眞是這樣，屬下帶兵是帶不來了，沒一個弟兄肯服我，我要是也說奸淫擄掠者殺，我部下個個操我的娘，個個要破口大罵我高必正：『我操高必正的十八代祖宗！』」

李自成哈哈大笑，說道：「高表弟，你要跟我說的，就是這幾句話嗎？只怕我還沒下這道命令，你心裏早就在操我李自成的奶奶了！」高必正道：「屬下萬萬不敢！您是我長親，我怎敢無禮？大王的奶奶，就是我的奶奶！我聽皇上大王的話，火裏火裏去，水裏水裏去，有甚麼話，只會對皇上大王直說！」

一個文官模樣的人踏上一步，朗聲道：「高將軍，皇上既已坐了龍廷，咱們今後就只稱皇上，要不然是稱陛下，不用叫甚麼皇上大王！」李自成笑道：「喻上猷是做過官的人，懂得規矩，大家以後就這樣叫罷。」

殿上四五十人齊聲說道：「是，皇上！」李岩和袁承志也跟著叫了一聲。

李自成微笑道：「袁承志，這個喻上猷，在崇禎手下做御史的官，跟你爹爹曾一殿爲臣，他識得天命，向我投誠。明朝的官兒中，他是個知道好歹的，我封了他做兵政府尙書，算是個大官了，咱們大順朝以後該封甚麼官，該辦甚麼事，他會好好說的。」袁承志應道：「是！皇上應天順人，普天下萬民擁戴。」

李自成大聲道：「剛才高必正制將軍說的話也有些道理，咱們倒不是怕弟兄們操咱們的娘，就怕他們灰了心，打仗不肯拚命。現今大半個江山還沒打下來，關外的滿洲兵，也還得好好對付。」

一個高高瘦瘦、穿著青色短衣褲的人踏上一步，嘶聲道：「大王，弟兄們打仗出不出力，那倒不打緊。咱們不是要弟兄們拚了自己性命來爲咱們打天下、坐龍廷。弟兄們大家實在苦不過，活不下去，不起來殺官造反，個個就沒了性命。咱們不是爲了貪圖金銀財寶、爲了要搶花姑娘，這才殺官造反，咱們是給貪官財主逼得活不下去了，這才拚命。各位兄弟，對不對啊！」

十幾名將領紛紛說道：「亂世王，你說得好，咱們都是豁出去了，不得不幹！」

李自成道：「很好，藺兄弟，你很會說話，依你說，該當怎樣？」那個高瘦漢子名叫藺養成，混號「亂世王」，是「左革五營」的主帥之一，投入李自成屬下未久，不算是李自成的老兄弟，但他領有數萬名部屬，勇悍善戰，李自成不得不對他另眼相看。藺養成道：「大王，屬下只會奉你號令，帶領了兄弟們打官軍，天下大事是不懂的。」

李自成道：「你們『左革五營』的五位主帥，個個有智有勇，見識不凡。好像老回回哪、左金王哪、革裏眼哪、爭世王哪、你藺兄弟哪，旣會帶兵，又會安民。牛金星啊，那叫甚麼？這叫做出將入相，都是宰相之才，是不是？」那書生模樣的牛金星躬身道：「五位主帥的確都是出將入相之才，他們歸附皇上，旣是皇上的福份，也是五王的福份，這叫做明主功臣，相得益彰啊。」

那喩上猷道：「啓奏皇上，五王的稱呼，是草莽英雄殺官造反時號召之用，今後似乎須得改一改。倘若要封王，請皇上另外封個有點氣派的王號，況且老回回馬將軍、革裏眼賀將軍兩位就沒王號。再說，橫天王王將軍、改世王許將軍兩位的王號，也得改一改。」牛金星附和道：「是啊！從前咱們要變天改世，所以叫做改世王、爭世王、橫天王。現下天下是皇上的天下，皇上的世界萬萬年，再叫甚麼『改世』、『爭世』、『亂世』，就不妥當了。再說，金蛇是條小金龍，『金蛇王』的稱號，也得改一改才是。」

李自成皺眉道：「這些名號，將來總是要改的，有功之人，封王、封公、封侯，封大將軍、副將軍，一個也不會落空。」衆將轟然稱謝。

制將軍高必正朗聲道：「啓奏皇上：昨夜晚營裏有兄弟大聲叫嚷：『皇帝就讓你做，大家都是拚了命來的，普天下的金錢財物、花花姑娘，難道你就要一人獨吞，總該讓兄弟們也分一些吧！』一個人叫，幾百人和，彈壓不下來，軍心不穩得很。」藺養成怒道：「甚麼軍心不穩？都是你這種人在縱容部下。他們搶了財物姑娘，還不是將最好的分給你？」

高必正呼的一聲，縱出身來，喝道：「藺將軍，你跟隨大王，還不過年把半年，就來對我們老兄弟呼呼喝喝，還不是想把大王的老兄弟們趕的趕，殺的殺，讓大王孤零零的眞正成爲孤家寡人，你們左革五營，十三家的老朋友，就想自己來坐天下、坐龍廷！」藺養成大怒，喝道：「放你的狗屁！」高必正猛力一拳，正中藺養成右眼，登時鮮血四濺。他待要再打，身後一名滿臉花白鬍子的大漢搶將上來，在高必正背心上重重一推，將他推開數尺。

十幾名將領大聲叫嚷：「老回回，老回回，你打我們老兄弟，想造反嗎？」衆人擁將上來，向老回回、藺養成二人打去。李自成只是大叫：「自己兄弟，不可動粗！」但他叫聲柔和無力，衆人竟不理會，反打得更加狠了。眼見老回回、藺養成二人勢弱，頃刻間落於下風。

袁承志聽了衆人爭執，藺養成說得比較有理，顧全大局，眼見衆將羣毆，藺養成與老回回勢孤，給二十多人圍住了，已給打得頭破血流，李自成卻不著力制止，左金王、革裏眼、爭世王劉希堯三人走過去想勸，卻給老兄弟們攔住了不得近前。

袁承志當即躍身上前，將出手毆打藺養成與老回回最兇的四五人後領抓住，提在一旁，順手點了輕微穴道，讓他們一時不能再上前打人。這般幾次提開，藺老二人身邊便無毆擊他們之人。兩人神情狼狽，滿臉是血。李自成只說：「自己兄弟，不可動粗！」袁承志大聲喝道：「皇上有旨，不可動手打人，大家該當遵旨！」

衆人慢慢安靜下來，仍不停口議論。權將軍劉宗敏叫道：「李岩、袁承志，你們毆打大王的老兄弟，打老本，吃老本，拉攏左革五營，拉攏曹操的舊屬，是存心造反嗎？」袁承志道：「我是遵奉皇上的旨意，制止衆兄弟動武，幾時打過人了？曹操、劉備、關公、諸葛亮，他們死了幾千年啦，還有甚麼舊屬？我去拉攏他幹麼？劉將軍，你說話有點胡裏胡塗！」劉宗敏怒道：「甚麼胡裏胡塗？老回回馬守應，難道你不是曹操羅汝才的好朋友？老回回，你自己倒說說看，你毆打大王的老兄弟，瞧不起咱們老兄弟，是不是想爲曹操報仇，要爲他翻案啊！」

老回回臉上鮮血一滴滴的往衣襟上流，他指著自己的臉，說道：「劉將軍，你瞧瞧，是我打了大王的老兄弟，還是大王的老兄弟打了我。咱們同在大王麾下殺官造反，該當齊心合力，同生共死，你怎麼又分甚麼老兄弟、新兄弟，豈不讓大家寒心？剛才若不是這袁兄弟拉開打我的人，我早給你們老兄弟打死了。」

他轉頭向著李自成道：「大王，你倒說說這個理看。我向來是曹操的老朋友，可是我做人有甚麼含糊了。曹操當年投降熊文燦，操他娘的不要臉，老子跟他絕交，碰上他的隊伍，老子就拚命的打，可有半點手軟？後來他轉而跟了張獻忠，老子才跟他重行套交情。前年他轉投大王，還不是我拉攏的？大王封他爲『代天輔民威德大將軍』，那好得很啊，他爲大王出了不少力氣，隊伍也大了，攻下不少城池。劉將軍你就喝醋，曹操的位子高過了你，你就說他的壞話，造他的謠，大王聽信了黃州那個姓陳王八蛋的謠言，中了反間計，說曹操要向朝廷投誠，要殺大王，那全是假的。大王先下手爲強殺了他，後來大王說後悔得很。這都是你們強要分老兄弟、新兄弟鬧的禍，大家拿起了刀子跟官軍拚命，個個是好兄弟，有甚麼老的新的好分？你瞧著我們新兄弟不順眼，那麼你們老兄弟就把我們新兄弟殺個乾乾淨淨好了。我們只奉大王做皇帝，他說甚麼，我們就幹甚麼。劉將軍，你想殺盡我們新兄弟，只怕也沒這麼容易呢！」他邊說邊伸袖子拭血，眉毛、鬍子上全沾滿了鮮血，神情可怖。

李自成揮揮手道：「馬兄弟，舊事不必提了。曹操人也死了，他的部下都去投了張獻忠，還有甚麼說的？」他提到曹操，似乎有點心灰意懶，也似有些內疚於心。

李岩等知道李自成襲殺綽號曹操的羅汝才，是中了黃州姓陳書生的反間之計，不但自傷大將，而且兩軍自相殘殺，逼得羅汝才一支精銳之師投向張獻忠，自己元氣大傷，而且衆大將人人心寒，均覺羅汝才功高戰勇，部屬了得，只因大王疑心他想篡奪己位，便即加害。這一件大冤案，對李自成的大業打擊沉重。李岩當年曾竭力勸阻，李自成卻信了劉宗敏等人之言，釀成大錯。其後李自成也深爲懊悔，但他並不認錯，此刻老回回忍不住抖了出來，李岩等料想以李自成生性之忌刻，老回回今後不免要遭報復。

李自成向衆兄弟一個個瞧過去，尋思：「畢竟是宗敏他們老兄弟靠得住，他們決計不會反我。老回回、亂世王、爭世王、左金王、革裏眼這些人，他們自己義氣深重，跟我有甚麼義氣？一遇到好機會，只怕還會殺了我爲曹操報仇呢！」向姪兒李雙喜、老兄弟劉宗敏、表弟高必正等瞧了一眼，想到了四年前在魚腹山給官軍圍困的事：

……那時官軍四面八方圍住了，幾次突圍不得，我無可奈何，便想上吊，以免落入官軍手中。雙喜極力勸阻，說道拚死一戰，就算給官兵殺了，也要多拚幾個。我部下將官好多人出去投降了。我走進一座廟宇，身邊只宗敏跟隨著，我向居中而坐的關帝爺爺作了三個揖，對宗敏道：「宗敏，咱們深入絕地，已經走投無路了。」

我抽出身邊寶刀交給宗敏，說道：「我要請關老爺指點，我把杯珓擲下去，如果是陽珓，吉利的，咱們拚命再幹！要是陰珓，那是菩薩教我們不必多傷人命了。三次都是陰珓，你就一刀砍了我的頭，提了我首級出去投誠。叫衆兄弟都不必打了，保住自己性命和家人的性命要緊。大明天子氣運還在，咱們幹他不過。天意是這樣，沒甚麼好說的。」宗敏把刀接過去，往地下一抛，說道：「大哥！我決不能殺你頭，倘若菩薩教咱們不幹了，我換上你的衣服，冒充是你，你砍了我頭出去假投降好了。留得青山在，不怕沒柴燒。」我搖了搖頭，說道：「兄弟，不行，他們認得我的。你砍我的頭好了！」

我跪下來向關帝磕頭，說道：「關老爺，小人李自成受官府欺壓，給財主拷打，受逼不過，起來造反，只盼能讓天下苦人兄弟有口飯吃，活得下去。算命的、看相的都說我有天子之分，命中是要做皇帝的，也不知是眞是假。今日小人身在絕路，命在頃刻，請關老爺指點明路，到底小人今生今世是不是有做天子的命，倘若沒有，小人一個人死了也就是了，不必累得千萬兄弟們都送了性命！」

我拿起神案上的杯珓，站起身來，雙手過頂，祝告說：「關老爺保佑，請你指點明路。」恭恭敬敬的向上拋起，劈啪一聲，杯珓落下地來，我閉了眼睛不敢去看，如是兇兆，就由宗敏一刀將我腦袋砍了下來，一了百了，也不用擔驚受怕，受這沒了沒完的煎熬了。只聽得宗敏歡聲大叫：「陽珓，陽珓，大哥，大吉大利！」我睜開眼來，只見面前一對杯珓都是背脊向上，是大吉大利的陽珓。我還不信，又向關老爺祝告，再擲一次，仍是陽珓。我再向關老爺祝告，第三次把杯珓丟得好高，眼睜睜的盯著，見一對杯珓落了下來，在地下一陰一陽，忽然間那陰珓翻了個身，變了陽珓。

三卜三吉，我更無懷疑，兩個人精神大振，出去跟衆兄弟說了，大家都叫：「李大王命中要做天子，大夥兒幹下去，個個有好日子過！大王坐龍廷，大夥兒也決計差不了！」就這樣，好多兄弟燒了行李輜重，殺了自己妻子、兒子，免得礙手礙腳，輕騎急奔，從鄖陽、均縣殺入河南。官兵再也圍不住，正好碰到河南大旱，數萬災民都跟從了我，從南陽攻宜陽，殺了知縣唐啓泰，攻入永寧，殺了知縣武大烈，這樣一來，官兵再也阻我不住了。我們打一仗，勝一仗，一直攻進了北京城……

李自成回想到那日在關帝廟中投擲杯珓的情景，身子一顫，不由得出了一陣冷汗，心想：「那日伴著我的，如果不是老兄弟劉宗敏，而是老回回、左金王、革裏眼這些新兄弟，倘若我擲出來的不是大吉大利的陽珓，而是不吉不利的陰珓，他們必定會砍了我的頭出去投降，既保自己性命，又有功名富貴，爲甚麼不幹？」

劉宗敏道：「啓奏皇上，那一年在魚腹山中被圍，你三卜三吉，關老爺說得淸楚不過，你命中要做天子。就算新兄弟們不來歸附，你還是要坐龍廷的。那日老兄弟們燒了行李財物，殺了大老婆、小老婆，就是決心跟隨你殺官兵、打天下。皇上啊，人心是肉做的，就算他們一個個都不罵我，不操我劉宗敏的老娘，天地良心，他們今日要搶回當年燒了的行李財物，搶回一個大老婆、小老婆，我劉宗敏也決計不忍心殺了他們！」說到這裏，忍不住放聲哭了出來。

李自成舉起左袖，自己拭了拭眼淚，心想：「這江山，總是依靠老兄弟們打的，要是讓老兄弟寒了心，大家不肯爲我出死力，明朝雖已推倒，還有滿淸大軍呢，張獻忠的兵力就不比我差。老回回他們的『左革五營』看來也挺靠不住。牛金星先前還說，百姓說甚麼『十八子，主神器』，這『十八子』不是說我李自成，而是李岩，下面還有一句『山下石，坐龍椅』，連起來就是說：『十八子，主神器，山下石，坐龍椅。』操你奶奶的，還挺押韻呢。山下石，可不是個『岩』字嗎？那金蛇王袁承志，是李岩的義弟，手下的兵將驍勇善戰，可輕視不得呢！」情不自禁的橫眼向李岩瞧去，見他一臉平靜無事的模樣，伸出雙手，似乎向人懇求，說道：「各位兄弟，大家靜一靜，聽皇上的吩咐。皇上怎麼說，大家就怎麼幹。總而言之，咱們自己好兄弟，只能一致對外，可決不能自己人打自己人，自己人殺自己人。」

李自成登時怒氣勃發，心想：「你說決不能自己人殺自己人，明著是罵我殺曹操是殺錯了。他對我無禮，暗中計算想殺我，你又不是不知道，老子倘若不是先下手為強，給曹操先下了手，你李岩難道會給我報仇麼？你滿肚皮鬼計，不錯，你會給我報仇的，你統率衆兄弟，去殺了曹操，那可不就是山下石，坐龍椅麼？哼，哼！」當即大聲叫道：「袁承志，你出去！你新來乍到，不能打老兄弟，聽到了嗎？」

袁承志想辯：「我沒打老兄弟。」但見李岩向自己使個眼色，下頦向外一擺，當即會意，大聲應道：「是！遵奉皇上聖旨，屬下告退！」轉身出殿，李岩也躬身道：「屬下告退！」

老回回、革裏眼、左金王、亂世王、爭世王等均想，倘若爭鬥再起，只有給老兄弟們魚肉的份兒，正要辭出，只見一個中等身材的大將走上兩步，躬身道：「請皇上下旨，到底咱們對弟兄們怎麼說才是？」李自成道：「谷兄弟，你說該當怎麼說？」那將軍叫做谷大成，說道：「屬下只懂得聽皇上吩咐拚了命打仗，皇上怎麼說，大夥兒就怎麼幹。」爭世王劉希堯心想：「這谷大成倒機伶得緊，我也湊上幾句。」說道：「谷大哥說得對，大夥兒不可爭吵，人人聽皇上的聖旨便是。」

眾人身後一個聲音輕聲道：「陳圓圓不能送還給吳三桂，咱們搶了的花姑娘，可也不能送還了。」劉宗敏大聲道：「有甚麼話，站到前面來說，膽小鬼，躲在後面做縮頭烏龜，偏要放屁！」後面那人自然不敢再開口，一時之間，大廳上寂靜無聲。

李自成心想：「我還要依靠老兄弟，可不能管得他們太緊了。張獻忠只要說一句：『大夥兒來跟我，金銀財寶花姑娘，誰搶到就是誰的，老子決計不管。』鬨的一下，只消半天功夫，我手下幾十萬人全都投了他去，我一個光桿兒還做甚麼狗屁皇帝。」明知縱容部下奸淫擄掠，大大不對，但騎上了虎背，實逼處此，要把如花如玉的陳圓圓從後宮中拉出來送還給吳三桂，可萬萬捨不得，何況送不到半路，多半就會給劉宗敏、谷大成、老回回他們搶了去，大家還不是一場空！不由得長嘆一聲，說道：「大夥兒這就散了罷，辛苦了這麼久，也該息息了，也該過幾天好日子了。能勸得弟兄們收一收手，那是最好！要是當眞不聽話，要找些兒樂子，大家是過命的好兄弟，親骨肉一樣的人，個個是我心頭的肉，還眞能把他們一個個都殺了剮了嗎？」說著搖了搖頭。

老回回朗聲道：「大王，兄弟們搶掠財物婦女的事，你既說這麼辦，大家就這麼辦！乘著衆位將軍、大臣都在這裏，曹操羅汝才大哥的冤枉，可得平反。」

李自成臉色一變，沉聲道：「怎麼平反？要殺了我爲他抵命麼？」左金王賀錦說道：「那當然不是。皇上所以要殺了羅大哥，是錯聽了那壞鬼書生陳黃中的讒言。他說羅大哥軍中的馬，屁股上都烙了個『左』字，是要投向左良玉。其實，皇上，羅大哥是中了這陳黃中的詭計，把馬軍五千匹馬，屁股上全都烙了字，馬軍分爲前後左中右五隊，也就分烙了前、後、左、中、右五個字，以免混亂。那陳黃中叫人牽了來給大王瞧的，全是左隊馬軍的馬，自然都烙了個『左』字，大王信了他，就派兵偷襲暗算羅大哥，把他殺了，羅大哥可死得不明不白啊。大王要是不信，咱們再去牽四千匹馬來，有的烙了『前』字，有的烙了『後』字，有的烙了『右』字，有的烙了『中』字。羅大哥忠心耿耿，他可眞死得冤啊！」他轉頭叫道：「牽進來！」

只聽得馬蹄聲響，五名兵士牽了五匹馬進來，每匹馬的臀上，果然分別烙了「前、後、左、中、右」五個字，五字一般大小，筆劃相似，顯是同時烙的。那五名兵士手中還持著五塊烙鐵。衆將久在軍中，都知是在馬身上烙字之用，那五塊烙鐵中凹凸的字形，也確是「前後左中右」五字。

李自成臉色發紫，啞聲道：「快把那陳黃中這畜生拿來，把他千刀萬剮！」一位英氣勃勃的將軍朗聲道：「啓奏大王，左金王查知了羅大哥的冤枉，軍中憤憤不平之人甚多，小將昨天無法啓稟皇上，怕弟兄們鬧事，已擅自將那陳黃中這畜生殺了，陳屍在午門之外，衆兄弟每人一刀，已將他斬成了肉醬，小將擅自行事，請皇上治罪。」這人是田見秀，也是職居權將軍，勢力與劉宗敏相埒。

李自成點頭道：「殺得好，殺得好，你有功無罪。牛金星，你去支一萬兩銀子，跟左金王一同去送給曹操的家屬。」革裏眼賀一龍叫道：「多謝大王！不過曹操還有甚麼家屬？他給大王一處死，劉將軍就把他妻子兒女，一個個殺得乾乾淨淨了！」

李自成哼了一聲，轉身走入後殿。殿上衆將一鬨而散，有的歡聲呼嘯，快步奔出，想來又是率領部屬去搶先擄掠了。

次日上午，袁承志正在宅中和衆人談論昨日在殿中所見，洪勝海匆匆進來稟報：「制將軍來拜訪袁相公。」袁承志急忙迎出，見李岩神色嚴重，怕有大事發生，忙迎入書房。

李岩道：「兄弟，大事不妙。大王命劉將軍他們殺了亂世王、革裏眼兩位兄弟，老回回見情勢不對，已帶了自己的隊伍，以及亂、革兩營人馬，一共三營，反出順天，投西南而去。」袁承志驚道：「大王為甚麼要殺自己兄弟？亂世王和革裏眼要反大王嗎？」李岩搖頭道：「亂、革二人忠心耿耿，怎麼會反大王？定是昨日議論羅汝才羅大哥冤枉被害，說話中得罪了大王，加上牛金星、劉宗敏他們從中挑撥，大王忍不住氣，就此殺了二人。」兩人長聲嘆息。袁承志留李岩用了午飯，繼續商量時局。

說到申酉之交，天色向晚，李岩正要告辭，忽然宋獻策來訪。他說先曾到李岩府上，得知他在果毅將軍處，便尋著過來。

宋獻策說道：「今日上午，大王點兵追趕老回回不及，大發脾氣，召集諸將集議。」李岩道：「左革五營誓共生死，老回回既去，藺、革二人又死了，須得保護劉賀二人，又得防他們作亂。」宋獻策道：「大家商量的就是這件事。不過牛金星那廝卻不斷說你的壞話，也說我的壞話。」李岩怒道：「你我二人行得正，坐得正，有甚麼壞話好說？」

宋獻策道：「大王在河南之時，人心不附，那時我想了個計議出來，造了一句讖語，說是『十八子，主神器』，叫人到處傳播。十八子，拚起來是個『李』字，便是說大王應有天下。老百姓們聽到了，以為大王天命攸歸，大家都來歸附，咱們的聲勢登時大了起來。李將軍可還記得麼？」李岩道：「怎不記得？我作兒歌，你作讖語，動搖明朝的人心，可也有些功勞啊。」宋獻策搖頭道：「牛金星對大王進讒，說那句『十八子，主神器』，不是指大王，而是指你李將軍！下面又加上一句話，說甚麼『山下石，坐龍椅』，押韻得很。」

李岩心頭大震，他知自古以來帝皇最忌之事，莫過於有人覬覦他的寶座。歷朝開國英主所以屠戮功臣，如漢高祖、明太祖等把手下大將殺得七零八落，便是怕他們謀朝篡位，李自成要是信了這句話，那可糟了，不由得顫聲道：「這……這……這……」

宋獻策道：「大王英明，未必就信了，制將軍也不用擔心。不過今日諸將大會，會中劉將軍、李將軍、高將軍他們，衆口一辭的都說制將軍自鳴淸高，瞧不起友軍，說他們部屬借住民房，跟老百姓借幾兩銀子，跟大娘閨女們說幾句話，制將軍的部下就去呼喝干涉。牛金星卻道，制將軍這不是自鳴淸高，而是收羅人心，胸懷大志。李雙喜將軍是大王的嫡親姪兒，高必正將軍是大王的表弟，咱們疏不間親，很難說得上話。」

李岩氣得說不出話來，臉色發白，騰的一聲，重重坐落椅中。

宋獻策道：「我爲制將軍分辯得幾句，大家就大罵我宋矮子三分不像人，七分倒像鬼，最會胡說八道。我氣不過，就出來了。」

李岩拱手道：「多承宋軍師見愛，兄弟感激不盡。」宋獻策歎道：「田將軍、劉芳亮將軍、谷大成將軍他們幾位，倒說了公道話。咱們雖然打下了北京，可是江南未平，吳三桂雖降，其心尚不可測，滿洲韃子虎視眈眈，更是一大隱憂。大王大業未成，卻先自誅殺異己，衆軍虐待百姓，鬧得人心不附。」三人相對歎息，宋獻策起身告辭，李袁二人送出大門。

袁承志聽了宋獻策一番話，見他雖然身高不滿三尺，形若獼猴，容貌醜陋，說話卻極有見識，說道：「大哥，這位宋軍師實是個人才。」李岩道：「他足智多謀，很了不起。只是大王愛聽牛金星的話，不肯重用宋軍師。其實大王許多攻城掠地的方略，都是出於宋軍師的主意。」李岩隨即告辭，袁承志道：「我送大哥幾步。」他怕李自成手下有人會暗害李岩，送一段路是保護之意。

兩人默默無言的攜手同行，走了數百步。

李岩道：「大王雖已有疑我之意，但爲臣盡忠，爲友盡義，我和大王共歷患難，創建大業，終不能眼見大王大業敗壞，閉口不言。你卻不用在朝中受氣了。」

袁承志道：「正是。兄弟是做不來官的。大哥當日曾說，大功告成之後，你我隱居山林，飲酒長談爲樂。何不就此辭官告退，也免得成了旁人眼中之釘？」李岩道：「大王眼前尚有許多大事要辦，總須一統天下之後，我才能歸隱。大王昔年待我甚厚，他雖打下北京，但軍紀敗壞，屬下衆將四分五裂，自相殘殺，眼見他前途危難重重，艱險萬分，那正是我盡心竭力、以死相報之時。大王以國士待我，我當以國士相報。小人流言，我也不放在心上。」

兩人又攜手走了一陣，只見西北角上火光沖天而起，料是闖軍又在焚燒民居。李岩與袁承志這幾天來見得多了，相對搖頭歎息。暮靄蒼茫之中，忽聽得前面小巷中有人咿咿呀呀的拉著胡琴，一個蒼老嘶啞的聲音唱了起來，聽他唱道：

「無官方是一身輕，伴君伴虎自古云。歸家便是三生幸，鳥盡弓藏走狗烹……」

只見巷子中走出一個年老盲者，緩步而行，自拉自唱，接著唱道：

「子胥功高吳王忌，文種滅吳身首分。可惜了淮陰命，空留下武穆名。大功誰及徐將軍？神機妙算劉伯溫，算不到：大明天子坐龍廷，文武功臣命歸陰。因此上，急回頭死裏逃生；因此上，急回頭死裏逃生……」

李岩聽到這裏，大有感觸，尋思：「明朝開國功臣，李善長、劉基、傅友德、朱亮祖、馮勝、李文忠、藍玉等等大功臣盡爲太祖處死。這瞎子也知已經改朝換代，否則怎敢唱這曲子？」瞧這盲人衣衫襤褸，是個賣唱的，但當此人人難以自保之際，那一個有心緒來出錢聽曲？只聽他接著唱道：

「君王下旨拿功臣，劍擁兵圍，繩纏索綁，肉顫心驚。恨不能，得便處投河跳井；悔不及，起初時詐死埋名。今日的一縷英魂，昨日的萬里長城。……」

他一面唱，一面漫步走過李岩與袁承志身邊，轉入了另一條小巷之中，歌聲漸漸遠去，說不盡的悽惶蒼涼。「今日的一縷英魂，昨日的萬里長城……」曲調聲在空中盪漾，餘音裊裊不絕。

袁承志心情鬱鬱，回到住處，只見大廳中坐著一人。那人一見袁承志，便奔到廳口，叫道：「小師叔，你回來啦。」那人粗衣草履，背插長刀，正是崔秋山之姪崔希敏。袁承志喜道：「你也來了。有甚麼事？」崔希敏從身邊取出一封信來，雙手呈上。

袁承志見封皮上寫著「字諭諸弟子」字樣，認得是師父筆跡，先作了一揖，然後恭恭敬敬的接過來，抽出信紙，見信上寫道：

「吾華山派歷來門規，不得在朝居官任職。今闖王大業克就，吾派弟子功成身退，其於四月月圓之夕，齊集華山之巔。」下面簽著個「淸」字。

袁承志道：「啊，會期就將臨近，咱們該得動身了。」崔希敏道：「正是，我叔叔他們也都要去呢。」

袁承志入內對衆人說了，卻不見青青，問焦宛兒道：「夏姑娘呢？」宛兒道：「好一會沒見她啦，我去瞧瞧！」袁承志道：「我去叫她。」走到青青房外，在門上用手指彈了幾下，說道：「青弟，是我。」房內並無聲息，候了片刻，又輕輕拍門，仍無回音。

袁承志把門一推，房門並未上閂，往裏張望，只見房內空無所有，進得房去，不禁一呆，原來她衣囊、長劍等物都已不見，連她母親的骨灰罐也帶走了，看來似已遠行。

袁承志大急，在各處翻尋，在她枕下找到一張字條，上面寫道：

「既有金枝玉葉，當然拋了我平民百姓。」

袁承志望著字條呆呆的出了一會神，心中千頭萬緒，不知如何是好，自思：「我待她一片眞心誠意，她總是小心眼兒，處處疑我。男子漢大丈夫做事光明磊落，但求心之所安。我們每日在刀山槍林中出死入生，又怎能顧得到種種嫌疑？青弟，青弟，你實在太不知我的心了。」一想到這裏，不禁一陣心酸，又想：「她上次負氣出走，險些兒失閃在洋兵手裏，這時候兵荒馬亂，卻又不知到了那裏？」想起那晚與阿九同衾相擁，也並非全不動心，此後也一直頗起見異思遷之念，不禁自愧，心想：「我的確是變了心。青弟如此責我，倒也非全然無因，未必眞是她錯怪了我！」

他獃獃坐在床上，茫然失措。焦宛兒輕輕走進房來，見他猶如失魂落魄一般，不覺吃驚。衆人得知訊息後，都湧進房來，七張八嘴，有的勸慰，有的各出主意。

焦宛兒年紀雖小，對事情卻最把持得定，當下說道：「袁相公，你急也無用。夏姑娘一身武藝，有誰敢欺侮她？這樣罷，你會期已近，還是和啞巴叔叔、何姊姊等一起上華山去。程伯伯和我留在這裏看護阿九妹子。沙叔叔、鐵老師、胡叔叔和我們金龍幫的，大夥兒出去找夏姑娘，再傳出江湖令牌，命七省豪傑幫同尋訪。找到之後，立即陪她上華山來相會。你放心，阿九妹子的安危，唯我是問。你待我這樣好，我盡心竭力，照顧阿九妹子，決不負你。」說著一拍胸口，大有豪氣。

袁承志連連點頭，道：「焦姑娘的主意很高，就這麼辦。程老夫子和焦姑娘最好陪同公主出京遠避，留在京中可不大穩便。權將軍為人不端，定要侵害公主。惕守，你武功強，幫著照看保護。惕守還沒正式入我門中，待我稟明師父之後再說。這一次不必同上華山了。」何惕守眼睛一溜，正想求懇，忽想青青也曾有疑己之意，和袁承志同行只怕不甚妥當，當下微微一笑，也就不言語了，尋思：「你不讓我去華山，我偏偏自己來。」她做慣了邪教教主，近來雖大為收斂，畢竟野性未除，也不理會袁承志的吩咐，只管籌劃如何自行上華山拜見祖師。又想：「師父一心只放在公主身上，我只有保護得公主平平安安，才討得師父的歡心。」

袁承志安排已畢，次日向闖王與義兄李岩辭別。李自成見了穆人清的諭字，知他奉有師命，眼見留他不住，便賞賜了許多大內珍寶。袁承志要待推辭，李岩連使眼色，袁承志只得謝過受了。

李岩送出宮門，嘆道：「兄弟，你功成身退，那是最好不過……」說著神色黯然。

袁承志道：「大哥你多多保重，千萬小心。田見秀、谷大成、劉芳亮他們幾位，顧全大局，明白事理，緩急之際，可跟他們商量。請你勸告大王，要約束眾兄弟不可欺侮百姓，也不要對付劉希堯、賀錦這些自家兄弟。大哥如有危難，小弟雖在萬里之外，一得訊息，也必星夜趕來。」兩人洒淚而別。

當日下午，袁承志與啞巴、崔希敏、洪勝海等取道向西，往華山進發。各人乘坐的都是駿馬，腳程甚快，不多時已到了宛平。

衆人進飯店打尖，用完飯正要上馬，洪勝海瞥眼間忽見牆角裏有一隻蝎子、一條蜈蚣，都用鐵釘釘在牆腳。他微覺奇怪，輕扯袁承志的衣服。袁承志凝眼看去，點了點頭，心想這必與五毒教有關，可惜何惕守沒同來，不知這兩個記號是甚麼意思。

洪勝海借故與店小二攀談了幾句，淡淡的道：「那牆腳下的兩件毒物，倒有些古怪。」店小二笑道：「要不是我收了銀子，眞要把這兩樣鬼東西丟了。煩死人！」他一面說一面扳手指，笑道：「兩天不到，問起這勞什子的，連你達官爺不知是第十幾位了。」洪勝海忙問：「是誰釘的？」店小二道：「便是那個老乞婆啊！」洪勝海向袁承志望了一眼，問道：「是那些人問過呢？」說著拿了塊碎銀子塞在店小二手裏。

店小二口中推辭，伸手接了銀子，笑道：「不是叫化頭兒，就是光棍混混兒，那知道你達官爺也問這個……嘿嘿，可叫你老人家破費啦。」

袁承志揷口道：「那老乞婆釘毒物之時，還有誰在一旁嗎？」店小二道：「那天的事也眞透著希奇，先是一個青年標致相公獨個兒來喝酒……」袁承志急問：「多大年紀？怎生打扮？」店小二道：「瞧模樣兒比你相公還小著幾歲，生得這麼俊，我還道是唱小旦的戲子兒呢，後來見他腰裏帶著把寶劍，那可就不知是甚麼路數了。他好似家裏死了人似的，愁眉苦臉，喝喝酒，眼圈兒就紅了，眞叫人瞧著心裏直疼……」衆人知道這必是青青無疑。崔希敏怒道：「你別口裏不乾不淨的。」店小二嚇了一跳，抹了抹桌子，道：「爺們要上道了麼？」袁承志問：「後來怎樣？」店小二望了崔希敏一眼，說道：「過了一會兒，忽然樓梯上腳步響，上來一位老爺子，別瞧他頭髮鬍子白得銀子一般，可眞透著精神，手裏提著根龍頭拐杖，騰的一聲，往地下一登，桌上的碗兒盞兒便都跳了起來。」洪勝海又塞了塊碎銀給他，要他詳細說來。

袁承志心中大急：「溫方山那老兒和她遇上了，青弟怎能逃出他毒手？」

店小二又道：「那老爺子坐了下來，要了酒菜。他剛坐定，又上來一位老爺子。那眞叫古怪，前前後後一共來了四個，都是白頭髮、白鬍子、紅臉孔，倒像是一個模子裏澆出來的一般，要找這四個一模一樣的老爺子，那可眞不容易得緊了。這四人有的拿著一對短戟，有的拿著一根皮鞭。他們誰也不望誰，各自開了一張桌子，四個老兒把那位年輕相公圍在中間。」袁承志聽到這裏，心想：「那晚溫方悟在宮中爲惕守所傷，中了她鐵鉤，但惕守又給了他解藥，想來解了毒，因此仍有四人。」只聽那店小二續道：「我越瞧越透著邪門，再過一會兒，那老乞婆就來啦。掌櫃的要趕她出去，那知噹的一聲，嘿，你道甚麼？」崔希敏忙問：「甚麼？」店小二道：「這叫做財神爺爺著爛衫，人不可以貌相。噹的一聲，她抛了一大錠銀子在櫃上，向著那四個老頭和那相公一指，叫道：『這幾位吃的，都算在我帳上！』你老，你可見過這般闊綽的叫化婆麼？」洪勝海逗他說話，接口道：「那倒沒見過。」

袁承志越聽越急，心想：「溫氏四老已經難敵，再遇上何紅藥，可如何得了？」

店小二越說興致越好，口沫橫飛的道：「那知他們理也不理，自顧自的飲酒。那老乞婆惱了，叫了一聲，一張手，一道白光，直往那拿拐杖的老兒射去。」崔希敏道：「你別瞎扯啦，難道她還真會放飛劍不成？」店小二急道：「我幹麼瞎扯？雖然不是飛劍，可也是幾成兒不離。只見那老兒伸出筷子，叮叮噹噹一陣響，筷子上套了明晃晃的一串。我偷偷蹩過去一張，嘿，你道是甚麼？」崔希敏道：「甚麼？」店小二道：「原來是一串指甲套子，都教那老兒用筷子套住啦。我剛喝得一聲采，只聽得波的一聲，你道是甚麼？」崔希敏道：「甚麼？」店小二拉著他走到一張桌子旁，道：「你瞧。」

只見那桌面有個小孔，店小二拿起一根筷子插入小孔，剛剛合式，說道：「那老兒提起筷子，就插進了桌面。這手功夫可不含糊吧？我是不會，可不知你老人家會不會？」崔希敏道：「我不會。」店小二道：「原來你老人家也不會，那也不打緊。老乞婆知道敵他不過，一聲不吭，怪眼一翻，就奔了出去。後來那青年相公跟著四個老頭子一起走了。原來他們是一路，擺好了陣勢對付那叫化婆的。」

袁承志問道：「他們向那裏去的？」店小二道：「向西南，去良鄉。五個人走了不多會兒，叫化婆又回轉來，在牆邊釘了這兩件怪東西，給了我一塊銀子，叫我好好侍候這兩隻毒蟲，別讓人動了。這幾日四下大亂，我們掌櫃的說要收鋪幾日，別做生意。老闆娘一定不肯，這才開市，倒讓我賺了一筆外快……」他還在嘮嘮叨叨的說下去，袁承志已搶出門去，躍上馬背，叫道：「快追！」

青青自見袁承志把阿九抱回家裏，越想越不對，阿九容貌美麗，清秀可愛，己所不及，何況她是公主，自己卻是個來歷不明的私生女，爺爺與父親都是江湖上匪類邪人，跟她天差地遠，袁承志非移情別愛不可。若不是愛上了她，怎會緊緊的抱住了她，輕憐密愛，含情脈脈？回到了家裏，在衆人之前兀自捨不得放手，難道又是假的？後來又聽人說道，李自成將阿九賜了給袁承志，權將軍劉宗敏喝醋，兩個人險些兒便在金殿上爭風打架，說到動武打架，又有誰打得過他？自然是他爭贏了。崇禎是他的殺父大仇，他念念不忘的要報仇，可是阿九只說得一句要他別殺她爹爹，他立刻就乖乖的聽話。「我的言語，他幾時這麼聽從了？只有他來罵我，那才是常事。」思前想後，終於硬起心腸離京，心裏傷痛異常，決意把母親骨灰帶到華山之巔與父親骸骨合葬，然後在父母屍骨之旁圖個自盡，想到孑然一身，個郎薄倖，落得如此下場，不禁自傷自憐。

這日在宛平打尖，竟不意與溫氏四老及何紅藥相遇。溫方山露了一手內功，何紅藥自知不敵，逕自退開。青青已抱必死之心，倒也並不驚懼，怕的是四老當場把她處死，那麼母親的遺志就不能奉行了，轉念之間，計謀已生，走到溫方達跟前，施了一禮，叫聲：「大爺爺！」然後逐一向其餘三老見禮。溫氏四老見她坦然不懼，倒也頗出意外。

青青笑問：「四位爺爺去那裏？」溫方達道：「你去那裏？」青青道：「我跟那姓袁的朋友約好了，在這裏會面，那知等到他這時候還沒來。」

四老聽得袁承志要來，人人心頭大震，那敢再有片刻停留？溫方義喝道：「跟我們去。」青青假意道：「我要等人呢。」溫方義手一伸，已隔衣叩住她手腕，拉出店門，兩人共乘一騎。四老儘往荒僻無人之處馳去，眼見離城已遠，這才跳下馬來。

溫方義把青青一摔，推在地下，罵道：「無恥小賤人，今日教你撞在我們手裏。」

青青哭道：「四位爺爺，我做錯了甚麼？你們饒了我，我以後都聽你們話。」溫方義罵道：「你還想活命？」嚓的一聲，拔出一柄匕首。青青哭道：「二爺爺，你要殺我麼？」溫方悟道：「你這叫做該死！」青青道：「三爺爺，我媽是你親生女兒，我求你一件事。」溫方山鐵青著臉，說道：「要活命那是休想！」青青哭道：「我死之後，求你送個信給我那姓袁的朋友，叫他獨個兒去找寶貝吧，別等我了。」

四老聽到「找寶貝」三字，心中齊震，同聲問道：「甚麼？」青青哭道：「我反正是死，秘密是不能說的。我只求你們送這封信去。」說著從湖色衫子上撕下一塊絹片，又從懷裏針線包內取出一根針來，刺破手指，點了鮮血，在絹片上寫起來。四老不住問她找甚麼寶貝，她只是不理，寫好之後，交給溫方山道：「三爺爺，你也不用見他，託人捎去宛平城裏剛才咱們相會的那處酒樓，這就得啦！」她雖是做作，但想起袁承志無良，當眞流下淚來。

四老見了她傷心欲絕的神情，確非作僞，一齊圍觀，只見絹片上寫道：「**今生不能再見，我父重寶，均贈予你，請自往挖取，不必等我。青妹泣白。**」

溫方義喝道：「甚麼寶貝？難道你眞知道藏寶的所在？」青青哭道：「我甚麼都不知道，反正我說也是死，不說也是死。」溫方悟道：「呸，壓根兒就沒甚麼寶貝。你那死鬼父親騙了我們一場，現在你又想來搞鬼。」

青青垂頭不語，暗暗伸手入懷，解開了一對翡翠鴛鴦的絲絛。這本是鐵箱中之物，當整理珍寶金銀之時，她見這對翡翠鴛鴦玉質晶瑩，碧綠通透，雕刻精致靈動，就取來繫在身上，那是紀念她與袁承志共同得寶之意，十箱珍寶不計其數，也不少了這對小小鴛鴦。她突然站起，叫道：「這信送不送也由你們了，這就殺了我吧！」只聽叮叮兩聲清脆之音，一對鴛鴦落在地下。青青俯身要拾，溫方悟已搶先撿起。四老數十年爲盜，豈有不識寶貨之理？見翡翠鴛鴦如此珍異，眼都紅了。四人心中突突亂跳，齊聲喝道：「這是那裏來的？」

青青含淚不語。溫方山道：「你好好說出來，或者就饒了你一條小命。」

青青道：「就是那批珍寶裏的。我和袁大哥照著爹爹留下來的那張地圖，挖到了十隻鐵箱，裏面都是珍奇寶物。東西實在太多，帶不了，我只揀了這對鴛鴦來玩。我們說好，這次要去全都挖了出來，那知你們……」說著又哭了起來。

四老走到一旁，低聲商議。溫方達道：「看來寶藏之事倒也不假。」溫方義道：「逼她領路去取。」三老都點了點頭。溫方山道：「先騙她說饒命不殺，等找到寶貝，再來好好整治這小賤人。」溫方悟道：「我有個主意：咱們掘出了珍寶，就把這小賤人埋在寶窟之中，等那姓袁的小畜生來掘寶，一掘掘到這個死寶貝，豈不是好？」三老同聲大笑，都說：「五弟這主意最高。」

四人商議已畢，興高采烈的回來威逼青青。青青起先假意不肯，後來裝作實在受逼不過，只得說出藏寶之地是在華山之巔。她是要四老帶她去華山，找到父親埋骨的所在，乘他們在荒山中亂挖亂掘之時，自己便可把母親骨灰和父親的骸骨合葬一起，然後橫劍自刎。不料她這句謊話一說，四老卻更深信不疑。當年溫氏五老擒住金蛇郎君，他也是將他們帶上華山。寶藏沒找到，還死了崆峒派的兩個同伙，金蛇郎君又突然失蹤，在他們腦海之中，卻已深印了寶物必在華山的念頭。當日張春九和那汪禿頭所以上華山來搜索，便也因此。

當下四老帶了青青，連日馬不停蹄的趕路，就只怕袁承志追到。

這日來到山西界內，五人奔馳了一日，已頗爲疲累，在一家客店中歇了。溫方義人最粗壯，食量最大，連聲急叫：「炒菜、斟酒，煮麵條兒！」等店伴端了飯菜上來，他就和往常一般，搶先稀裏呼嚕的吃了起來。三老和青青正要跟著動筷，溫方義忽從麵湯中挑起一物，驚叫一聲，登時直僵僵的不動了。四人大驚，看他所挑起的，赫然是一隻極大的黑色蜘蛛。溫方達一摸兄弟的手，已無脈搏，臉色發黑，鼻孔裏也沒氣了。

溫方悟驚怒交集，抓起店小二往地下猛力摔落，喀喇兩聲，店小二腿骨立斷，暈死了過去。溫方山搶出去，一把抓住掌櫃的胸口，用筷子挾起蜘蛛，喝道：「好大的膽子，竟敢謀財害命，這是甚麼？」那掌櫃嚇得魂飛天外，連聲道：「小店……小店是七十多年的老店，廚房最乾淨不過，怎……怎麼有這……這東西……」溫方山左手在他面頰上一揑，那掌櫃下頦跌下，再也合不攏口。溫方山筷挾蜘蛛，塞入他口裏，片刻之間，那掌櫃便即斃命。這時店中已經大亂，溫方達右手拿住青青手腕，防她逃走，左手抱起兄弟屍身。方山、方悟兩人乒乒乓乓一陣亂打，不分青紅皂白，將住客和店伴打死了七八個，隨即在客店中放起火來。旁人見他們逞兇，四散逃命。

三老將溫方義的屍身帶到野外葬了，又悲痛，又忿怒，猜不透一隻蜘蛛怎會如此劇毒。青青見過五毒教的伎倆，尋思：「原來那老乞婆暗中躡上我們啦。」

次日四人在客店吃飯，逼著店伴先嚐幾口，等他無事，這才放膽吃喝。

行了數日，一晚客店中忽然人聲嘈雜，有人大呼偷馬。溫方悟起身查看，將到馬廐時，黑暗中忽然嗤的一聲，一股水箭迎面射來。他急縮身閃避，已然不及，登時噴得滿臉都是，只覺奇腥刺鼻，知道不妙。他眼睛已經睜不開來，聽聲辨形，長鞭揮出，把偷施暗襲之人打得背脊折斷。另一人喝道：「老兒還要逞兇！」舉斧劈來。溫方悟長鞭倒轉，將那人連人帶斧捲起，用力揮出，那人一頭撞到牆上，腦漿迸裂。

溫方達、溫方山以爲區區幾個毛賊，兄弟必可料理得了，待得聽見溫方悟吼叫連連，忙搶出去看時，只見他雙手在自己臉上亂抓亂挖，才知不妙。溫方達將他抱住。溫方山縱身出外查看敵蹤，一無所見，回進店房時，見兄長抱住了五弟的身體大哭，原來溫方悟已然氣絕而亡，鬚眉臉頰，俱已中毒潰爛。

溫方達泣道：「二十年前，那金蛇惡賊從我們手裏逃了出去，那時他筋脈已斷，成爲廢人，身邊毒藥也早給我們搜出，可是崆峒派的兩位道兄卻身中劇毒而亡，莫非當時就是五毒教救了他……」溫方山道：「不錯，原來五毒教暗中在跟咱們作對。這次大家同受曹化淳之聘，圖謀大事，眼見已然成功，那五毒教教主何鐵手突然反臉，以致功敗垂成。直到現在，我仍不知是甚麼緣故。」溫方達沉思片刻，忽地跳了起來，叫道：「金蛇惡賊所用毒藥如此厲害，看來他就是五毒教的？」溫方山恍然大悟，說道：「必是如此。」

兩人想到當年金蛇郎君來靜岩報仇的狠毒，不覺慄慄危懼，當下把溫方悟的屍身埋葬了，商量了半天，決心先上華山，掘到寶藏之後，再找五毒教報仇，只是害怕他們暗中加害，不但飲食特別小心，晚上連客店也不敢住了。

這日兩兄弟帶了青青，宿在一座古廟的破殿之中。溫方達年紀雖老，仍具神力，搬了兩隻大石臼，一隻撐住前門，一隻撐住後門，這才安心睡覺。睡到中夜，佛像之後忽然悉悉數聲，兩人登時醒覺，只當是老鼠，也不以為意。

溫方山矇矓間正要再睡，忽然鼻管中鑽入一縷異香，頓覺身心舒泰，快美異常，全身飄飄蕩蕩的似乎神遊太虛，置身極樂。他心神甫蕩，立即醒悟，大叫一聲，跳了起來。溫方達雖事起倉卒，但究是數十年的老江湖，見機極快，拉住青青的手，提著她躍上供桌。星光熹微下，只見溫方山手舞鋼杖，使得呼呼風響，驀地裏震天價一聲巨響，佛像為鋼杖打去了半截。佛像後面躍出兩名黃衣漢子，一人使刀向溫方山攻去，另一人手執噴筒，又要噴射毒霧。溫方達右手連揚，波波兩聲，兩枝袖箭登時把兩名漢子穿胸釘死。溫方山並不住手，仍在亂舞亂打。

溫方達叫道：「三弟，沒敵人啦！」溫方山竟充耳不聞，他神智已為毒霧所迷，鋼杖越使越急。溫方達瞧出不對，搶上去要奪他兵刃。溫方山把鋼杖舞成一團銀光，急切間那裏搶得入去？突然間溫方山大叫一聲，杖柄倒轉，杖頂龍頭撞在自己胸前，鮮血直噴，雙腳一挺，眼見不活了。

青青見三位爺爺數日之內都為五毒教害死，溫方山是她親外公，向來待她比別的四個爺爺親厚些，這時不禁洒了幾點眼淚。溫方達默不作聲，把溫方山的屍身抱出去葬了，在墳前拜了幾拜，對青青道：「走吧！」青青在外公墳前叩拜了，只得隨著大爺爺連夜趕路。

溫方達一路防備更加周密。入陝西境後，有一名紅衣少年挨近他身邊，給他手起掌落，震破了天靈蓋。青青見了他鐵青了臉，越來越乖戾，連話也不敢跟他多說一句。

這日快到華山腳下，兩人趕了半天路，頗為口渴，在一座涼亭中歇足飲水，讓馬匹涼一涼汗。一名鄉農走進亭來，打著陝西土腔問道：「這位是溫老爺子吧？」溫方達喝道：「你要幹甚麼？」那鄉農道：「剛才有人給了我兩吊錢，叫我送信來給你。」溫方達道：「那人呢？」鄉農道：「他已騎馬走了。」

溫方達怕有詭計，命青青取信拆開，見無異狀，才接信箋，見共有三頁，第一頁上寫道：「**溫老大：你三個兄弟因何而死，欲知詳情，可看下頁。**」溫方達罵道：「他奶奶的！」忙展第二頁觀看，幾頁信紙急切間揭不開來。他伸手入嘴，沾了些唾液，翻開第二頁來，見箋上寫道：「你死期也已到了，如果不信，再看第三頁。」溫方達愈怒，隨手又在嘴中一濕，揭開第三頁，只見箋上畫了一條大蜈蚣，一個骷髏頭，再無字跡。氣惱中將紙箋往地下擲落，忽覺右手食指與舌頭上似乎微微麻木，定神一想，不覺冷汗直冒。

原來三張紙箋上均浸了劇毒汁液，紙箋稍稍黏住，箋上寫了激人憤怒的言辭，使人狂怒之際不加提防，以手指沾濕唾液，劇毒就此入口。這是五毒教下毒的三十六大法之一。金蛇郎君當年從何紅藥處學得，用在假秘笈之上，張春九即因此而中毒斃命。

溫方達驚惶中抬起頭來，見那鄉農已奔出數十步。他惱怒已極，趕出亭來，只覺頭暈腦眩，情知不妙，待要鎮懾心神，更覺頭痛欲裂，當下奮起神威，飛戟直往那鄉農後心擲去。那人正是五毒教的教徒，只道已然得手，那知短戟擲來，如風似電，大聲狂叫，鐵戟穿胸而過，身子竟給釘在地下。溫方達慘笑數聲，往後便倒。

青青叫道：「大爺爺，你怎麼啦！」俯身去看。溫方達左手疾伸，忽地挺戟往她胸口刺到。青青萬想不到他臨死時還要下此毒手，只覺眼前銀光閃耀，戟尖已戳到胸口，退避已然不及，只有閉目待死。忽聽噹的一聲，腳背上一陣劇痛，睜眼看時，短戟已給人打落在地，戟柄撞中了自己腳背。

她轉身要看是誰出手相救，突覺背心已給人牢牢揪住，動彈不得。那人取出皮索，將她雙手反背縛住，這才轉到她面前，正是五毒教的老乞婆何紅藥。

青青一股涼氣從丹田中直冒上來，心想落入這惡人手裏，死得不知將如何慘酷，倒是給大爺爺一戟戳死痛快得多了。

何紅藥陰惻惻的笑道：「你要我一刀殺了你呢，還是喜歡給一千條無毒小蛇來咬你七七四十九天，把臉孔弄得跟我一般模樣？」青青閉目不答。何紅藥道：「你帶我去找你那負心的父親，就不讓你零碎受苦。」青青心想：「反正我是要去找爹爹的埋骨之地，就讓她帶我去好了。」說道：「我也正要去尋爹爹，你跟我一同去吧。」

何紅藥見她答應得爽快，不禁起了疑心，但想金蛇郎君已成廢人，武功全失，也不怕他怎的，冷笑道：「好，你帶路。」青青道：「放開我，讓我先葬了大爺爺。」

何紅藥道：「放開你？哼！」拾起溫方達的短戟，在路旁掘了個大坑，將溫方達和那名五毒教徒兩人的屍身都投入坑裏，蓋上泥土，掩埋時不住喃喃咒罵：「你父親雖是壞蛋，可是我不許別人折磨他。這四個老頭兒弄得他死不死、活不活的，我早就要找他們的晦氣了。直到今日，方洩了心頭之恨。怎麼你又叫他們做爺爺？」

青青不答，心想：「我如說了，你又要罵我媽媽。」便道：「他們年紀老，我便叫爺爺！總不成他們來叫我奶奶！」

這天兩人走了四五十里，在半山腰裏歇了。何紅藥晚上用皮索把青青雙足牢牢縛住，防她逃走。次日一早，天剛微明，何紅藥解開青青腳上皮索，兩人又再上山。山路愈來愈陡，到後來須得手足並用，攀藤附葛，方能上去。何紅藥左手已失，無法拉扯青青，於是解去她手上皮索，讓她走在前頭，自己在後監視。青青從未來過華山，反須何紅藥指點路徑。

當晚兩人在一棵大樹下歇宿。青青身處荒山，命懸敵手，眼見明月在天，耳聽猿啼於谷，想起父母和袁承志，思潮起伏，又悲又怕，那裏還睡得著？

次晨又行，直至第三天傍晚，才上華山絕頂。青青聽袁承志詳細說過父親埋骨之所四周的景物，這時抬頭望見峭壁，見石壁旁孤松怪石，流泉飛瀑，正和袁承志所說的一模一樣，不禁一陣心酸，流下淚來。

何紅藥厲聲道：「他躲在那裏？」青青向峭壁一指道：「那石壁上有一個洞，爹爹就住在這裏面。」何紅藥側頭回想，記得當年金蛇郎君藏身之處確在此左近，咬牙切齒的說道：「好，咱們上去見他。」青青見她神色可怖，雖然自己死志已決，卻也不禁打了個寒噤。兩人繞道盤向峭壁頂上，走出數十步，忽聽得轉角處傳來笑語之聲。

何紅藥拉著青青往草叢裏縮身藏起，右手五根帶著鋼套的指甲抵住她咽喉，低聲喝道：「不許作聲！」從草叢中望出去，只見一個老道和一個中年人談笑而來。

青青認得是木桑道人和袁承志的大師兄銅筆鐵算盤黃眞，這兩人武功都遠勝何紅藥，但自己只要一動，五枚毒指甲不免立時嵌入喉頭，只聽黃眞笑道：「師父他老人家這幾天就快上山啦。小師弟日內總也便到。道長不愁沒下棋的對手。」木桑笑道：「要不是貪下棋，你們華山派聚會，我老道巴巴的趕來幹麼呀？湊熱鬧麼？」兩人不住說笑，逐漸遠去。

何紅藥深知華山派的厲害，聽說他們要在此聚會，心想險地不可多躭，當下伏低身子，慢慢爬到峭壁之側，從背囊裏取出繩索，一端縛住一棵老樹，另一端縛著自己和青青，緩緩縋下，那是她昔年曾做過多次之事。當年那負心郎手執金蛇劍，惡狠狠地守在峭壁山洞口的情景，驀地出現在腦海，景物如昨，不知這人此刻是否便在洞裏。青青見到峭壁上的洞穴痕跡，叫道：「是這裏了！」

何紅藥心中突突亂跳，數十年來，長日凝思，深宵夢回，無一刻不是想到與這負心郎重行會面的情景，或許，要狠狠折磨他一番，再將他打死，又或許，竟會硬不起心腸而饒了他，內心深處，實盼他能回心轉意，又和自己重圓舊夢，即使他要狠狠的鞭打自己一頓出氣，甚至殺了自己，那也由得他，這時相見在即，只覺身子發顫，手心裏都是冷汗。

當日啞巴取了金蛇劍後，出洞後仍用石塊封住洞口，怕人闖入。何紅藥見洞口只賸一個小孔，右手亂挖亂撬，把洞穴周圍的石塊青草撥開。何紅藥命青青先進洞去，掌心中扣了劇毒鋼套，謹防金蛇郎君突襲。

青青進洞之後，早已淚如雨下，越向內走，越加哭得抽抽噎噎。進不數步，洞內已是一團漆黑。何紅藥打亮火摺，點燃繩索，命青青拿在手裏照路。青青一呆，心想：「燒了繩索，怎生回上去？我反正是死在這裏陪爹爹媽媽的了，難道她也不回去？」

何紅藥愈向內走，愈覺山洞不是有人居住的模樣，疑心大盛，突然一把叉住青青的脖子，喝道：「你跟老娘搗鬼，要教你不得好死！」

驀地裏寒風颯然襲體，火光顫動，來到了空廓之處，有如一間石室。何紅藥心中大震，舉起火繩四下照看，見四壁刻著無數武功圖形，一行字寫道：「重寶秘術，付與有緣，入我門來，遇禍莫怨。」金蛇郎君和她雖然相處時日無多，但給她繪過肖像，題過字，他的筆跡早已深印心裏，然文字在壁，人卻已不見，不覺心痛如絞，高聲叫道：「雪宜，你出來！你想不想見我啊？」這聲叫喊，只震得泥塵四下撲疏疏的亂落。

她回頭厲聲問青青道：「他那裏去了？」青青哭著往地下一指，道：「他在這裏！」何紅藥眼前一黑，伸手抓住青青手腕，險些兒暈倒，嘶啞了嗓子問道：「甚麼？」

青青道：「爹爹葬在這裏。」何紅藥道：「哦……原來……他……他已經死了。」這時再也支持不住，騰的一聲，跌坐在金蛇郎君平昔打坐的那塊岩石上，右手撫住了頭，淚如雨下，悲苦之極，數十年蘊積的怨毒一時盡解，舊時的柔情密意斗然間又回到了心頭，低聲道：「你出去吧，我饒了你啦！」

青青見她如此悲苦，不覺憐惜之情油然而生，想起爹爹對她不起，袁承志也是這般負心，兩人實是同病相憐，忽然撲過去抱住了她，放聲痛哭。

何紅藥道：「快出去，繩子再燒一陣，你永遠回不上去了。」青青道：「你呢？」何紅藥道：「我在這裏陪你爹爹！」青青道：「我也不上去了。」何紅藥陷入沉思，對青青不再理會，忽然伸手在地下如痴如狂般挖掘。

青青驚道：「你幹甚麼？」何紅藥淒然道：「我想了他二十年，人見不到，見見他的骨頭也好。」青青見她神色大變，又驚又怕。洞內土石質地鬆軟，何紅藥右掌猶如一把鐵鍬，不住在泥石中掏挖，挖了好一陣，坑中露出一堆骨殖，正是袁承志當年所葬的金蛇郎君骸骨。青青撲在父親的遺骨上，縱聲痛哭。

何紅藥再挖一陣，倏地在土坑中捧起一個骷髏頭，抱在懷裏，又哭又親，叫道：「夏郎，夏郎，我來瞧你啦！」一會又低低的唱歌，唱的是擺夷小曲，青青一句不懂。

何紅藥鬧了一陣，把骷髏湊到嘴邊狂吻；突然驚呼，只覺面頰上給尖利之物刺了一下。她把骷髏往外一挪，在火光下細看時，見骷髏的牙齒中牢牢咬著一根小小金釵。金釵極短，初時竟沒瞧見。何紅藥伸指揷到骷髏口中扳動，骷髏牙齒脫落，金釵跌落。她撿了起來，拭去塵土，臉色大變，厲聲問道：「你媽媽名叫『溫儀』？」青青點了點頭。

何紅藥悲怒交集，咬牙切齒的道：「好，好，你臨死還是記著那賤婢，把她的釵子咬在口裏！」望著金釵上刻著的「溫儀」兩字，眼中如要噴出火來，突然把釵子放入口裏，亂咬亂嚼，只刺得滿口都是鮮血。

青青見她如瘋似狂，神智已亂，心知兩人畢命之期便在眼前，從背囊中取出母親的骨灰罎，解開罎上縛著的牛皮，倒轉罎子，將骨灰緩緩傾入坑中。何紅藥一呆之下，喝問：「你幹甚麼？」青青不答，倒完骨灰後，把泥土扒著掩上，心中默默禱祝：「爹娘在天之靈有知，女兒已完成了你們合葬的心願。」

何紅藥奪過骨灰罎一瞧，恍然而悟，叫道：「這是你母親的骨灰？」青青緩緩點頭。何紅藥反掌擊出，青青身子後縮，沒能避開，這掌正打在她肩上，一個踉蹌，險些跌倒。何紅藥狂叫：「不許你們合葬，不許你們合葬！」用手亂扒，但骨灰已與泥土混和，再也分拆不開。她妒念如熾，把一根根骸骨從坑中撿出，叫道：「我要把你燒成飛灰，撒在華山腳下，教你四散飛揚，四散飛揚！永不能跟那賤婢相聚！」

青青大急，搶上爭奪，拆不數招，便給打倒在地。何紅藥脫下外衣鋪在地下，把骸骨堆在衣上，用火點燃衣服。她左肘抵住青青，不讓她動彈，右掌撥火使旺，片刻之間，骸骨已經燃著，石洞中濃煙瀰漫。

這石洞封閉已久，內洞充塞穢毒之氣，外洞中的穢氣當二人入洞時給山風吹散了大半，何紅藥和青青兩人初時入洞還不覺得，何紅藥一燒衣服，熱氣一吸，內洞的穢氣湧將出來，兩人登時頭昏目眩，胸口煩惡。青青向外奔出數丈，神智迷糊，便即摔倒。

袁承志在飯店中見到何紅藥釘在牆角的記號，知她召集教衆，大舉追擊，同時青青又落入溫氏四老手裏，不論那一邊得勝，青青都是無倖，焦急萬分，立即縱騎疾馳，沿路尋訪。不久查知溫氏四老中已有三人中毒而死，這一來更加掛慮，日裏食不甘味，晚間睡不安枕，幸喜這一批人的蹤跡是向華山而去，倒不致因追蹤而誤了會期。一行人途中又會合了崔秋山、安大娘、安小慧三人，他們雖不是華山派門人，但素來交好，親如家人，同到山上聚會，亦無妨礙。

趕到華山腳下時，洪勝海在涼亭邊見到一片泥土頗有異狀，用兵刃撬土，挖出來的赫然是溫方達和另一人的屍首。

袁承志道：「青弟必已落入五毒教手裏，咱們快上山。」安大娘安慰他道：「這時正是華山派的會期，穆老師父就算還沒到，只要黃師兄、歸師兄那一位到了，定會出手相救。」袁承志道：「五毒教膽敢闖上華山，必是有備而來，可別讓師姪們遭了毒手。」崔希敏道：「連祖師爺也到了，怕他們怎的？大家快上山啊！」

眾人把馬匹寄存在鄉人家裏，急趕上山。快到山頂時，忽聽得嗤嗤嗤一陣響，數粒暗器飛上天空，隔了片刻，才一齊落下。袁承志喜道：「木桑道長在上面，他在招呼咱們了。」當即從衣囊裏摸出三枚銅錢，向天力擲，只見三顆黃點消失在雲氣之中，悠然而逝，隔了好一陣方才落下。崔希敏讚道：「小師叔，這一下勁道好足！」

袁承志正要躍出去接還銅錢，突然山腰中擲出一個黑黝黝的算盤，飛將上去兜住了三枚銅錢，這才落下。一人從樹後竄出，接住算盤，嘁嚓嘁嚓的搖晃，大笑而來，正是銅筆鐵算盤黃眞，笑道：「師弟，你好闊氣，銅錢銀子也隨手亂擲，這可不是揮金如土嗎？我們生意人瞧著可著實肉痛。做生意的錢一入手，可不能還你了。」

崔希敏大叫：「師父，你老人家先到啦！」搶上去咚咚咚的磕了三個響頭。他也不理會是甚麼地方，心中高興，這幾個頭磕得加倍用力，站起來時，額角已給岩石撞腫了高高一塊。安小慧又憐惜，又氣惱，不住低聲埋怨。崔希敏只管傻笑。

袁承志等也都上去見了禮。接著木桑道人過來相會，各人上前拜見，互道別來情事。承志懸念青青，正想詢問大師哥有沒見到她蹤跡，忽然樹叢裏撲出兩頭巨猿，一齊摟住了袁承志。崔希敏大吃一驚，伸拳便打。承志笑道：「大威，小乖，你們好！」伸手輕輕格開崔希敏打來的一拳。兩頭巨猿突然吱吱亂叫，放開了承志，猛往山壁上竄去。崔希敏道：「是小師叔養的嗎？糟糕，猩猩生氣了！」眼見兩頭巨猿越爬越高。

袁承志心道：「大威、小乖定是藏著甚麼好東西，見我回來，要取出來給我。」望了一陣，忽見峭壁上冒出陣陣煙霧，那處所正是埋葬金蛇郎君的洞穴，不覺一驚，又見兩頭巨猿在高處指手劃腳，大打手勢，似在招呼自己過去。

安小慧也看了出來，說道：「承志大哥，兩頭猩猩在叫你呢！」袁承志道：「不錯！」向啞巴打了幾下手勢，啞巴點頭會意，奔向石屋取了火把長索，與眾人繞道上了峭壁之頂。袁承志道：「洞裏的路徑只有我熟，我一個人進去吧。」在衣上撕下兩片小布，塞住鼻孔，點燃火把，縋繩下去。兩頭巨猿在峭壁上亂叫亂跳，搔頭挖耳，似乎十分焦急。

袁承志剛到洞口，便見一陣煙霧冒出，當下屏除呼吸，直衝進去，奔至狹道，只見一人橫臥在地，湊近看時，竟是青青。這一下驚喜交集，忙摸她口鼻，呼吸已甚微弱。眼見內洞微有火光，尚有一人躺在那裏，正是何紅藥，還想入去相救，突然間胸口作惡，便欲昏倒，忙彎身抱起青青，奔出洞來，抓住繩子。啞巴和洪勝海一齊用力，吊起兩人。承志見四周已無毒煙，深深吸了兩口氣，突然忍耐不住，在半空中大吐起來。

眾人在峭壁上甚是擔憂，只怕他中了穢氣毒霧，一個失手，兩人都跌入深谷之中。啞巴和洪勝海戰戰兢兢的緩緩提拉，崔秋山、崔希敏叔姪在旁護持。

袁承志只因吸入洞中穢氣多了，腳一著地，頭腦暈眩，立足不穩，登時軟倒。木桑忙給兩人推宮過氣。過了一會，袁承志悠然醒來，調勻呼吸，只覺倦乏萬分。又過一陣，青青也醒來了，見了袁承志，哇的一聲，哭了出來。衆人見兩人醒轉，這才放心。青青神智漸復，斷斷續續的把洞中情由說了。

承志黯然點頭，道：「青弟的母親遺命要和丈夫合葬，現今兩人雖屍骨化灰，但終於合葬在一起了。」青青道：「那惡婆娘雖然兇惡，但她對我爹爹一往情深，我爹爹對她負心，甚是不該。」向承志道：「大哥，我們該當救她性命。」承志點頭道：「甚是！」崔希敏自告奮勇，入洞救人。承志囑咐洞內穢氣有毒，救了人立刻出來。

崔希敏進洞後不久即出回上，說道：「山風厲害，洞裏穢氣已大半吹散。那婆娘已經斷氣了。我怕洞裏不能久躭，只把她屍體胡亂埋在坑裏。」青青點頭道：「她跟我爹爹、媽媽同葬一穴，她如死後有知，心中也必歡喜。但盼他們三人不要吵架才好。」承志道：「你放心，你爹爹一定幫你媽媽。」青青怒道：「我媽比她美貌，所以我爹爹一定幫我媽媽。將來你也這樣，是不是？」承志奇道：「甚麼將來我也這樣？」青青反掌打去，承志和她乍見重逢，正自大喜，見她反掌打來，便不閃避，啪的一聲，重重打中臉頰。青青哭道：「將來你只幫阿九不幫我，我還是死了的好！」

安小慧要岔開話頭，撫摸著兩頭巨猿頭頂，說道：「幸好大威和小乖發現得早，要是遲得些時候，只怕青姊姊和承志大哥在洞裏中穢氣之毒更深。」衆人都說的確好險，幸虧畜生的知覺靈敏，遠遠的就察覺有異。衆人一路談論適才的險事，一路上山。安大娘和安小慧扶青青走進石屋，給她洗臉換衣，扶上床去休息。

青青內功不及承志，吸的穢氣又多，次日仍不痊可，有時神智胡塗起來，又哭又鬧，昏迷中只罵承志負心無義，喜新棄舊。

衆人見承志一副尷尬模樣，又是好笑，又是擔心，怕他爲難，都悄悄退了出去。承志柔聲安慰，堅稱矢志靡他。青青臉上一陣紅一陣黑，不住嘔吐黑水。承志到了這個地步，也是束手無策，只有在臥榻旁垂淚的份兒。山洞或井底久不通風，穢氣不洩，貿然入內，往往中毒，以致喪命，行走江湖之人見過不少。如非當場殞命，獲救之後通常漸漸甦醒，但青青臉色有異，嘔吐黑水，似乎除密洞穢氣外，另中了何紅藥或金蛇郎君身上所染奇異毒藥。袁承志只盼何惕守便在近旁，她或能知救治之法，更攜得有解藥。

衆人在外紛紛議論，都說青青這樣一個好姑娘，雖然愛使小性子，心地卻好，倘若就此不治，可眞教人難過，承志更不免傷心一世。衆人唉聲歎氣，愀然不樂。

將到黃昏，兩頭巨猿先叫了起來，外面一陣人聲喧擾，原來是歸辛樹夫婦領著梅劍和、劉培生、孫仲君等六名弟子到了。歸二娘抱著兒子歸鍾，小孩兒笑得傻裏傻氣的，身子可大好了。歸二娘得知青青中毒，忙把兒子未服完的茯苓首烏丸拿出來給她服下一顆。青青安靜了一陣，沉沉睡去。

天黑後，黃眞的大弟子領著八名師弟、兩個兒子到了山上。他先向木桑道人行禮，然後叩見師父、二師叔、二師娘。他見袁承志年紀甚輕，自己大兒子還大過他，要跪下向他磕頭，實在有點不願，叫了一聲「師叔！」不禁有點遲疑。

袁承志見這師姪四十多歲年紀，虎背熊腰，筋骨似鐵，站著幾乎高過自己一個頭，先暗暗喝了聲采，心想大師哥英雄了得，確要這般威風的人物才能做他掌門弟子，崔希敏人既莽撞，武功又差，跟這個師姪可差得遠了，見他作勢要跪，忙伸手攔住，向黃眞其餘八名弟子擺了擺手，說道：「大家別多禮啦！」崔希敏在一旁介紹，說道：「我這位大師兄姓馮名難敵，江湖上人稱八面威風。」袁承志道：「馮兄定是得著大師哥眞傳了。」

黃眞眼見馮難敵不對小師叔下跪，心想他已是江湖上的成名人物，也就不加勉強。他向來滑稽玩世，於這些禮數也並不考究，當下笑道：「師父算盤精，教出來的徒兒也就愛佔便宜，向小師叔磕幾個頭，又未必有見面錢，可就太吃虧了。」

馮難敵給師父說得不好意思，便要向袁承志跪倒。袁承志急忙攔住。馮難敵當下命大兒子馮不破、二兒子馮不摧向木桑道人與歸、袁兩位師叔祖、以及梅劍和等師叔依次拜見了。袁承志沒見面錢給不破、不摧兄弟，微覺尷尬。

馮不破今年二十三歲，馮不摧二十一歲，兩人在甘涼一帶仗著父親的名頭，武林中個個讓他哥兒三分。他二人手下也確有點眞功夫，這時候見袁承志不過二十歲左右，居然長著自己兩輩，心中好不服氣，又見他紅腫了雙眼，出來見客時淚痕未乾，心想此人不知甚麼事吃了虧，這般哭哭啼啼的，膿包之極，英雄好漢打落了牙齒和血吞，那有受了人欺侮便哭的？對他更加不瞧在眼裏。他二人和歸辛樹門下的弟子個個交好，知道就中孫仲君最是心傲好勝，武功也強。當晚哥兒倆偷偷商議，要挑撥孫師姑去跟這小師叔祖比試一場，讓他出個醜，萬一給父親或師祖知道了，也怪不到兄弟倆頭上。

第二天兩兄弟一早起來，溜到外面去找孫仲君，迎面撞見八師叔石駿。他也是個年少好事之人，武功和馮氏兄弟在伯仲之間，喝道：「喂，你們哥兒倆探頭探腦的找甚麼？」馮不摧笑道：「我們在找孫師姑呢，聽說她在山東幹掉了不少渤海派的人，要請她說來聽聽。」石駿喜道：「好啊，剛才我見她在山那邊，正跟梅師哥練武呢。」

三人興沖沖的趕往山後。馮氏兄弟心中盤算，用甚麼話來挑動孫仲君去找那袁小師叔祖比武。馮不摧悄聲道：「要是孫師姑還在練劍，咱們就說是那姓袁的說的，這一路、那一路都使得不對。」馮不破笑著點頭。

剛轉到山後，忽聽得孫仲君正在厲聲叫罵，這一下大出三人意外，忙拔足趕去，只見孫仲君挺著單鉤，正在追逐一人。

註：李自成攻破北京事蹟，當時文士筆錄見聞而流傳後世者甚多。諸書作者以立場對立，對李自成無不極爲仇視，文中自多誇張及誣衊，未可盡信。但闖軍初時紀律嚴明，進北京後便即腐敗，當屬事實。以下所錄爲《明季北略》一書中若干記載：（文中所謂「賊」指闖軍而言，可見作者極有偏見。）

◉昧爽，陰雲四合，城外煙焰障天，微雨不絕，霧迷，俄微雪，城陷。或謂先有人伏內，通太監曹化淳弟曹二公內應開門；一云：太監王相堯率內兵千人出迎賊。賊將劉宗敏整軍入，軍中甚肅。……太監曹化淳同兵部尚書張縉彥開彰義門迎賊。……大抵京城之陷，多由奸人內應耳。……已而賊大呼開門者不殺，於是士民各執香立門，賊過，伏迎，門上俱粘「順民」，大書「永昌元年順天王萬萬歲」。

◉賊盡放馬兵入城，亂入人家。諸將軍望高門大第，即入據之。劉宗敏據田宏第，李牟據周奎第。

◉掌書宮人杜氏、陳氏、竇氏爲自成所取，而竇氏尤寵，號竇妃。又有張氏，亦孌之。自成集宮女分賜隨來諸賊，每賊各三十人。牛金星、宋獻策等亦各數人。

◉四月初一日，宋獻策云：「天象慘列，日色無光，亟宜停刑。」初七日，自成過宗敏第，見庭院夾三百多人，哀號半絕。自成云：「天象示警，宋軍師言當省刑，宜酌放之。」此中縉紳十一，餘皆雜流武弁及效勞辦事人。釋千餘人，然死者過半矣。

◉賊初入城，不甚殺戮。數日後大肆殺戮……賊兵滿路，手攜麻索，見面稍魁肥，即疑有財，繫頸徵賄。有中途借貸而釋者，亦有押至其家，任其揀擇而後釋者。若縛至劉宗敏僞府便無生理。

◉賊初入城時，先假張殺戮之禁，如有淫掠民間者，立行凌遲。假將犯罪之寇殺死四人，分爲五段，據稱以淫殺之故也。民間誤信，遂安心開店市，嘻嘻自若……四五日後恣行殺掠。先令十家一保，如有一家逃亡，十家同斬。十家之內有富户者，闖賊自行點取籍沒，其中下之家，聽各賊分掠。又民間馬騾銅器，俱責令輸營，於是滿城百姓，家家傾竭。

◉賊兵初入人家，曰借鍋爨。少焉，曰借床眠。頃之，曰借汝妻女姊妹作伴。藏匿者，押男子，徧搜，不得不止。愛則置摟馬上。有一賊挾三四人者，又有身摟一人而餘馬挾帶二三人者。不從則死，從而不當意者亦死。一人而不堪衆嬲者亦死。安福胡同一夜婦女死者三百七十餘人。降官妻妾，俱不能免。……賊將各踞巨室。籍沒子女爲樂，而士兵充塞巷陌，以搜馬搜銅爲名，沿門淫掠。稍違者，兵加其頸。門衛甚嚴，即欲脫免，不可得也。不顧青天白日，恣行淫戲。

◉賊無他伎倆，到處先用賊黨扮作往來客商，四處傳布，說賊「不殺人，不愛財。不奸淫，不搶掠，平買平賣，蠲免錢糧，且將官家銀錢分賑窮民，頗愛斯文秀才，迎者先賞銀幣，嗣即考校，一等作府，二等作縣。」……於是不通秀才皆望做官；無知窮民皆望得錢；拖欠錢糧者皆望蠲免。眞保間民謠有「開了大門迎闖王，闖王來時不納糧」等語，因此賊計得售。

◉賊兵入城者四十餘萬，各肆擄掠。自成或禁止，輒譁曰：「皇帝讓汝做，金銀婦女不讓我輩耶？」

按：《明季北略》一書作者計六奇，書成於清初，內容甚詳，於李自成在北京之行動，逐日記載，但作者主觀上極度反對農民義軍，所記未必客觀眞實。

中國歷代農民起義軍，未必皆紀律甚佳，當起事之初，聲言弔民伐罪，伸張正義，但一旦聲勢既成，迫於形勢，燒殺擄掠，往往在所不免。赤眉、黃巢、李自成、張獻忠、太平天國之失敗，皆與軍紀不良有關。《水滸傳》中梁山泊衆英雄劫法場或攻城掠地之時，如李逵「不問軍官百姓，殺得屍橫遍地，血流成渠」（第三十九回），如鎮三山大鬧青州道，青州城外「原來舊有數百人家，卻都被火燒做白地，一片片瓦礫場上，橫七豎八，殺死的男子婦人不計其數。」（第三十三回）當代研究歷史者片面肯定農民起義軍，認爲李自成不好酒色，軍紀極佳，言李軍在北京殘害百姓者並非事實，有人擅自（按照著作權法：評註須得原作者同意授權。）評註《碧血劍》，大肆攻擊書中寫李自成紀律不佳為誣衊，此種看法恐無史實根據。郭沫若個人行為或有可議處，但其歷史研究、考古成就功力不淺，不能抹殺，其所作〈甲申三百年祭〉一文，在一九四九年前後影響甚大，該文並不否定李自成軍有姦淫擄掠之舉，不過及不上官兵厲害而已，文中說，「流寇都是鋌而走險的饑民，這些沒有受過訓練的烏合之衆，在初，當然抵不過官兵，就在姦淫擄掠焚燒殘殺一點上比起當時的官兵來更是大有愧色的。」其中引述史書，說劉宗敏「拶挾降官、搜刮贓款、嚴刑殺人……殺人無虛日，大抵兵丁搶掠民財者也……而且把吳三桂的父親吳襄綁了來，追求三桂的愛姬陳沅，不得，拷掠酷甚。」也說到「李岩上書諫李自成愛護百姓，應下令『一切軍兵不宜借住民房，恐失民望。』自成見疏，不甚喜，既批疏曰『知道了』並不行。」

中共中央領導人對這篇文章十分注意，在軍隊進入大城市之前，三令五申，不得騷擾民居。有記載說，當年毛澤東在率領高級文武官員進入北京之時，曾笑稱：「我們進北京去要應一場大考。」意謂當嚴守紀律，通過不受繁華腐敗生活之引誘的考驗，不可蹈李自成之覆轍。陳毅於部隊進入上海之前，嚴格下令不准進入民居，即使傷者病人，天下大雨，也不得進入民居、商鋪，其部屬果然遵行，共軍夜入上海，次晨中外人士見馬路上睡滿官兵。

清初民間流傳通俗白話小說《鐵冠圖》，敘崇禎宮中宮女費宮娥佯從李自成部將羅某，將其刺死事跡。我以爲小說中對李自成部隊的奸淫擄掠過份誇張，似不可取。

中共領導人對於李自成軍紀的評論：

◉毛澤東：1.毛澤東在延安高級幹部會議上講話，指出：「近日我們印了郭沫若論李自成的文章，也是叫同志們引爲鑒戒，不要重犯勝利時驕傲的錯誤。」（一九四四・四・一二・毛選第三卷〈學習與時局〉）（《郭沫若年譜》上冊：該文曾送經董必武審閱，於三月十九日至廿二日在重慶《新華日報》發表，其中指李自成失敗的三大原因：一、驕傲自滿，二、失卻原來的優良作風和紀律，三、屠戮功臣，使領導核心解體。）2.毛澤東寫信給郭沫若：「你的〈甲申三百年祭〉，我們把它當作整風文件看待。小勝即驕傲，大勝更驕傲，一次又一次吃虧，如何避免這種毛病，實在值得注意。倘能經過大手筆寫一篇太平軍經驗，會是很有益的，但不敢作正式提議，恐怕太累你。」「你的史論、史劇有大益於中國人民，只嫌其少，不嫌其多，精神決不會白費的，希望繼續努力。」（一九四五・一一・二〇・《毛澤東書信選集》，頁241-242）

◉陳毅：一九四七・一二・二，陳毅去阜平縣城南莊訪聶榮臻，兩人會談，陳毅說：「李自成攻克北京，驕傲自滿，飄飄然，昏昏然，最後失敗。」（《九大元帥珍聞軼事》，頁377-378）

◉徐向前：一九四八・二・二三，徐向前在晉察魯豫軍區前方指揮所山西翼城高幹會議上講話：「李自成進北京後，便昏昏然。他的許多文臣武將，只圖做官、享福、貪污、腐化、搞女人、搶東西，軍隊無紀律，把北京城搞得一團糟。結果前功盡棄，李自成最後也在九宮山被殺，眞是亡國、亡黨、亡頭。」（《在徐帥指揮下》，頁13）

◉薄一波、葉劍英：一九四九年元旦後，中共中央在西柏坡開政治局會議，會議期間，葉劍英、薄一波等根據毛澤東出的題目，討論進城後的問題，「……進城以後，要始終保持政治上的清醒，經得起勝利的考驗，千萬不能做李自成。李自成進了北京，他和部下就是吃了陶醉於勝利的大虧，很快就腐化起來，結果只做了四十天『大順皇帝』就失敗了。」（薄一波：《領袖、元帥、戰友》，頁164-165）

◉劉伯承：一九四八年四五月間，劉伯承看了華東野戰軍文工團演出的話劇「李闖王」，劇情說李自成的起義軍打到北京後，將領中有些人在勝利中只顧個人享樂，大肆搶掠財物，紀律敗壞，內部發生分裂，因而喪失了鬥志……最後終於失敗。劉伯承說這個戲演得好，對軍隊有教育意義。（《二十八年間——從師政委到總書記》三編，頁206）

◉羅榮桓：一九四九・一・二九，東北野戰軍總部開會後，請軍以上幹部吃烤羊肉，有人要求喝酒，羅榮桓說可以，但不得喝醉，並給大家講了李闖王進北京的故事，他說：「闖王李自成進北京後，驕傲自滿，以爲大功告成……他的一些驕兵悍將，沉湎酒色，爭功諉過，弄得內訌迭起，結果……轟轟烈烈的農民革命運動失敗了……」（《羅榮桓在東北解放戰爭中》，頁235）

關於李自成殺害同伴及功臣：

《明史・卷三〇九》〈李自成傳〉：「……先是有馬守應，稱老𤞑𤞑（按：馬守應爲回族人，起義後稱老回回，當時朝廷歧視造反民軍，在「回」字旁加「犬」旁，侮辱他是畜牲）；賀一龍稱革裏眼；賀錦稱左金王；劉希堯稱爭世王；藺養成稱亂世王者，皆附於自成，時號『革左五營』。……自成善攻，汝才善戰，兩人相須，若左右手。自成下宛葉，克梁宋，兵強士附，有專制心，顧獨忌汝才，乃召汝才所善賀一龍，宴縛之，晨以二十騎斬汝才於帳中，悉兼其衆。……自成既殺汝才、一龍，又襲殺養成，奪守應兵，擊殺袁時中於杞縣。……李岩者，故勸自成以不殺收人心者也，及陷京師……又獨於士大夫無所拷掠，金星等大忌之。定州之敗，河南州縣多反正，自成召諸將議，岩請率兵往。金星陰告自成曰：『岩雄武有大略，非能久下人者。河南，岩故鄉，假以大兵，必不可制，十八子之讖，得非岩乎？』因譖其欲反，自成令金星與岩飲，殺之。賊衆俱解體。」